文春文庫

コンカツ？

石田衣良

文藝春秋

コンカツ？　目次

コンカツ?

1

「これで最後の段ボールになります」

引越し屋の青年が額から汗を流し、笑いかけてきた。あごのとがった細面に涼しげなひと重《え》の目はタイプの顔立ちだ。

「どこに置きましょうか」

半袖の制服から伸びる青年の腕には、ワイヤーロープのような筋肉が鋭く浮きあがっている。男の腕の稲妻のような静脈は、昔から大好物だった。岡部智香《おかべともか》は猛烈に反省していた。なぜ、タイプの男と出会うときに限って、自分は学生時代のジャージなんか着ているのだろう。紺色のよれよれのジャージの胸には、「2年D組　岡部」とマジックで書いた布が縫いとめてある。

「あっ、すみません。ドアの脇でいいです」

八畳ほどのフローリングの部屋は、智香の引越し荷物で足の踏み場もなかった。今日からこの部屋で暮らし始めるのだ。なんだかわくわくしてくる。窓の外に目をやると、手を伸ばせば届きそうなところに、恵比寿ガーデンプレイスのタワーが見えた。夏の終わりの淡い青空を背にした四十階建てのガラスの塔。やっぱり都心の景色はいい。

視線を戻すと引越し屋の青年が、じっと智香を見つめていた。

「あの、ちょっといいですか……」

なぜか真剣な顔で、智香に手を伸ばしてくる。まだ名前さえ知らないのに、大胆な男だった。智香は別に大胆な男が嫌いではない。うわ目づかいで、やわらかにいった。

「なんでしょうか」

青年は骨ばった指先で、ジャージの肩についたガムテープの切れ端を引きはがした。ベリリと色気のない音がする。がっかりしたが、智香はいちおう礼をいった。

「ありがとうございます」

青年は感じのいい微笑を浮かべ頭をさげた。

「これで業務は終了になります。お手数ですが、トラックの荷台をご覧になって、荷物が残っていないか確認してください」

智香は部屋を出て、階段をおりていった。先をいく青年から汗の匂いがした。二十代の初めまでは、この臭いが不潔で嫌いだった。いつのころからだろうか、男の汗は嫌な臭いではなく、好ましい匂いになっている。

白い大理石を敷き詰めた玄関は、引越し作業の養生《ようじょう》で古い毛布が一面に敷かれていた。広々とした玄関ホールの正面には、智香が名前を知らない日本人の抽象画家の大作がかかっている。オレンジ色の四角のなかにある灰色の三角。これにはどんな意味があるのだろうか。金もちの趣味はわからなかった。

智香はサンダルをつっかけ、静かな高級住宅街の通りにでた。道路には、三台のそれそれ別な引越し会社の中型トラックが、一列に停車していた。青年は先頭のトラックの荷台にむかい、傷だらけのアルミの扉を開いた。木の内張りの荷室はがらんと広く、たたんだ段ボールが積んであるだけだ。

「お忘れものはないですね」

智香はうなずいた。がちゃりと扉をロックする音が冷たく響く。

「では、サインと料金の精算、お願いします」

ジャージのポケットから、銀行の封筒をとりだす。青年は受けとると、紙幣を数え始めた。二度と会うことのないタイプの男が、ひどく魅力的で切なく見えるのは、なぜなのだろうか。智香はいわれるままに書類にサインした。

トラックは若い男三人を乗せて、夕焼け色をかすかに混ぜた空の下、走り去っていく。青年がハンドルをにぎる右手をあげて、笑いながら手を振ってくれた。智香は元気よく手を振り返す。こんなことなら少々料金が高くても、段ボールの開梱までついたコースにしておけばよかった。そうすれば、いくらでも話ができたのに。

そのとき、ぽんとうしろから肩をたたかれて、跳びあがりそうになった。

「智香、どうしたの？　なんか遠距離恋愛の涙の別れみたいだったよ」

振り返ると、平らな胸だった。今どきめずらしいＡＡＡカップは、小竹彩野《こたけあやの》である。タオル地のサマードレスから伸びる手足は棒のように細い。身長は公称百七十三センチだが、実際には百七十五あることを智香は知っていた。大学時代から十年来のつきあいなのだ。ブラのサイズも、男の好みも、過去のちょっと痛い男性遍歴も、おたがいすべて了解済みだ。気がつけば、ふたりとも二十九歳だった。年をとるのは他人ばかりだと思っていたのに、もうすぐ三十路《みそじ》。不思議である。

「彩野、びっくりさせないでよ」

「ははあ、さてはまた気になる男がいたな。さっきの引越し屋の人？」

この友人に隠し事はできなかった。これからはもう隠す努力さえ無駄になるだろう。なにせ今日からは同じ屋根の下で、いっしょに生活することになるのだ。

「そうだけど、なにか？」

「また自分勝手な妄想してたんでしょう。彼といっしょに段ボール開けてると、下着がでてきてキャーなんて調子でさあ」

驚いた。さすがに親友は恐ろしい。トラックを見送ったときの妄想を、見事に当てられてしまった。

「そんなはずないでしょう。あんた、バカ？」

ダブルドアの玄関が開き、シックな黒のタイトスカートにサテンの真珠色のカットソーを着た女性がやってきた。柳腰というのは、こういう身体つきをいうのだろう。見事なS字型のカービーラインは、男の視線を惹きつけて放さない。別の引越し屋の男たちが、侍従のように目を伏せてあとをついてくる。

「沙都子《さとこ》先輩、また智香がやらしい妄想してました。それなのにわたしのこと、バカだって」

森《もり》沙都子は大学のテニスサークルの先輩だった。これほど色っぽいのだが、バツイチの三十二歳である。意外なほど奥手で、男性には尻ごみしがちなタイプだ。沙都子はゆるやかな巻き髪を指先で押さえていった。

「冗談はそれくらいにして、引越しの荷物を片づけちゃいましょう。今夜七時から、なにがあるのか、みんなわかってるものね」

沙都子が艶然《えんぜん》と微笑んだ。右目の下にある泣き黒子《ぼくろ》がセクシーだ。智香はジャージ姿で、ぴょんと跳ねた。

「そうそう、わたしたち三人の共同生活で、初めての合コンよねー」

彩野が細い腕を組んだ。

「段ボール開けて、勝負服だして、シャワー浴びて、化粧して……。あー、いかん、とっても間にあいそうにない」

智香はさっきのお礼に肩をたたいていってやった。

「だいじょうぶだよ、彩野のずぼらメイクなら、五分ですむから」

引越し屋の若い男たちが口元を隠して、笑いをこらえていた。彩野は長い腕を伸ばして、智香のジャージの背中をたたいた。

「あんた、いつか殺すから。じゃあ、先輩、お先に。わたし、先にシャワーつかわせてもらいます」

「ずるい、なんで彩野が先なのよ。この家はわたしの叔父さんちなんだからね。最初のシャワーはわたしに優先権がある」

智香と彩野はライオンの子どものように荒々しくじゃれている。沙都子はため息をつくといった。

「仲がいいのは素敵だけれど、ふたりともほんとうにコンカツする気あるの……えーと、サインはどこにすればいいのかな」

沙都子は若い男からうやうやしく差しだされたクリップボードに、流れるような達筆でサインをした。引越し屋の男たちがいってしまうと、三人は腰に手を当て、新しい住まいを見あげた。白い洋館の右端には、ステンドグラスのはまった階段室が塔のように立っている。屋根は落ち着いたブルーグレイのスレート葺《ぶ》きだった。窓は今どきめずらしい木枠で、ガラスのむこうに白いレースのカーテンが半分のぞいている。沙都子がうっとりといった。

「クラシカルで、とてもきれいな家ね。なんだか『若草物語』でも始まりそう」

智香が彩野の肩を指先でつついていった。

「まあ、彩野がいっしょだと、そんな上品なお話になるはずないけど。こんないい家に、相場の半分の家賃で住めるんだから、ありがたいと思いなさいよ」

「はいはい、了解。じゃあ、一番シャワーは智香に譲る」

「それで、いいのよ。素直になれば男にももてるんだけどね、彩野は」

沙都子が自分の身体を抱いていった。

「わたしはまた誰かといっしょに住めるというのがうれしいな。ひとりの自由も悪くないけど、自分以外の誰かの気配がする家って、慣れるとってもいいものよ。仕事帰りも、あったかくてね」

智香と彩野は顔を見あわせた。さすがに失敗したとはいえ、一度結婚した女のいうことは深い。智香は彩野と沙都子のあいだにはいり腕をとった。

「三人で仲良く暮らそうね。それに、しっかりいい男を見つけよう」

彩野が元気よくうなずいた。

「ほんと、ぼやぼやしてたらあっという間に三十歳だからなあ」

「あら三十二だって、まだまだこれからですけど」

三人のハウスメイトは腕を組んだまま、白い家にあがる階段にむかった。


「わたしはごちゃごちゃしすぎて、渋谷は嫌いだな」

先頭をいく彩野の背中が壁のようだった。智香はその壁に張りついて、人波を乗り切っていく。公園通りのゆるやかな坂道は土曜日の夜を迎えて大混雑だった。コンサートでも終わったのだろうか。洪水のような勢いで、手にアイドルの団扇《うちわ》をもった十代の少女たちが流れ落ちてくる。

「えーっと、このあたりを右だと思うんだけど」

智香は携帯電話のちいさな地図を見ながら、薄暗い路地をのぞきこんだ。

「今日のお店はどんなところかしら」

おっとりと沙都子が質問した。ブローしたばかりの髪は会心のウエーブだった。黒いノースリーブの麻のワンピースのうえに、黒のオーガンジーのシャツブラウスを重ねている。なぜ透ける素材のしたに煙る肌はこうも色っぽいのだろうか。

「無国籍料理で、高級店だってきいたけど。わたしもよくわからないんです」

智香の返事などきかずに、彩野が路地の奥を指さした。

「ねえ、あの看板がそうじゃない？　いってみよう」

こんなときは度胸のいい彩野がいつも先頭に立つのだった。ビルの壁面から突きだしたネオンサインがはっきりと見えてきた。智香は思わず叫んでしまった。

「ちぇっ、なにが高級なんだか。あれ、カゴメ家じゃない」

その店は値段の安さとボリュームで、学生に人気の居酒屋チェーンだった。沙都子がおもしろがるようにいった。

「でも、カゴメ家のロゴの下にＬＵＸＥって書いてあるみたい」

彩野が毒づいた。

「なにがリュクスなんだか。ちょっと高級な居酒屋ってつもりか」

合コンは店の選択に成否の半分がかかっている。今回はこの店を選んだ男たちのセンスに、期待できそうもなかった。

「まあ、いいでしょう。いきましょう。その前に、みんなで最後のチェック」

沙都子がそういって、ふたりのまえでふわりと一回転してみせた。ワンピースの胸にたたまれた黒いフリルが、胸といっしょに揺れた。さすがに三十路で自分のチャームポイントはわかっているようだ。メイクも髪も服装も問題ない。

「沙都子先輩は今夜も完璧。じゃあ、つぎはわたしね」

智香は短めのショートパンツに、ベアショルダーのチュニックだった。胸元にはおおきなリボンがついている。上半身はふわり、下半身はすっきりが今夜のテーマだ。

「服のバランスはいいんだけど、その木靴みたいなの重すぎ」

無理して買ったクリスチャン・ルブタンだった。自分でもちょっとあわないかなと思ったけれど、せっかくの合コンに新しい靴をおろさなくてどうする。

「うるさい。わかってるんだから、これでいいの。彩野こそ、眉が左右でちょっとずれてるからね」

彩野のメイクにはなぜかいつも欠点があった。自分でいうには、化粧の途中で自分の顔が信じられなくなるのだそうだ。目が目に、鼻が鼻に見えなくなり、顔全体のイメージが失われてゲシュタルト崩壊を起こす。その後のメイクは、ほとんど鏡を見ずに全力疾走で仕あげる。沙都子が落ち着いた声でいった。

「彩野ちゃんは、そのスタイルがあるからだいじょうぶ」

智香の目から見ても、確かに彩野はスタイルだけならスーパーモデル級だった。今夜も光沢のあるグリーンのタイトなロングドレスを着ている。背が高いのは得だ。

「さあ、みんな笑顔の準備はいい。いきましょう」

沙都子の宣戦布告に続いて、三人はガラスの扉を抜けて、リュクスな居酒屋へ突入していった。


奥の個室はなかなかの雰囲気だった。テーブルのうえにはアルコールランプの炎が揺れている。テーブルも椅子も床も黒い木製で、手漉《てす》きの和紙のような壁紙が周囲をとりまいている。だが、最悪なのはむかいに座る四人の男たちだった。センスの欠片《かけら》も感じられないスーツは、きっとどこかのツープライスショップの安物だろう。

合コンの成否をにぎる残り半分も、今夜は失敗だった。開始からほんの数秒で、その夜が楽しくなるかどうかはわかるものだ。となりの彩野とアイコンタクトをとると、冷凍ビームのような視線がもどってきた。SOSあるいは絶望の目だ。

中央の男が、なぜかおおきく手をたたいてからいった。

「じゃあ、自己紹介タイムにしよう。男性陣からいこう。まず、おまえな」

右端の男が緊張したまま話し始めた。

「宮崎良弘《みやざきよしひろ》三十二歳です。住宅メーカーで営業してます。仕事柄、きめ細かい連絡とサービスは得意です。彼女いない歴は一年半。よろしく」

一年半前に彼女がいたというのが信じられなかった。髪は七三、顔はジャガイモ、小太りでシャツのネックに汗の輪ができている。それなのに、なぜか赤いフレームのメガネをかけているのだ。ニックネームは決まった。赤メガネ。

「つぎはおれかな。大神浩志《おおがみこうじ》、仕事は地方公務員」

智香は目を疑った。男はディップで髪を逆立て、黒ずくめのファッションだった。黒いシャツの胸は第三ボタンまで開いている。手首には銀の鋲《びょう》を打った黒革のブレスレット。時代遅れのパンクロッカーだった。

「趣味でバンドやってるんだよね。今度みんなで、うちのバンドのギグききにきてよ」

絶対にいくもんか。こいつのあだ名は黒パンク。智香は微笑みながら、残る二人の冴えない男たちに目をやった。小柄で童顔なのに妙に顔に小じわが多い若年寄。こいつはヨーダでいいだろう。そして、リーダー格の妙に遊びなれた風の日焼けした男。きっとメディア関係の仕事をしているのだろう。四人目の男に偽空間プロデューサーとあだ名をつけたとき、智香は思った。

（ああ、今夜の合コンも終わった）

続く女性サイドの自己紹介は、当然ながら気の抜けたものになった。年齢と仕事を告げておしまいである。岡部智香、二十九歳、自動車メーカー広告部。小竹彩野、二十九歳、清涼飲料メーカー企画部。森沙都子、三十二歳、総合商社秘書室。

男たちは酒がはいったせいか鈍感だった。智香たちが放つ冷たいサインにも気づかずに、真っ赤な顔でつまらない冗談を飛ばしている。赤メガネがいった。

「そういえば、残りのひとりはまだなの」

合コンは四対四が黄金比だった。二対二ではダブルデートみたいで気まずい。三対三では一対二にきっぱり割れてしまう。四対四なら適当にシャッフルできるし、五対五以上のように騒がしすぎず、注意散漫になることもない。

智香はゆっくりと笑顔をつくっていった。

「あの子は時間がぜんぜん読めないの。でも、絶対にくるから心配しないで」

彩野が智香の耳元で囁《ささや》いた。

「結有遅いね。あの子なら、この四人からでも誰かおもち帰りにするかな」

中崎結有《なかさきゆう》は智香が主催する合コンの最終兵器だった。身長は百五十五センチと小柄だが、肌は抜けるように白い。唇の赤さはそのまま血の色で、静脈の浮いた胸元は女の智香でもさわりたくなるほど滑らかだった。ショートボブの前髪のしたに、よく動く小動物のおおきな目。男たちはあの外見にだまされて、骨まで食い散らされるのだ。絶対肉食のロリータ女王である。

ウエイトレスが障子風の引き戸を開けた。普段よりワントーン高い声が響いた。

「遅くなって、ごめんなさーい」

結有がぺこりと頭をさげて、個室に入ってきた。男たちのテンションが最高潮になる。髪はぼさぼさで、スリムジーンズのひざは抜けていた。上はタンクトップ一枚の軽やかさだ。智香が声をかけた。

「結有、だいじょうぶ？　あなた、また徹夜明けでしょう」

にこりと笑って、結有がいった。

「うん、そうだけど、生ビール一杯のめば、スイッチはいるからだいじょぶ」

結有は智香のとなりに座ったが、かすかに汗の匂いがした。ビールが届くと、黒パンクが乾杯を求めて、結有にいった。

「ねえ、みんな、自己紹介をすませているんだ。きみの名前を教えてよ」

結有は中ジョッキをごくごくとひと息で半分空けて、手の甲で口をぬぐった。なんだか今夜は危険な感じだ。

「中崎結有、二十七歳です。仕事はフリーランスのグラフィックデザイナー。いつも徹夜続きで、男に飢えてます」

おーっと男たちから歓声があがった。結有はかまわずにいう。

「なんか徹夜明けって、妙にセックスしたくなりますよね」

さすがに最終兵器で、結有は容赦がなかった。男たちはもうノリノリである。バカなやつら。結有のほんとうの恐ろしさも知らないくせに。智香は結有の耳元でいった。

「今日はハズレだから、二次会はなし。おもち帰りするのは自由だけど、わたしたちはこのあとすぐに解散するからね」

結有はにこにこと愛嬌《あいきょう》を振りまきながら小声でいった。

「いくらわたしだって、こんな男じゃ圏外ですよ。それより今夜寝るとこないんですけど、智香さん、泊めてくれませんか」

「また男とけんかしたの」

結有はあちこちの男のところを泊まり歩いて暮らしている。仕事部屋はあるのだが、そこで生活するのは嫌だという。直近に出会ったボーイフレンドともめごとでも起こしたのだろう。

「いいよ。うちにきなよ。とはいっても、ここにいるふたりといっしょだけど。このあと恵比寿でお茶するから、つきあう？」

結有は彩野と沙都子をちらりと見た。この四人の合コンの回数は、すでに二桁にのっている。

「オッケーです。ハズレの合コンのあとの反省会って、たまんないですよね、姉貴」

智香は思わず吹きだしてしまった。偽空間プロデューサーが結有にきいた。

「ねえねえ、結有ちゃんはどんな男が好きなの？」

肉食ロリータは二十一、二にしか見えない笑顔であっさりといった。

「優しくて、上手くて、強い人」

男たちは口々に叫んだ。あー、それ、おれだわ。おれ、おれ、おれ。智香はグラスワインの白で、口の中を洗いながら思った。この東京に何十万人と生息するセンスがなく、もてないハズレの男たち。みんな、バカみたいだ。

2

九月の夜風が酔った肌に心地よかった。恵比寿ガーデンプレイスはビルとビルの谷間にガラスの大屋根がかかり、そのしたはタイル張りの広場になっている。花壇には色とりどりの花が照明に浮きあがるように咲いていた。合コンの一次会を早々に終えた四人は、広場にならんだテーブルを囲んでいた。オープンテラスのカフェは昔から女子の大好物である。彩野が白ワインのグラスをかかげていった。

「いやあ、今夜の男はひどいのばっかりだったね。とりあえず、乾杯」

四人はグラスをあわせた。ワイングラスを打ちあわせる音は、こんな気分のときでも悪くない。嫌な気分などよく冷えた白ワインで流してしまおう。正面にはシンデレラ城のような白い洋館が、夜空に冴えざえとそびえている。なんでも恐ろしく高いフレンチレストランらしい。智香がいった。

「ごめんね。学生時代の友達に紹介されたんだけど、あそこまでひどいと思わなかった」

二歳年下のグラフィックデザイナー、結有が片方の眉をあげた。

「だいたい三十を過ぎた男が、合コンに居酒屋なんか予約しますか。リュクスがついてもカゴメ家ですよ。あそこはお金のない学生がいく店でしょう」

「ほんとにね、それにあの赤メガネ」

いつもはおっとりとしているバツイチの先輩、沙都子まで口をへの字に曲げている。赤いメガネをかけていたのは、確か三十二歳の住宅メーカーの営業マンだったはずだ。名前は忘れてしまった。彩野がごくりとワインをのんでいった。

「今度会ったら、あの赤メガネ、ぶん殴ってやる。覚えてる、最後にあいつがほざいた台詞《せりふ》」

智香もあのいまいましい言葉なら、しっかりと覚えていた。今回の合コンの失敗の責任もあるので、むやみにはしゃげなかったが、なにかいってやりたくてたまらない。結有が智香を見て、フラストレーションに気づいたようだ。ロリータ顔でにやりと笑った。さすがの肉食女子も、今回はおもち帰りはしていなかった。この子の打率はイチローを軽々上回る五割。毎週末に開かれる合コンで、一カ月に二度の即日テイクアウトが平均である。今回は悪球打ちが得意な結有でも、見送るくらい程度が低かったのだろう。結有が赤メガネの真似を始めた。

「いやいや、ここにいる女性たちだって、みんな働いて自立してるんだから、おごりなんて失礼だろう。全員均等の割り勘でいいじゃないか」

「信じられない」

「最低」

「あのドケチ」

いっせいに言葉が重なって、誰がどの台詞をいったのかわからなくなる。結有がうんざり顔をした。

「あの赤メガネ、あんなにケチな癖に、しつこいんだ。わたしがお手洗いにいったとき、あとをつけてきて、こんなの無理やり押しつけてきた」

結有の手のなかには、カゴメ家の紙ナプキンが見えた。広げると一行のアドレスが走っている。よほどあわてて書いたのだろう。最後の英文字がビールの黄色い染みでふやけていた。結有はくしゃくしゃに丸めて、テーブルのうえにあった灰皿に捨てた。智香はいった。

「ねえ、結有は今夜の四人のうち、どうしてもHしなくちゃいけないっていわれたら、誰にする？」

「それ、いじめですか、智香さん。うーん、今回はほんとカンベンなんだけど、強《し》いていえば、あの公務員かな」

黒ずくめの服装のバンドマンだ。公務員の仕事は、世をしのぶ仮の姿だといっていた。いい年をしてバカじゃないだろうか。こういう質問は、全員に振らなければならない。みな心のなかで、自分の回答を考えているからだ。女子は仲間はずれが嫌いである。合コンのみ代以外は、平等公平に。智香が質問した。

「じゃあ、彩野はどう？」

彩野がこたえるまえに結有がいった。

「わたし、わかりますよ。彩野さんの好み、あのヨーダでしょう」

小柄で目ばかりぎょろぎょろとおおきな男だった。仕事はどこかの電気会社のエンジニアだっただろうか。亡くなった元総理大臣に似た目元以外、印象は欠片もない。沙都子が笑っていった。

「結有ちゃんのいうとおりで正解ね。でも、彩野ちゃんの変な男好みは、誰でもしってるから」

彩野が残りのワインをのみ干した。遠くのウエイトレスに手をあげ、お代わりを注文する。

「くやしいけど、あたり。わたしはなぜかああいうオタクみたいなのとか、理系とか好きなんだよね」

無理もなかった。智香は彩野の引越し荷物の中身をしっている。衣類よりもマンガの段ボール箱のほうが、ずっと多かったのだ。きっと彩野の部屋は、みんなの図書室になるだろう。いや、無料のマンガ喫茶か。

「でも、ヨーダのほうはぜんぜんこっちに気がなかったみたい。まったく視線をあわせようとしなかったからね。なんでかしらないけど、わたしには好きじゃないタイプの男ばかり寄ってくるんだよ」

智香と沙都子は顔を見あわせた。なぜか彩野は自分の魅力やキャラクターを理解していないのだ。身長が百七十五センチもあり、胸は無くともスレンダーでスタイルがよく、やや吊り目の厳しい顔立ち。彩野は外見だけは、ばりばりにクールな天然のSの女王である。結有がなにもわからずにいった。

「そういえば、あの偽空間プロデューサー、しつこく彩野さんにちょっかいかけてましたよね」

それもうなずけることだった。あの仕切り屋の男は、実はMなのだろう。なぜか威張る男に限って、プライベートではMのことが多い。これは智香の経験からも確かである。

彩野がため息をついていった。

「だけど、なんで合コンなんてやるのかな。だってさ、いい男なんて百回に一人いるか、いないかでしょう。それがわかっていても……」

智香がそのあとを続けた。

「まだ見ぬ人を求めて、ばっちりメイクして、おしゃれして、つぎの週末には合コンにいく」

彩野が十年来の親友の目をまっすぐに見つめた。智香はうなずいていった。

「それ以外やる価値のあることなんてないんじゃない。仕事はそれなりにがんばってるし、きちんと貯金もしてるし、ひとりでちゃんと生きている。わたしたち、東京のまんなかでなんとか、サバイバルしてるじゃない？　そうみすぼらしくもならずにね」

結有がきゃー！　とちいさな歓声をあげた。

「姉貴、カッコいいです。わたしにいわせたら、この世のなかなんて、男とか恋愛以外におもしろいことないですよ。あとはどうでもいいつまんないことばっか。わたしは百回恋して失敗しても、きっと百一回目の恋をするだろうな」

そういう結有の目はアルコールで赤くもならずに、奇妙なほど澄んでいた。朝までのんでも酔っ払わないのだ。人の中身は外見には反映されないものだった。結有は彩野と正反対である。実際にこの肉食ロリータが寝た男の数は、百人以上かもしれない。賭けをするなら、自分は100オーバーにコインをのせるだろう。恋多き女は恐ろしかった。

最後に残ったメンバーに智香がいった。

「沙都子先輩は、誰かいましたか」

秘書室勤務の沙都子が左右に首を振ると、やわらかな巻き髪が一拍遅れてスイングした。

「今回は無理」

結有がいたずらっぽい目をしていった。

「つきあわなかったら、殺すといわれても」

沙都子は微笑んで、結有を見た。

「うん、わたし、きっと死んじゃう」

「えー、沙都子先輩だけ、ずるいなあ」

そういったのは彩野である。彩野は今度は智香のほうをむいた。

「じゃあ、智香は誰なの？　ヤリスン女王としては、誰に白羽の矢を立てる？」

智香も沙都子を真似て、首を左右に振った。髪はばさばさするだけで、沙都子のように優雅にスイングはしてくれなかった。彩野が厳しい目を、さらに吊りあげていった。

「あんたはそういうキャラじゃないんだから、ぶりっ子で許されると思ってるの。さあ、白状しろ、ヤリスン」

となりのテーブルのカップルが驚いた顔をして、こちらを見ている。智香の顔が赤くなった。

「彩野、あんた酔ってるでしょう。ヤリスン、ヤリスンっておおきな声でいわないでよ」

ヤリスンは正確には、ヤリの寸前である。智香はいい男を見るとすぐにのぼせあがるタイプだった。デートや合コンのあとでふたりきりになって、さんざんキスやその他をする。だが、最後の一線までくると、なぜか急に臆病になるのだ。男から離れ、その場を逃げだしたくなる。Hはしてしまえば、それで終わりだ。勢いで寝てしまって、うまくいったことはなかった。そこで智香はいつもぎりぎりの死地から、貞操を守って生還するのだ。彩野は親友の恋を十年間横目で観察して、ヤリスン女王の称号を贈っていた。

「そうか、あなたみたいなエブリバディ・カモンの女でも、今夜は成果なしか。やっぱり完全なムダ弾だったんだね」

沙都子が腕時計を見た。

「さあ、そろそろ帰りましょう。合コンのもうひとつのお楽しみも終わったし」

うまくいってもいかなくても、合コンのあとの女だけの反省会は愉快だった。いきなりとなりの席の彩野が長い腕を伸ばして、智香の肩を抱いた。

「いやあ、こんな時間までゆっくりのんで、歩いて家に帰れるなんて、最高だね。もつべきものは友達だ」

ガーデンプレイスを駅のほうにむかう人波ができていた。そろそろのみ会が終了する時間である。智香がウエイトレスを呼んで会計をすませた。その夜二度目の割り勘だ。男がいなければ、世界は平和だった。カフェのチェックでもめることもない。四人は一列に肩をならべて、タイル張りの広場をやわらかな夜風に背を押され歩きだした。


「へえ、いいじゃないですか。設計は誰か、有名な建築家なんですか」

結有は仕事柄デザインにはうるさい。智香たち三人が共同生活を始める家をひと目見るなりそういった。恵比寿ガーデンプレイスの裏にある家までは、カフェから歩いて五分とかからなかった。

「ああ、うちの叔父さんが現代建築とか好きみたいで、若手の建築家に頼んだっていってたよ」

「ここに一年以上は住めるんですよね」

結有にそういわれれば、うなずくしかなかった。智香の叔父は仕事で海外に赴任しているが、帰国の予想が立てにくいのだという。一年以上にはなるが、それが一年半なのか二年三年になるのかわからない。そこでいつでも追いだせる親戚に留守宅をまかせたのである。家賃はその分割安だった。

家のまえで話している結有と智香に、彩野が声をかけた。

「沙都子先輩と先にいってるよ」

結有は小首をかしげて、かわいい顔をした。なにかを狙っているようだ。この子が合コンでおもち帰りをする相手にこんな表情をむけるのを、智香は何度か目撃している。

「ちょっと待ってください。あの、わたしもここに住まわせてもらえませんか」

彩野と沙都子が驚いて、智香を見つめた。結有が手をあわせていった。

「わたし、ひと部屋借りてるんですけど、遠くてなかなか帰れないんです。ほら、仕事が不規則だし、夜遅いでしょう?」

フリーデザイナーの過酷さは、自動車メーカーの広告部で働く智香にはよくわかっていた。彩野がいった。

「なんだ、いつも男の部屋を転々としてるんだと思ってた。どうする、智香?」

「家賃はちゃんと払います。そうしたら、みんなの負担もすこしは軽くなるでしょう。この家ならおおきいから、部屋だってあまってますよね」

智香は彩野を見た。彩野は黙ってうなずく。沙都子を見た。沙都子は微笑んで、やわらかにうなずく。あの笑いかた、今度鏡を見ながら練習してみよう。結有が頭をさげている。

「ほんとにお願いします。わたし、女子には嫌われるタイプで、ほかに友達いないんですけど、ここにいる三人はほんとのお姉さんみたいで、みんな大好きなんです」

智香がぽんっと結有の肩をたたいた。しっかりと肉づきのいい肩だった。これでは男たちが夢中になるのも無理はない。てのひらが気もちいいのだ。

「わかった。わたしたちといっしょに暮らしてもいいよ。家賃の話は、お酒のんでないときにゆっくりしよう」

商社の秘書室に在籍する沙都子の声は、ニュースを読むアナウンサーのように低く落ち着いている。

「よかったわね。結有ちゃん、四人目のメンバー、歓迎します」

彩野は肩をすくめていった。

「いっとくけど、この家は男子禁制だからね。おもち帰りも、連れこみも、禁止だよ」

結有はとがったあごで勢いよくうなずいた。調子がいい子だった。

「はい、彩野先輩」

彩野が玄関の扉を開けた。ふたりが先に家のなかに入っていく。目をおおきく見開いて、結有が智香にいった。

「智香先輩はわたしになにか忠告はないんですか」

智香はつい結有の肩をまたたたいてしまった。かわいくてグラマラスな女の子の身体というのは、さわっているだけで心地いいものだ。

「わたしは別に忠告なんてないよ。でも、みんなで楽しく暮らそう。それで、バンバン合コンにいこう」

「やったー、智香さん、最高」

静かな住宅街の夜中の通りで、結有が飛び跳ねていた。胸が揺れる揺れる。

「ちょっと静かに。家のなかを案内してあげるから。さあ、きて」

結有を先導しながら、先ほどの彩野の台詞を思いだした。男子禁制。もち帰り、連れこみ禁止。そんな約束を交わした覚えはなかったが、それも悪くない気がした。この四人のうち最初にその禁制を破るのは誰だろうか。アラサー女が四人で暮らすのだ。これからの一年で、なにも起きないというほうがおかしいだろう。


岡部智香の勤める自動車メーカーは青山に東京本社があった。昼食は、社外でとることが多い。

最上階の二十二階には、安価でなかなかおいしい社員食堂もあるのだが、昼休みくらいはオフィス以外の空気を吸いたかった。一年中完璧に空調された室内で働く人間には、排気ガス混じりでも都心の風に吹かれるのが、なによりの贅沢である。

青山ツインタワーの地下でランチをすませて、智香は広い歩道にでた。空を見あげると、雲が空高くかすれている。刷毛《はけ》で掃いたような絹雲《けんうん》だった。智香は携帯電話をとりだし、文句をいう相手を選んだ。

黒谷《くろたに》早矢人《はやと》は同じ大学の同じ経済学部だが、成績は智香のほうがずっと優秀だった。何度か試験やレポートで助けてやったものだ。早矢人は付属高校のころから有名な遊び人で、卒業後は親のコネをつかって広告代理店に潜りこんでいる。早矢人にしたらおもしろくないかもしれない。学生時代から頭があがらなかった相手に、今でも頭をさげっぱなしなのだ。かつての同窓生は、今ではクライアントと出入りの広告会社の営業マンだった。早矢人の調子のいい声が耳元から流れだす。

「どうだった、合コン？　男どもには大好評だったみたいだよ。引き続きつぎのセッティングを頼まれてる」

「あんたねえ、どういう神経してるの。あいつらが無国籍料理のおしゃれな店だっていって予約してたの、カゴメ家だよ。カゴメ家リュクス。しかもガチの割り勘だったんだから」

電話のむこうで早矢人が笑いだした。

「ははは、居酒屋か。そんなこといわれても、ぼくが選んだ店じゃないから」

「あー、むかつく。それよりうちのほうのメンツは最高なんだから、もうちょっといい男をそろえてよ。早矢人は昔から顔が広いのだけが取り柄でしょう」

「はいはい、わかりましたよ、智香姫」

姫と呼ばれて悪い気はしなかった。智香はさばさばしているし、お嬢さまでも、とりたてて上品でもなかった。その証拠に早矢人以外で、智香を姫と呼ぶ人間はいない。なぜか、早矢人だけが学生時代から姫と呼ぶのだ。

「そんな言葉で、ごまかされないからね。つぎの合コンのセッティングお願いね」

「えーっと、何週先」

智香は頭のなかでスケジュールを確認した。今週末の合コンはすでに決定済みだ。今度は大学の講師らしい。もしかしたら、また居酒屋かもしれない。ポスト・ドクターが貧乏なのは有名だ。

「再来週と、そのつぎくらいかな」

智香の週末はほぼ合コンで埋め尽くされていた。というより、なにも予定のない週末が恐ろしくてしかたない。女の時間は男とは違う。花の命は短いのだ。二十九歳になって、肌や胸や尻のたるみを感じ始めた智香には、それは痛切な問題だった。人間は生きてるうちが花だというが、女は咲いてるあいだが花だった。花の時間は火のついた導火線のようにこの一瞬にも燃え尽きようとしている。

「了解。それより、今度いっしょに飯でもくおうよ。彩野ちゃんと沙都子先輩といっしょに暮らし始めたんだろ」

「うん。女だけの共同生活。もうひとり飛び切りかわいい子がくわわったけどね」

智香は腕時計を確認した。そろそろ昼休みの終わる時間だ。青山一丁目の交差点にむかって、ゆっくりと歩きだす。

「だったら、なおさら飯にいこう。汐留《しおどめ》にいいイタリアンを見つけたんだ。それに罪滅ぼしじゃないけど、ぼくの手もちカードのなかで最高のイケメンを今度紹介するよ。そっちのほうは、合コンじゃなくて、単独のデートをセッティングしてあげるから」

合コンじゃなく、単独のブラインドデート？　ずいぶん早矢人は自分には優しくしてくれるものだ。

「あんた、そんなおいしいことといって、うちの会社の企業秘密でも狙ってるんじゃないでしょうね」

「そんなことないって。じゃあ、土曜日、汐留で、夜八時」

「ちょっと待って」

返事をしようとしたところで、電話はいきなり切れてしまった。早矢人は学生時代からまるで変わらなかった。せっかちで、おっちょこちょいで、単純。どうしてあの男が経済学部で一番もてたのか、智香にはまったく理由がわからなかった。男も女も関係ない。ほとんどの人間の異性を見る目は節穴だ。

3

土曜夜の汐留には、ほとんど人の姿がなかった。ガラスのビルの先端は見あげると首が痛くなるほどの高さで、その谷底を歩いていると、ものすごくきれいな廃墟でも散歩している気がする。そういえば最近の東京の再開発地は、どこにいっても人の集まりが悪かった。世界的な建築家によるデザインも、大量の広告も、日本には初出店だというスイーツの店も、不景気には勝てないということか。

智香は自動ドアを抜けて、アトリウムに入った。ガラスの吹き抜けの天井高は四階分くらいあるだろうか。むやみに贅沢な容積のつかいかただが、もう四十〜五十階建てのビルには慣れてしまって、さして印象的でもない。

「やあ元気、姫」

巨大な卵のような大理石の塊《かたまり》にもたれていた黒谷早矢人が、右手をあげて挨拶を寄こした。レザーのライダースに、同じ茶系のコーデュロイのパンツ。休日なので、大学生のようなカジュアルファッションだった。

「元気は元気だけど、早矢人相手じゃぜんぜんときめきがないなあ。今日は店じゃなくて、ここで待ちあわせなんだ」

うなずいて、早矢人がエレベーターにむかって歩きだした。

「そう、見せておきたいものがあって。ぼくとじゃ意味ないだろうけど、そのうち姫も自分のデートでつかえるかもしれない」

そういえば、早矢人とのつきあいはおかしなものだった。学生時代からだからもう十年近い友人になる。おたがいに恋人ができても、なぜかよくふたりで遊びにいっていた。ときにはそのせいでつきあっている相手から嫉妬《しっと》されることもあった。

気があうというか、いっしょにいるとリラックスできるというか。これほどふたりきりで気をつかわなくてすむ異性は、智香は初めてだった。だいたい男というのは、カッコをつけている割には、なにかあるとすぐにペシャンコになるし、優秀な人間ほど気分のアップダウンが激しかった。気が弱くて、女よりずっと女々《めめ》しいのが男なのだ。

早矢人が壁のボタンを押すとエレベーターの扉が開いた。奥の壁はガラス製だ。

「のって、早く。ほかのカップルがこないうちに」

あわてて智香は広々した箱にのりこんだ。超高層ビルのエレベーターで、ほかのカップルといっしょになるほど気まずいことはない。

「今日のイタリアンは四十七階にある。このエレベーターはなかなかいい仕事するよ」

なめらかに上昇を開始したと思うと、急激に速度があがっていく。外を見ると、汐留のビル群が光り輝きながら、沈みこんでいくようだった。最初は明るかったエレベーターの照明は、十階二十階とのぼっていくうちに、しだいに暗く絞られていく。気がきいた演出だ。早矢人がくすくす笑っていった。

「いやあ、どんな世界にも遊び人がいるもんだよね」

思わず智香も笑ってしまった。

「ほんと、あんたといっしょじゃなければ、その気になるんだけど」

四十七階に到着したときには、エレベーターのなかは東京の明るい夜空と同じ暗さになっていた。ガラスの箱に入って、汐留の空にふわりと浮かんでいる気分だ。扉が開くと、早矢人がいった。

「さあ、こちらでございます。姫、どうぞ」


テーブルは窓際の特等席だった。壁面は足元からガラスになっているので、すぐそこに銀座の街灯りが落ちている。智香と早矢人は大学時代の共通の友人の話題で、ひとしきり盛りあがった。誰かが会社を辞めて、誰かが結婚して、そのうちの何組かが早くも離婚した。なかには起業して新規上場を果たし、億万長者になった者もいる。だが、ほとんどの同窓生はまだ独身のままで、年ごとに厳しくなっていく職場の労働環境に耐え、なんとか一線でがんばっていた。智香はときどき思う。安月給でも文句をいわず、淡々と全力で働き、サービス残業を続ける自分のような人間が、実際にはこの国を動かしているのだ。政治家や官僚など人の税金のつかい道を決めているだけではないか。

ぼんやりと都心のネオンサインを見ていた智香に、早矢人がいった。

「そういえば、昨日も合コンだったんだよね。成果はどうだった？」

「恐ろしく理屈っぽかった」

前菜の盛りあわせが運ばれてきた。きのこが四種類入った秋野菜のラタトゥイユ、真鯛のカルパッチョ、生ハムとイチジクのサラダ。ふたりが選んだ一番安いコースはランチの二倍強の価格である。食材のコストは料金の三割ほどというけれど、こんなにいい場所を借りて、きちんとした食材をつかい、ちゃんと元がとれるのだろうか。他人事ながら心配になる。考えてみると、智香の働く自動車メーカーでも小型車では一台売って、数万円の利益にしかならなかった。おかげで、冬のボーナスも広告予算も削られるばかりだ。

「なんだっけ、どこかの大学のポスドクだったよね」

「そう、社会学と経済学と日本文学とあとは大学職員。みんなお金はないけど、理屈だけはたくさんあるんだよね」

智香はあらためて、早矢人の顔を観察した。そういえば、うちの経済学部で一番のイケメンといわれていたのだ。早矢人は癖のない薄手の二枚目だった。そのハンサムはにこにこしながら、ワイングラス片手にこちらを見ている。

「わたしさあ、男の人ってひとつおおきな勘違いをしてると思うよ。みんな自分の一番自信のあるところをやたら強調するでしょう。あれがもう女にはダメなんだよね」

「そうかな、巨乳好きな男には胸を強調したほうが、簡単に落ちると思うけど。透けるくらい薄いカシミアのセーター着て、胸を突きだすとか」

「あんた、バカじゃないの。男は単純だけど、女はそう簡単にはいかないよ。なぜか男って、女にいばるでしょう？　お金がある人は豊かさを、頭がいい人は知識を、センスがいい人は感性を、すぐこれみよがしに見せびらかす。どうだ、おれってすごいだろうって。どれもたいしたことないのに」

合コンで男たちが犯す数々の失敗を、智香は見てきた。実物以上に自分をおおきく見せたがる底の浅い男たちのなんと多いことか。見せびらかしが始まったとたんに、女たちの気もちは合コン会場から離れていってしまうのに。

「そこで自分を抑えられる人はもっと魅力的に見えるんだよ。一番自信のあるところは、逆に隠しておいて見せないくらいのほうがいいの」

早矢人がカルパッチョをたべながらいった。

「それはさ、巨乳の子がいざというときにジャケットを脱いで、必殺の武器を見せるとか、そういう感じ」

「なんでも胸に結びつけないで。昨日はずっとこむずかしい話ばっかりだったんだから。世界経済がどうした、格差社会がどうしたって、退屈でしょうがなかったよ」

どんな経済状況だろうと格差があろうと、生きいきと楽しく生きているほうが勝ちなのだ。それがわからないなんて、男たちはどうかしていると智香は思った。遠い目で日本一の繁華街を見おろしたが、失敗続きの合コンには続きがあったのである。早矢人にはいえないけれど、新たに共同生活を始めることになった結有はさっそく肉食ロリータぶりを発揮していたのだ。一番理屈っぽくなかった大学のガイダンス課の職員をおもち帰りしたのである。結有が足音を忍ばせて、恵比寿の家に帰ってきたのは明けがた近い午前三時すぎだった。あとで話をきくと、そのまま渋谷道玄坂のラブホテルにいったのだという。

「信じられますか、智香さん。あの人ほんとにお金がなかったみたいで、ラブホの宿代割り勘だったんですよ」

それをきいて、朝のテーブルには爆笑がまき起こった。彩野が結有の丸みをおびた肩をつついていった。

「あの人のH、どうだった？」

そのあとの結有の返事はとてもここで再生することはできない。気のおけない女性同士の品評会は、男たちよりずっと大胆で直接的である。

「なに、にやにやしてるんだよ、智香」

「まあ、いいから、いいから」

女には女の仁義がある。結有はかわいい後輩だし、共同生活の仲間だ。相手の大学職員はシチュエーションプレイが好きで、吹きだすほどおもしろいキャラクター設定で求めてきたというけれど、それを話すことはできなかった。ちょっとぼかせばいいだろうか。

「ところで、早矢人は小田急ロマンスカーのなかで、カートを押してる販売員の女性には萌えないの」

早矢人は不思議そうな顔をした。

「別になにも感じないけど、なんの話だよ」

智香は男友達に笑いかけた。なにかを隠しておいて、男に勝手に想像させる。この空気が好きなのだ。早矢人があきらめていった。

「それよりさ、このまえいい男を紹介するっていっただろ」

「ああ、あの話ね」

男たちは女性から紹介される「かわいい」子はダメだという。かわいいのはルックスではなく、性格やファッションだけのことが多いからだ。けれど、智香は同じことが男が紹介する男にもあてはまると思っていた。「いい」男はたいてい、会っても会わなくてもいい男。どっちでもいい男だ。

「ぼくは中学のころボーイスカウトに入っていたんだ。そのときの友達だ。年は三十歳。家は金もちで、港区に庭つきの一軒家をもってる。身長は百八十三センチ、体型はやせ型。大学はうちらとは違うところだけど、あいつ学生時代にアルバイトで男性誌のモデルをやってたんだよ」

「へえ……」

「高瀬《たかせ》紀之《のりゆき》っていうんだけど、今は五島《ごとう》物産にいる」

その総合商社は男子学生の就職人気ランキングで、ベストテンから落ちたことはなかった。あれこれと条件をきいてみると、悪くはなさそうである。

「だけど、なんでわたしを紹介するの？　そんな人なら、いくらでも相手がいそうだけど」

今度は早矢人がにやりと笑った。

「すごく条件がいい空き部屋みたいなもんだよ。紀之は二カ月まえに彼女と別れてる。かわいい子だったんだけど。最初のひと月は傷心で、その気になったのは最近なんだ。誰かいないかって、相談された」

「最初に思い浮かんだのが、わたし？」

子どものようにうなずいて、早矢人がいった。

「そう。いつもお世話になってるし、智香姫はぼくのいち押しだから」

そういわれるとうれしくないことはないのだが、智香は頭のいい女性のつねで疑り深かった。

「早矢人、なにか狙ってない？　新型車のキャンペーンの極秘情報とか、前回のプレゼンの結果とか、わたしは絶対に社外秘は漏らさないからね」

大学時代の同窓生は、自動車メーカーと広告代理店に分かれていた。週に三回は智香のオフィスに早矢人は顔をだしている。

「そんなはずないだろ。たまには友達を信じてみろよ。今度、紀之に連絡とって、ちゃんとスケジュール押さえておくから、姫もよろしくな」

「はいはい、いいからもうのもうよ」

そこからは智香も早矢人もバカな冗談しか口にしなくなった。いつでも学生時代にもどれる古い友達というのはいいものだった。これでもうすこしときめきがあればいうことなしだが、智香は早矢人の今の恋人のこともよく知っていた。

「琉璃《るり》ちゃん、元気？」

早矢人の顔が曇った。

「うん、そうみたい。最近あんまり会ってないんだ」

「そうなんだ。なにかあったら相談にのるからね」

報告の必要はないというのだが、いつも新しい相手ができるたびに早矢人は真っ先に智香に話すのである。トラブルが起きると、智香は延々と早矢人の愚痴をきかされることになる。女より男のほうがずっと恋のストレスに弱いというのは、恋愛の逆説だった。


翌週は残業続きのひどい一週間になった。

企業の広告部はよくテレビドラマの舞台になるけれど、広告制作の仕事があんなふうにスタイリッシュなはずがなかった。会議に打ちあわせ、資料づくりに根まわしと追いまくられるように仕事をして、気がつけば窓の外が暗くなっている日々の繰り返しである。第一、どこの広告部にもドラマのようにジャストサイズのスーツを着こなしたイケメンなど存在しない。

智香はたくさんの雑誌や新聞広告、パンフレット類を外部プロダクションの手を借りて制作していたが、仕事でもフラストレーションがたまることが多かった。なぜかデザインセンスの欠片もないタイプの上司に限って、あれこれと細かな注文をつけてくるのだ。けれど、大嫌いな上司のハンコをもらわなければ、最終的なGOサインはだせない。泣くなくデザインを改悪して、稟議《りんぎ》をとおすのである。出入りのデザイナーにこっそりと謝るたびに、毎回情けなくなるのだった。家族をのせたミニヴァンが海沿いのハイウェイをただ走っているだけの広告一枚に、これほどの労力が注がれている。それだけにいいものが仕あがったときの気分は最高だった。

厳しい五日間を切り抜けて、ようやく家に帰れるという金曜日の午後七時、智香の携帯電話がオフィスで震えだした。発信元を確かめると、沙都子からだった。廊下にでて、声を抑えて返事をした。

「……はい」

「智香ちゃん、今、だいじょうぶかな」

「ええ、もう帰ろうと思っていたところ」

「だったら、晩ご飯まだでしょう？　ちょっと話があるんだけど、つきあってくれないかな」

ひとりで夕食をとるのは淋しいけれど、疲れているのでもうアルコールはたくさんだった。その日は智香にしてはめずらしく、金曜日の夜に合コンの予定が入っていないのをラッキーと思っていた。

「いいですけど、彩野とか結有ちゃんはいないんですよね。あと、どうでもいい男とか」

沙都子が電話のむこうで華やかな笑い声をあげた。

「わたしだけよ。すこし疲れ気味だから、おうちの近くでなにか軽くたべましょう。ガーデンプレイスにあるイタリアンはどうかな。噴水があるプラタナス通りのほうの」

酔っ払った彩野が昔落ちたことがある噴水だった。あのときは、ブーツがバケツのようになったっけ。

「了解です。わたしはすぐにでますから、三十分後に」

「先にいって待ってるね。ああ、それから、このことはあのふたりにはないしょだから」

隠しごとなどなにもなさそうな沙都子がおかしなことをいうなと、その言葉は智香の印象に残った。まあ、なんにしても話をすればわかるだろう。あまりややこしい問題でなければいいのだけれど。

智香は自分のデスクのパソコンを消すために、オフィスにもどった。


九月になって空気に透明感が増したようだ。ガーデンプレイスは磨いたばかりのガラスのように澄んだ美しさだった。ヒールの音を響かせながら、智香は約束の店にむかった。すこし涼しいので、オープンテラスで食事をしているのは外国人のカップルひと組だけだった。

ガラスの窓越しに、沙都子の横顔がのぞいていた。手を振ろうとして、智香は固まってしまった。沙都子がひどく暗い顔をしていたからだ。眉間《みけん》に深いしわが刻まれ、法令線のさがった口元も数歳は老《ふ》けて見える。いつも身奇麗にして、表情にも気をつかっている沙都子らしくなかった。

(いったいなにがあったんだろう？)

智香はレストランにはいると、すこし時間をかけて、ゆっくりと店の奥のテーブルにむかった。

「あら、智香ちゃん、早かったのね」

席につくと、ウエイターがやってきた。沙都子のまえのグラスを見ていった。

「わたしもシャンパンをください」

サラダとパスタだけの簡単な夕食になった。沙都子はあれこれと穏やかに日常の話をしたけれど、それが呼びだした目的だとは思えなかった。智香は辛抱強く待った。どんな話でも無理にすすめていいことはない。自分から話したくなるのを待つ。それが一番正確でスムーズな情報収集法だった。

食後のエスプレッソがやってきた。テーブルにおかれたアルコールランプの燃料はずいぶん残りすくなくなっている。腕時計を見ると、九時半をすぎていた。沙都子が揺れる炎を見つめていった。

「なんだかこういうちいさな火って、わたしたちみたいね」

なにをいっているのだろうか。意味はわからないが、智香は黙ってうなずいた。

「じりじりと音もなく燃えて、気がつくと残り時間がなくなっていく……」

一瞬黙りこむと、沙都子が顔をあげて、まっすぐに見つめてきた。

「智香ちゃん、わたし、赤ちゃんが欲しいの」

目が真剣だった。智香は言葉もなく、身体を硬くしていた。

「それもできれば、三十五歳までには最初の子を産みたい。そうするとあと三年しかないのよね。妊娠期間を十カ月とすると、残された時間はほぼ二年」

沙都子は三十二歳で、バツイチだった。智香はまだぎりぎりで二十代だ。女性にとって、この三歳の差はおおきかった。智香自身は恋愛や結婚を考えることはあるけれど、妊娠と出産ははるか先のテーマにすぎない。

「四人でいっしょに合コンをして毎週遊ぶのは、すごく楽しい。でも、このままだとなかなか父親を探すのはむずかしいと思うんだ。だから、わたし、きちんとコンカツしてみようと思うの」

沙都子はうわ目づかいで、智香を見つめた。手をあわせて、お願いのポーズをとる。

この人はこの格好で、何人の男たちを落としてきたのだろうか。

「でね、お願いだから、智香ちゃんもいっしょにつきあってくれない？」

智香の声は裏返ってしまった。

「えっ、なんですか」

「だから、コンカツもいろいろあるでしょう？　お見合いパーティとか、結婚サイトとか、紹介所とか。わたし、ひとりだとちょっと怖いから、ぜひ智香ちゃんにもいっしょにチャレンジしてもらいたいんだ」

静かな恵比寿のイタリアンレストランで、智香は椅子からひっくり返りそうになった。わたしがコンカツをする？　なんだかお腹の底からおかしくなってくる。沙都子が手をあわせたままいった。

「こんなこと、智香ちゃんにしかお願いできないの。彩野ちゃんや結有ちゃんには、絶対にないしょにしてね。とくに赤ちゃんのことは、わたし本気だから」

そのとき智香は目のまえにいるバツイチ女性の肩が小刻みに震えているのに気づいた。こんなにきれいな人でも一生懸命なのだ。本気で沙都子先輩は赤ちゃんを欲しがっている。そう思った瞬間、智香は返事をしていた。

「わかりました、そのコンカツ、わたしもいっしょにがんばってみます」

4

「へえー、そんなにおすすめの男がまだ残ってたんだ」

洗面台にはボウルがふたつならんでいた。理科の実験室にあるような四角いミニマルデザインの陶製である。となりでは彩野がドライヤーで寝癖を直している。正面の壁の半分は巨大な一枚鏡だった。

女四人の共同生活だが、朝の洗面台はいつもゆっくりとつかうことができた。フリーデザイナーの結有は遅寝遅起きだし、先輩の沙都子は自分の部屋に専用のドレッサーをもちこんでいる。智香はていねいに洗顔ソープを泡立てながらいった。

「まあ、そんなとこみたい。彩野、すっぴんだとほんとに眉がないね」

彩野がない眉をひそめた。暴走族のレディースのような迫力だ。

「うるさい。人のすっぴん顔に文句いうな。それよりその彼、メンズファッション誌の元モデルで、一流大学卒、しかも五島物産勤務なんでしょう。文句なしじゃない」

確かにお見合いの釣書きなら、上々の好条件である。飛びつく女子は数多いことだろう。背の高い彩野が鏡のなかから見おろしてくる。

「それに予約の店が、あの『アレグロ・ヴィヴァーチェ』でしょう。カゴメ家リュクスより千倍いいよ」

智香は黙ってうなずいた。パリ帰りの若いシェフがだしたフレンチレストランで、ミシュランの星をふたつ獲得しているという予約困難な人気店だった。

「だけど、わたし、そんなにフレンチ得意じゃないし、ワインにもくわしくないから」

「そんなこといっちゃって、いつもよりぜんぜん泡の量が多いじゃない。智香、けっこうその気になってるでしょう」

ぼんやりしているうちに泡がてのひらからこぼれそうになっていた。やさしく頬と額にクリームのような泡をのせた。蛇口からは朝のぬるま湯がたっぷりと流れている。智香は泡をつぶさないように顔をソフトに洗った。注意深くいつもの手順で洗顔するこのときは、無心になれる好きな時間だ。なぜか初デートを控えた智香より、彩野のほうがのり気でいった。

「頭のいいイケメンなんて、めったにいないんだから、せいぜいしっかりがんばってきな。応援してるよ、智香」

法令線をうえに押しあげるように洗いながら、智香はいった。

「そうだね、まず会ってみないと始まらないし、ちょっとがんばってみる」

彩野はブローを終えると、うしろから智香の胸をTシャツ越しに両手でつかんできた。

「キャー！　なにすんの」

「なんだかんだいっても、輸入ものの勝負ブラしてるじゃない。うまくいかなかったら、つぎはわたしにまわしてね、その彼」

洗面室をでていく彩野の背中に叫んだ。

「あんたなんかに絶対イケメンは紹介してあげないからね」

廊下から彩野の調子のいい声が丸く響いてくる。

「はいはい、今夜はいくら遅くなってもいいからね」


渋谷松濤《しょうとう》の住宅街にあるちいさな洋館だった。

常緑のクスノキに白と青のイルミネーションが灯《とも》って、涼しげな雰囲気だ。レンガ敷きの車寄せにはデコレーションだろうか、シトロエン2CVがおいてある。折り紙細工でつくったようなかわいらしい小型車だ。自動車メーカーの広告部に勤務する智香は当然自動車が好きだった。このレストランは料理だけでなく、そのほかの趣味もいい予感がする。ドアを開けると、ハンサムな金髪のウエイターが笑みを浮かべて立っていた。

「いらっしゃいませ、お待ちあわせでいらっしゃいますか」

目は青いが、日本語は完璧だ。コートをわたしながらうなずき、相手の名前を告げた。

「こちらに、どうぞ」

木の床がきしるように鳴った。腰壁と床は濃い茶色で、壁は白い漆喰《しっくい》である。おしゃれしてきてよかった。狭い廊下を何度か折れ曲がり、ウエイターはドアをノックした。

「高瀬さま、お待ちのお客さまです」

かたりと椅子の音がして、目をあげると長身の青年がナプキンを片手に立っていた。

うしろの窓にはイルミネーションつきのクスノキ。後光がさしているようだ。確かに黒谷早矢人のいうとおりだった。ちょっと濃いけれど、欠点のまるでない顔立ちをしている。

「高瀬紀之です。早矢人から、岡部さんの話はたくさんきいてます」

智香が座ろうとすると、ウエイターが椅子を押してくれた。紀之がほがらかにいった。

「のみものはなににしますか？　のめるって、早矢人にはきいたけど」

ハンサムな元モデルと金髪のウエイターに高級なフレンチの個室で見つめられる。女子のひとつの理想のシチュエーションかもしれない。

「ワインはよくわからないから、おまかせします」

ワインリストを開いて、紀之は指さした。

「じゃあ、シャンパンでいいね。これをフルボトルで」

ウエイターがいってしまうと、紀之がいたずらっぽい目をしていった。

「早矢人は岡部さんのこと、自分のいち押しだっていってました。ルックスももちろんだけど、人間として信用できるいいやつだって」

早矢人の調子のいい笑顔が浮かんだ。どうせ、あちこちでうまいことをいっているのだろう。さすがは日本で二番目におおきな広告代理店で働くだけのことはある。

「わたしも、同じです。高瀬さんのこと、すごく条件がいい空き部屋みたいだって。このタイミングを逃したら、すぐに借り手が決まっちゃうっていってました」

紀之が笑い声をあげた。

「あいつらしいな。でも、早矢人は調子はいいけど、嘘をつく人間じゃない。ほんとにぼくたちのことを買ってくれているんじゃないかな。そういうふたりがくっついたら、うれしいと思ってるのかもしれない」

早矢人は同じ年の男子のくせに、熱心にお見合いをすすめる親戚のおばちゃんみたいだ。智香は室内を見まわした。正方形の部屋の中央に白いクロスのかかったテーブル。壁には二色で描かれた抽象画がかかっている。オレンジとパープルの帯には、どんな意味があるのだろう。

「でも、このレストラン、よく予約がとれましたね。すごい人気店なんでしょう」

紀之は頭をかいた。今年流行のグレイのグレンチェックのスーツに、銀のネクタイを締めている。さすがに元モデルだけあって決まっていた。智香がいっしょに食事をしたなかでは、生涯一位のイケメンが照れくさそうにいう。

「最初から、ここしか候補がなかったんだ。ぼくはあまり店とかしらないし、ここならうちのおやじのつけがきくんだよ」

高級なフレンチでつけがきく父親というのは、どんな仕事をしているのだろうか。社会人になってわかったのは、世のなかには想像もできないくらいの金もちが実際に存在することだった。

「高瀬さんのおうち、すごいんですね」

「そんなにすごくはないよ。うちはここのオーナーとしりあいで、毎月このレストランで家族会を開いているから、顔がきくだけなんだ」

ため息がでそうになった。毎月家族全員そろってフレンチレストランで食事会を開く家。智香には元華族とか大企業のオーナー一族くらいしか、そんな家は思い浮かばなかった。

ヴィンテージのシャンパンが届いて、智香と紀之は乾杯した。十年以上もまえのボトルなのに、今朝摘《つ》んできた果物のような爽やかな香りがする。前菜は十種類以上の野菜を細かなさいの目に刻んだサラダだった。どの粒にも透明感があって、濡れた宝石のようだ。紀之はスプーンですくって、炒飯でもたべるように口に放りこんでいる。

「この店は国産野菜とソテーに自信があるんだ。シェフにいわせると、料理というのは素材と火なんだってさ。岡部さんの仕事では、なにが一番重要なの」

智香はスプーンを口に運びながら考えた。そんなことは今まで思ってもみなかった。ちょっと考えてから、こたえた。

「うーん、人間関係とセンスかなあ。そのセンスには、創造性とか説得力とか遊び心とか、全部がふくまれているんだけど」

智香の職場でいい仕事をしている先輩は、みなその遊び心のバランスがよかった。もちろん日本の組織だから、上司へのごますりだけで出世していく人間もいる。だが、そうした者は必ずどこかで天井にぶつかるものだ。

「そうか、仕事がたのしいんだね」

声がすこし淋しそうだった。顔をあげると、紀之は浮かない表情である。

「実はあと一年すこしで、ぼくの東京勤務が終わるんだ。まだどこに飛ばされるかわからないけど、うちの社では海外にでれば十五年とか二十年とかもどってこられない。だから早矢人に相談したんだ。誰かぼくといっしょにきてくれるようないい女の子はいないかなって」

日本を二十年離れる？　それは同時に仕事を辞めて、目のまえの人と結婚することだった。宝石のようなサラダがのどにつまりそうになる。

「……それは……ちょっとたいへんね」

紀之はぐいぐいと高価なシャンパンをのんだ。自分で乱暴にフルートグラスに注ぐ。

「いや、別にたいへんじゃないよ。うちの会社の先輩はみんな、それでもちゃんと結婚して仕事もばりばりこなしているから」

日本を代表する総合商社で働くというのは、そういうことなのだろう。多くの男性にとって恋愛や結婚は、働くことについてくるおまけのようなものなのだ。紀之がため息をついていった。

「問題は、すぐにお嫁さんになりたいっていうような女の子を、ぼくが好きじゃないってことなんだ。岡部さんみたいに、ちゃんと仕事をもって、男に負けずに働いている女の人。そういう人のほうが好みだよ」

智香の会社でも、年下の一般職の女子社員のあいだでは寿退社願望が強かった。不景気が二十年も続くと、誰でもすっかり弱気になるのかもしれない。本やテレビで見たウーマンリブの闘士たち、ああして女性の権利を堂々と主張できた年上の人たちを、智香はうらやましく感じることがある。

「高瀬さんは、お見合いとかしないんですか」

「何度か試してみたよ。いつも先方はおおのり気で、こちらは断るのに苦労する」

高瀬家の財力に、五島物産勤務、そしてこのルックスである。結婚したい女たちには白馬にのった純金製の王子さまにでも見えることだろう。

「……世のなかなかなかうまくいかないもんですね」

どんなに恵まれていても、人間は単純に底抜けの幸福にはなれないようにつくられている。智香は自分では決して足を運ぶことのない高級フレンチの個室で、人生の秘密をひとつ発見した気がした。

「どうして、岡部さんは他人事みたいに、そんなことをいうのかな」

じっとこちらを見つめてくる。彫りの深い眉のしたで光る目に吸いこまれそうになった。やはりイケメンには身体ごともっていかれそうな迫力があるものだ。

「もしかしたら、岡部さんがぼくの理想の相手かもしれないでしょう」

悪い男のように唇の片方だけつりあげて、紀之が笑った。目はじっと智香をとらえたままだ。あわてて手を振っていった。

「いやいや、わたしなんかより、もっと高瀬さんにはふさわしい人がいるはずです」

せっかくおもしろくなってきた仕事を辞めたくない気もちが強かった。頭はこの人は危険だといい、身体は磁石のように目のまえの男に魅かれていた。結婚はともかく、残された一年間、紀之とつきあったら、ひどく楽しそうだ。

紀之が笑っていった。

「そんなに強く否定しなくてもいいよ。だけど、これからだってなにが起こるかわからないよ。とりあえず、またいっしょに食事してくれないかな。つぎはこういう肩がこる店じゃなくて、普通のピザ屋かどこかで」

この人のいくピザハウスはきっとイタリア直輸入の石窯《いしがま》があるような店なんだろうなと智香は、頭の片隅で思った。

「ええ、いいですよ。そのときは早矢人も呼びましょう」

イケメンはじっと智香の目を見て、微笑んだ。

「それはダメ。ぼくたちふたりきりで」

足元がぐらりとくるような台詞だった。うーん、やっぱりつきあってしまおうか。智香は自分のスイッチをいれたものかどうか、悩ましくてしかたなかった。


その日はレストランをでてから、渋谷のバーに移った。

若者の街と思われている渋谷だが、裏通りには重厚な雰囲気の大人のバーがいくつもある。フランスのヴィンテージシャンパンのあとは、スコットランドの二十年もののウイスキーだった。智香はソーダ割りにしてもらったが、紀之はオンザロックでぐいぐいと腹に収めていく。

バーをでたとき、時刻は夜の十一時半をまわっていた。駅のほうにむかって歩きだそうとしたところで、紀之が車道に右手をあげた。

「送っていくよ」

酔ってはいたが、智香の口と足は確かだった。

「だいじょうぶ。渋谷から恵比寿まではひと駅だから、終電もあるし電車で帰ります」

イケメンは手をあげたままだった。タクシーをとめるポーズが絵になるのだから、危険な人だ。

「それもダメ。電車で帰したなんていったら、せっかく紹介してくれた早矢人にもうしわけが立たない」

タクシーがとまると、先に自分がのりこんでしまう。車内から声をかけてきた。

「だいじょうぶ、智香ちゃんの部屋にあがりたいなんていわないから、おいで」

それも悪くないなあとぼんやり思いながら、タクシーにのりこんだ。明治通りの明るいネオンサインの谷底を、タクシーは走っていった。紀之が窓の外の人波を眺めながら、ぽつりといった。

「今日はほんとにたのしかった。なんだか智香ちゃんとは初めて会ったような気がしないよ。最初からすごくリラックスできた」

智香のほうは緊張の連続だった。すこしのみすぎたのだろうか、胃がふくらんでいるようで、ちょっとむかむかする。気もち悪いのを悟られないように、ていねいにいった。

「こちらこそ、ごちそうさまでした。すごくたのしかった。高瀬さんて、むずかしい人かと思ったけど、意外と天然ですね」

紀之が狭い車内で笑い声をあげた。その笑い声が耳にとても心地よい。笑い声を好きになるのは、智香には危険なことだった。相手にさわりたくなってしまうからだ。

「へえ、ぼくのことをそんなふうにいうのは、智香ちゃんとうちのおふくろくらいだな。うちの母親は父のために仕事をあきらめた人でね、それでちいさなころからおまえはちゃんと働く女の人と結婚しなさいっていわれていたんだ」

そうだったのか。どんなに豊かな家に嫁いでも、それだけでは幸福にはなれない。それは昔も今も変わらないのだろう。タクシーは十分ほどで、恵比寿に到着した。白い家のまえにとまる直前、紀之がいきなりやさしく智香の手をにぎってきた。

「また、会えるよね」

同じようにやさしくにぎり返しながら、智香はいった。男の骨ばった指が硬くて気もちいい。

「ええ、いつか」

智香がタクシーをおりると、続いて紀之もおりた。

「それじゃあ、ぼくはここで」

ハリウッドの恋愛映画なら、ふれるだけの軽いキスをして、玄関のドアに女優は小走りで消えるだろう。さて、どんな別れの場面にしようか。智香のロマンチック脳が全速力で回転を始めたときだった。頭上から彩野のいまいましい声が降ってきた。

「おかえり、智香。高瀬さんですよねー、今度五島物産の人と合コン、セッティングしてください。うちらは智香もいれて、全部で四人でーす」

智香は顔をあげて、二階の窓を見た。螺旋《らせん》階段の途中にある窓から、彩野と結有と沙都子が顔をのぞかせていた。三人ともだいぶのんでいるようだ。結有の声は完全に酔っ払っていた。

「ああ、ほんとにイケメンだ。メンズファッション誌のモデルだったんですよね。なんかポーズしてくださーい」

紀之が苦笑していた。だが、ドアに片手をかけたまま、残りの左手であごの先をつまんで、身体をひねり窓を見あげた。不自然な姿勢だが、さすがにぴたりとポーズがさまになっている。

「きゃー、素敵！」

彩野と結有の歓声がそろった。智香は両足を踏ん張って、二階の窓に叫んだ。

「ちょっとあんたたち、いい加減にしなさいよ。せっかく高瀬さんが送ってくれたのに」

おおきな声をだしたら、胃が急に苦しくなってきた。このままではまずい。さっさと別れを告げて、家にはいらなければ。

「今夜はごちそうさま。メールしますから。このあたりはまわりの家がうるさいんです。うちの酔っ払いがごめんなさい。もうだいじょうぶだから、早くいってください」

「わかった、わかった」

紀之は二階に手を振った。タクシーは彩野と結有の嬌声《きょうせい》のなか、走り去っていく。智香は赤いランプが角を曲がるまで見送って、ドアを開いた。玄関では彩野と結有がノーブラのTシャツ姿で待っていた。自分の家に帰って、すぐによっつの見たくもない乳首に迎えられる。智香は怒鳴った。

「いったいどういうつもりなの。人の初デートの余韻をめちゃくちゃにして。あんたたちって、ほんとに……」

腹筋に力がはいったせいだろうか、胃がひっくり返りそうになった。智香は酔っ払いふたりをかきわけて、一階のトイレに駆けこんだ。便座をあげると、同時に顔をいれた。ひとり二万五千円のフレンチのフルコースと、ヴィンテージシャンパンとスコッチウイスキーがのどの奥から一気に流れでていく。もったいない。

沙都子の声がドア越しにくぐもってきこえた。

「だいじょうぶ、智香ちゃん。冷たいお水を用意してあるから、あとで口をすすいでね」

「……あり……ありがとうございます……沙都子……先輩」

「いいのよ。それより、例の件でお友達に相談したら、ちょっと見学にこないかって誘われたの。智香ちゃん、日曜日の午後だいじょうぶかしら」

例の件とはなんだろう。思いあたることがなかった。

「例のって、なんですか」

沙都子が声をひそめていった。

「プロがやってるお見合いパーティ」

忘れていた。沙都子は真剣に結婚と出産を望んでいるのだ。タイムリミットの三十五歳までに、初めての子を産む。それが念願である。

「わかりました。日曜はOKです」

智香は便器をのぞきこんだ。水面には原形をとどめたまま宝石のような野菜の欠片が浮かんでいる。きっとひどく緊張していたのだろう。最初にたべたものがほとんど消化されないままでてきてしまった。高瀬紀之という男性は、自分にとって良い存在なのか、それとも災いをもたらす存在なのか。まったく予想がつかなかった。

智香は手を伸ばし、水洗のスイッチをいれた。ふたつ星のフルコースが渦巻きながら流れていく。最高にして最低の初デートの夜は、水音とともに終了した。

5

智香には久しぶりの豊洲《とよす》だった。地下鉄で銀座からみっつ目と都心に近いのだが、地上にでたとたん頭上になにもない青空が急に広がった。東京ではなかなか目にすることのない広い空だ。迷子のような千切れ雲が空高く浮かんでいる。駅前のロータリーを見わたして、沙都子がいった。

「えーと、あそこにあるビルかな」

距離をおいて、ぽつぽつ巨大な建物がそびえているのは、湾岸特有の淋しい雰囲気だった。歩いている人の姿もすくない。こんなところで、ほんとうにお見合いパーティが開かれるのだろうか。智香は急に不安になってきた。

沙都子はさっさと超高層マンションにむかって歩いていく。腰のラインがきれいだった。トレンチコートのウエストはベルトできりりと締めあげている。バーバリーのあのコート、いつか借りられないだろうか。

自動ドアを抜けると、マンションのエントランスは高級ホテルのロビーのようだった。右手のカウンターには制服姿のコンシェルジェが控えている。壁際にはのたうつイモ虫のような現代彫刻が横倒しになっていた。きっと有名な彫刻家の作品なのだろうが、なんだか趣味が悪かった。

エレベーターホールで待つあいだ、智香は沙都子に質問した。

「今日のお見合いパーティって、どういう会社が運営してるんですか」

沙都子がゆるやかに巻いた髪を揺らして振りむいた。愛くるしい笑顔に、智香の胸が騒いだ。この人がバツイチで、しかも急いでつぎの相手を探しているなんて、ほんとうに不思議だ。

「わたしのお友達がやっている『エンジェルズ・ギフト』っていう会社なの。本社は流通の大手なんだけど、社内ベンチャーでその子が始めたんだ。今日は無理いって、パーティに参加させてもらうことにしたの」

「でも、沙都子先輩なら、お見合いパーティなんかいかなくても、いい男がいくらでも寄ってくるじゃないですか」

ハウスシェアをしている四人の合コンでは、肉食系ロリータでもっとも若い結有のつぎに、最年長の沙都子が男性人気は高かった。

「そうねえ、でも結婚相手とか、赤ちゃんのお父さんとなると話は別だから。なるべくたくさんの人を見ておきたい。もちろん先方にも好みがあるだろうし、そう簡単にうまくいくものでもないから」

そうなのだ。男と女はこれほど世界にあふれているけれど、これだという最後の相手とはなかなか出会うことができない。一粒の宝石を探すために、砂漠の砂を何トンもさらっているような気がする。果てしない徒労の連続だった。エレベーターがやってきて、ふたりは決戦にでもむかうように勇ましくのりこんだ。


三十六階でおりて、内廊下を歩いた。

中央が吹き抜けになっているので、手すりからのぞきこむと遥か下方に先ほどのロビーが見えた。廊下の角々には観葉植物がおいてある。なんだかリゾートホテルのような雰囲気だった。

沙都子が表札で会社の名前を確かめ、インターホンを押した。しばらくして、金属のドアが開いた。

「いらっしゃい、沙都子、元気だった?」

玄関先にでてきたのは、マダム感漂う女性だった。

「ええ、ちょっとしわが増えたけど、元気。紹介するね、こちらわたしの後輩で、自動車メーカーに勤めている岡部智香さん」

猫目石のような模様の大玉のネックレスをゆったりとかけた女性が、智香に会釈をよこした。ニットのワンピースは、ちょっといやらしいスキンカラーのカフェオレ色だ。営業用なのかもしれないが、あたたかみのある笑顔である。

「よろしくお願いします、智香さん。わたしはこの『エンジェルズ・ギフト』代表の嶋《しま》田由紀《だゆき》です。今日はゆっくりたのしんでいってください」

玄関をあがり、細長い廊下を奥にすすんだ。曇りガラスのドアを開けるといきなり東京湾の景色が目に飛びこんできた。フローリングの部屋は二十畳ほどあるだろうか。中央に二メートル以上もあるおおきな白木のテーブルがおいてある。椅子は両サイドに計八脚。ここがお見合いパーティの会場なのだろう。すでにテーブルセッティングがすませてある。

「もうすぐ全員がそろうから、それまでは控え室で待っていてね。お見合いパーティについては、わたしがあれこれ説明するよりも、実際に経験してみるのが一番でしょ」

どういう意味なのだろうか。主催者なのに、どこか醒《さ》めたいいかただった。広いリビングのとなりにある部屋にとおされた。由紀はていねいにノックしてから、ドアを開けた。

「女性メンバーが到着されました。よろしくお願いします」

部屋のなかでは、ふたりの女性がソファの両端に離れて座っていた。ひとりは黒い地味なタートルネックのニットを身に着け厳しい顔つきで、眉間には深くしわが寄っていた。三十代なかばだろうか。もうひとりは化粧の濃い茶髪の二十代後半だった。ピンクのストライプのあいだに花が飛ぶミニドレスを着ている。まったく対照的なふたりだった。女性誌でいえば「クロワッサン」と「ｓｗｅｅｔ」くらい違う。

由紀が簡単に紹介してくれた。

黒ニットは塚原容子《つかはらようこ》、ピンクのドレスは宮元絵美莉《みやもとえみり》といった。黒ニットのほうがいきなり詰め寄るような口調でいった。

「そちらのおふたりは、友達同士なんですよね。わたしたちはばらばらなのに、不公平じゃないですか。手を組んで話を運ばれたら、こちらのほうが不利になる。ねえ、宮元さん」

そのひと言で、お見合いパーティ控え室の空気が凍りついた。ピンクのドレスは、縦ロールの毛先を人さし指に巻きながら、平然といった。

「えー、別に不利とか不公平とか、よくわからないんですけど」

地味な三十代の女など、自分の敵ではないという表情だった。黒ニットが重ねていった。

「だって、そうでしょう。自分でアピールするのはたいへんだけど、友達ならいくらでもお互いにほめあえるじゃない」

智香は初めてのパーティをまえにびっくりしていた。ここにきている人たちは、自分たちの週末の合コンのような遊び感覚ではないのだ。真剣に結婚相手を探しているのである。黒ニットは、なんだか嫌なやつだけれど、きっと必死なのだろう。主催者の由紀が両手をあげていった。

「まあまあ、お抑えください。塚原さん、こちらのふたりはわたしの古くからのお友達で、今日のパーティは見学で参加しているだけなんです。決して悪いようにはしませんから、ゆっくりと素敵な殿方とうちの自慢のイタリアンをおたのしみください」

まだ口のなかでぶつぶついっていたが、黒ニットはどうにか静かになった。えらいところにきてしまった。智香は沙都子と目を見あわせた。女子部屋はそれからパーティが始まるまで、恐ろしい沈黙に包まれた。

「はい、男性メンバーをご紹介します」

由紀がテーブルのむかいにならぶ四人の男たちを順番にてのひらで示していく。右端に座るのは、年齢のよくわからない小柄な男性だった。横分けの髪はさらさらしているが、妙に顔にこじわが多い。二十五歳にも四十五歳にも見える顔立ちだ。

「こちらが朝野《あさの》哲雄《てつお》さん、三十四歳で、お仕事は公務員です」

公務員という言葉で智香のとなりに座っている黒ニットが上半身をのりだした。不景気が長く続いているので、勤め先が倒産する恐れのない安全確実な職業は人気なのだろう。

「朝野です。ぼくは定年退職する六十歳までに、子どもの大学教育を終わらせたいので、まじめにお相手を探しています。よろしくお願いします」

紺のスーツに白いシャツを着ているのだが、制服のようにしか見えなかった。服装には気をつかわないタイプのようだ。智香は出産について考えた。確かに女性の場合、肉体的に三十五歳のあたりに初産の節目があるようだ。だが、それは男性の場合も同じではないだろうか。定年退職を迎える六十歳で、子どもふたりに高等教育を受けさせるのは、経済的には厳しいだろう。そうなると、仮にふたりの子どもを育てるとして、二番目は三十八歳までにつくっておかなければしんどいことになる。男性の父親になる限界は経済的な理由で決まりそうだ。

由紀が業務用の鉄壁の笑顔で、つぎの男性を紹介した。

「続いて、増本芳郎《ますもとよしろう》さん、三十六歳。ご実家の仕事をお手伝いされています」

広くなった額をスポーツ刈りでごまかす男は、ボディビルダーのような体格だった。季節外れの半袖のポロシャツにベストを重ねている。笑いながら、男はいった。

「実家っていっても、たいした会社じゃないんです。いちおう専務だけど、おれは普段コンビニの店長だから」

とてもいっしょに歩く気にはなれないが、性格は悪くなさそうだった。

「三人目は、丸山敦《まるやまあつし》さん。今回の最年長で、四十一歳。お仕事は公認会計士です」

メガネをかけたまじめそうな男性は、ひと目で高価とわかるグレイのスーツだった。社会人になって七年目を迎える智香は、ジャケットの肩のあたりの仕立てを見れば、それくらいわかるようになっていた。ポケットチーフとネクタイを紫の同系色でそろえている。この人はけっこうキザだ。

「ご紹介ありがとうございます。追加事項をひとつ、ぼくは子どもはいませんがバツイチです。仕事が忙しくて、なかなか出会いがなく、本日はこの会に参加させてもらいました。よろしくお願いします」

誰の挨拶も型どおりだった。左端に座るのは、間違いなく四人のなかで一番ハンサムな男だ。パーマの抜けた髪は適当に乱れているが顔立ちはジュード・ロウに似ている。

由紀がイケメンを紹介した。

「春日《かすが》彰信《あきのぶ》さん、三十四歳。お仕事はプログラマーです」

「春日です。ぼくは女の人が苦手で、彼女いない歴が年齢と同じで……その、今日は度胸をつけるためにここにきました。みなさん、きれいなので、もうすっごく緊張しています」

長いまつげの目を伏せたまま、プログラマーが早口でそういった。智香は男性の場合、声が重要だと思っていた。顔やスタイルよりも、その人の一段深いパーソナリティをあらわすように感じるからだ。この人は外見と違って、自己評価が異常なくらい低いのかもしれない。それにこの格好はなんだろうか。初めての異性と出会う場なのに、なぜかジャージの上下である。胸にはサッカーボールのワッペンとＧＥＲＭＡＮＹの刺繍《ししゅう》がはいっている。

やれやれ、この四人から結婚相手を見つけるなんて、罰ゲームのようなものだ。智香は完全にさじを投げて、料理に集中することにした。このパーティの参加料は男女ともに七千円。全額もつといってきかない沙都子に反対して、智香は自腹で半額を払っていたのだ。

アンティパストはおおきめの皿に、きれいに三点盛りされていた。

シーフードのマリネは、イカとタコとエビがたっぷり。生ハムとパパイヤのサラダは、塩味と甘さがいいコンビだった。定番のモッツァレラチーズとフルーツトマトは、どちらも薄切りにして六段重ねにしてある。この会社では、どこかのホテルの副料理長を引き抜いて、厨房をまかせているという。集まってきた男性メンバーはみな落第だが、料理は文句なしだった。

ワインをのんでいるうちに、男女八人の口はしだいに軽くなってくる。同時にそれぞれの女性が誰に好感をもっているか、男性が誰を狙っているかもわかってきた。黒ニットは最初の公務員。ピンクのドレスはイケメンの小心プログラマーではなく、バツイチの会計士。やはりお見合いパーティでは、外見よりも経済条件のほうが強いカードのようだった。沙都子と智香は完全にスルーを決めこんでいた。

対して、男性陣はお互いに牽制《けんせい》しあいながら、公務員と会計士が沙都子を、プログラマーがピンクを、コンビニ店長がなぜか智香を気にいっている雰囲気だった。手長エビのパスタと格闘している智香に、半袖ポロシャツから伸びる日焼けした上腕筋を見せつけながら、店長が質問した。

「岡部さんは自動車メーカーで働いているんですよね。結婚したら、仕事はどうするんですか」

誰ともつきあう気になれないのだから気楽だった。智香は平然といった。

「わたしは仕事が好きだし、辞めるつもりはぜんぜんないですね」

この台詞に専業主婦願望の強い黒ニットとピンクのドレスがかちんときたようだった。黒ニットが公務員にいった。

「朝野さんはどちらのほうがいいですか。やっぱり女性がしっかり家を守ると、男性は仕事に集中できますよね」

「それはありますね。で、森さんはご自分ではどうするおつもりですか」

公務員は黒ニットをひと言で受け流して、沙都子に話を振った。沙都子は心はこもっていないけれど、男たちには効果てきめんのキラースマイルを送り返した。

「わたしは赤ちゃんがほしいので、できればすぐにおうちにはいりたいと思います。仕事は嫌いではないけれど、わたしには一生をかけるものではないんです」

「やっぱりそうですよねえ」

返事をしたのは、キザな会計士のほうだった。智香は思った。この上滑りする会話はなんなのだろう。誰もが自分の身を守り、嫌味にならない程度に自己アピールして、なんとかこの場を上手に切り抜けようとしている。そして、決定的な台詞はひとつもいわないのだ。出来の悪いアートフィルムのような思わせぶりな会話が続いている。

話題はすべての会員に均等に振られているが、どうでもいいことばかり。核心を突くようなひと言もないし、腹の底から笑える冗談もない。靴のうえから足をかくようなじれったさがたまらなかった。ようやく食後のデザートにたどりついたころには、智香は肩が痛くなっていた。仕事でもこんなに疲れることはない。

パーティ開始からちょうど二時間後、由紀がキッチンのスライドドアを開いてやってきた。

「本日のお料理は、いかがでしたでしょうか」

会員は口々においしかったといった。コンカツ本には、こういうときにはきちんとシェフに感謝の言葉を伝えようというマニュアルでもあるのかもしれない。席を立ちコートを手にした男女がキッチンに声をかけていく。高価そうなコートを着こんだ会計士がいった。

「そういえば、みなさん、このあとはどうするんですか？　まだ時間は早いけど」

早いもいいところだった。昼すぎから始まったお見合いパーティが終わったのは、まだ日も高い午後四時である。会計士に続いて公務員がいった。

「まだすこしのみ足りないから、これから銀座にでてのみ直しませんか？　ぼくがよくいくワインバーがあるんですけど」

どちらの男も沙都子の様子をうかがっていた。沙都子はまたもキラースマイルを送っていった。

「今日はこのあとわたしと智香ちゃんで、主催の由紀さんとお話があるんです。また、つぎの機会によろしくお願いします」

そういわれたら、素直に引きさがるしかないようだった。男たちはおおきな声でデフレ不況の話をしながら、玄関にむかった。黒ニットとピンクのドレスもついていく。熱のない誘いかたで残った女ふたりを男たちが二次会に誘っていた。由紀は玄関まで見送ると、厳しい顔でもどってきた。

宴のあとのテーブルに、智香と沙都子、主催者の由紀が座った。スタッフが皿をさげていく。由紀が疲れたようにいった。

「沙都子、期待のお見合いパーティはどうだった？　今回の男性は可もなし不可もなしの、平均的な感じだけど」

沙都子はあいまいに笑っていった。

「うーん、あんまり期待できそうもないかな。由紀はこのパーティ、もう一回こなすのよね」

「そう、午前中に一回、午後二回。今日は一時間後から、最終回が始まるの。ほんとに土日はくたくたになる。会社としてはお客さまがきてくれるのは、うれしいんだけどね。でも、ときどきおかしな気分になるんだ」

智香は由紀のフランクさに好感をもった。大繁盛のお見合いパーティの主催者で今どきこれほど社内ベンチャーを成功させている女性は数すくないだろう。

「どうして、そんな気分になるんですか」

疲れた笑いを浮かべて、由紀がいった。

「ちょっと一杯だけのんじゃおうかな」

スタッフにグラスをもってこさせて、残りの白ワインを自分で注いだ。ひと口のんでいう。

「残念だけど、コンカツで結婚できる人がいないから、複雑な気分になるの。なんだか詐欺《さぎ》でも働いているみたいで」

智香はびっくりした。この人はお見合いパーティの主催者ではなかっただろうか。沙都子がいった。

「どういうことなの？　わたし、由紀の会社に登録しようと思っていたんだけど」

由紀は首を横に振るという。

「会社としてはありがたいけど、友人としてはあまりおすすめできないな。あのね、コンカツという言葉が流行語になって、こういうビジネスに日があたったのはいいことかもしれない。男性も女性もはずかしがらずに、どんどんうちみたいな会社に登録してくれるようになったしね」

不景気になって、友人でもくいものにする勧誘販売やネズミ講はいくらでもあった。由紀は人として信用できるのかもしれない。お見合いパーティの主催者はいった。

「それでね、男女とも果てしなくメンバーばかり増えていく。うちでも、今回みたいな少人数のものからホテルのボールルームを借りて開く大規模なものまで、数々のお見合いパーティを開いているんだ。でも、みんな、ぜんぜん結果がだせないの」

今日きていた男性は、智香にとっては圏外だったが、それほど悪い印象ではなかった。それがなぜ、結婚につながらないのだろうか。由紀はワインをのみほしていった。

「わたしの見たところ、理由はふたつあるんだ。まず男性に勇気がないこと。今の男性はパーティでは感じがよくても、ちゃんと電話なりメールで女性を誘えないの。日時といくお店を決めて、具体的に誘えない。これが決定的かな。あとね、勇気をだして誘っても、働いている女性だとなかなかスケジュールがあわないことがあるでしょう。そういうときに一回断られると、すぐに心が折れてしまうみたい。二度と連絡がこないって会員の女性がこぼしているから」

なるほどコンカツをしている男性も草食化がすすんでいるようだ。それにしても、男とはなんと面倒な生きものだろうか。誘いもできずに一度で勝手に心を折るなんて、男どころか人間としてなさけない。

「あとは女性にも問題があるなあ。やっぱりどんな時代になっても、女って男性から発見されたいのよ。きみは素敵だねって。それで、自分からいかずに待ち続けることになる。それだとやっぱりうまくいかないのよね。男性が主導権をとるのがむずかしい時代なんだから」

問題は複雑なようだ。智香はミネラルウォーターをのんでいった。

「じゃあ、お見合いパーティって、誘えない男と待っているだけの女で大繁盛しているわけですか」

お見合いパーティの主催者はぱちんと手をたたいていった。

「大正解！　智香さんは鋭い。悲しいけれど、それが日本のコンカツの現状なの。ビジネスとしては、ほんとにいいんだけどね。実際に結婚までたどりつくのはむずかしい」

智香はつい口にしていた。

「じゃあ、逆ならどうなんですか？　誘える男と待たずに勝負する女なら、コンカツもうまくいくんですか」

沙都子は目を丸くしていたが、由紀は大笑いした。

「それも正解！　あのね、どんなルックスでも、年齢がいっていても、あきらめずに誘い続けられる男性は、実際にちゃんとゴールインしてるの。それは女性も同じ。自分からがつがついける人は、最後にはなんとかゴールにたどりつく。でも、日本の未婚者がみんなそんなふうになるには、あと百年はかかるんじゃないかしら。コンカツの現場には、昔ながらの男と女ばかりよ」

心のなかでうなるしかなかった。映画や小説のような熱烈な恋愛など、実際にはごく少数なのだろう。このままでは結婚どころか、ニッポンの恋愛の未来も暗いようだ。智香は顔を曇らせた沙都子と目を見あわせ、三十六階の夕景を望む豪華なパーティルームで淋しく帰り支度を始めた。

6

まったくおかしな気分だった。

夜九時のNHKニュースを見ていると、男女ともに生涯未婚率はロケットのように上昇中と、公共放送らしく地味なアナウンサーが機械のように原稿を読んでいた。映しだされたチャートでは、ニッポンの経済指標ではしばらく見たことのない右肩あがりの曲線が、テレビ画面を突き破る勢いで描かれていた。近い将来、男性の三分の一、女性の四分の一は結婚をせず、孤独のうちに一生を終えるという。

それほど大量の独身男女がいったいどうやって暮らし、年をとっていくのだろうか。ひとりきりのマンションとひとりきりの食事。病気になっても家族に頼れないし、仕事で嫌なことが起きても愚痴さえこぼせない。智香にとっても、その恐怖は他人事ではなかった。今のところ、将来を約束した婚約者もいないし、ステディの恋人だっていない。当分そんな相手ができるような予感もない。

「なんか不公平なんだよねえ」

自分の部屋の姿見のまえで、クリーニングから返ってきたベージュのスーツを身体にあて、智香はため息をついた。明日の結婚式に着ていくかどうか迷っているのだ。未婚率が上昇しているというが、智香のまわりでは第二次結婚ブームである。前回の結婚ラッシュは二十代なかばだった。だが、あのときの波はまだたいしたものではなかった。ところが、去年から始まった今回のブームは驚異的である。

毎週友人の結婚式があり、そのたびにご祝儀をださなければならない月もあった。智香の給料では三万円を包むのは厳しかった。二で割り切れる数はいけないと冠婚葬祭の本には書いてあるが、一万円ではすくなすぎる。しかたなく一回二万円を贈って、四週連続で八万円の出費。この家の家賃が払える金額だ。やはり二十九という二十代最後の数字が、みんなのプレッシャーになっているのかもしれない。駆けこみとしか思えないほど、結婚式が頻発している。

「数字がどうしたっていうのよ」

ひとり言がついでてしまった。大学時代に経済学の講義で耳にした〝マジックナンバー〟という言葉が思い浮かぶ。千円ではなかなか売れないものが、九百八十円なら飛ぶように売れる。ある大台を境にして、商品は需要と供給のバランスが劇的に変化するのだ。智香はあと九カ月で三十歳の大台を迎えるけれど、誕生日を一日超えたところで、智香自身の価値は不変だし、人間性も変わらないはずだった。それなのに世のなかや男たちのあつかいは、画然と変わってしまうのだろう。それも売れ残り商品なみの一段雑なあつかいに。

「いっそのこと、さっさと三十歳になりたいなあ」

智香はミニスカートのスーツはやめて、明るいグレイのミディ丈のシャープなカットのワンピースを選んだ。結婚式は二十代前半の若い女たちにとっては、自分を輝かせるステージで、狩猟のためのサバンナのようなものだった。鵜《う》の目鷹《たか》の目でよさげな男を探している。あんなにぎらぎらした若い子とまともに勝負したら、とうてい勝ち目はない。

智香は自分の心境の変化が不思議だった。最初のころは、結婚式にいくたびに感動して涙を流していた。それなのに、最近はめでたいはずの友人の結婚式が近づくと、憂鬱《ゆううつ》になる。それでも、式の終わりに新婦からの手紙を読みあげられると、泣いてしまうのだが。

別に結婚する友人に嫉妬しているつもりではなかった。ふたりの未来の幸福を願っているし、誠実そうな両親の姿にはいつも心を動かされる。それでもやはり結婚式に出席するまでは気が重くてしかたない。

(妬《ねた》んでなんかいない……わたしはそんなに心の狭い人間じゃない)

そんな言葉は周囲に人がいなくても口にだせず、智香はクローゼットに力なくハンガーをかけた。

会場は、流行のガーデンレストランだった。

裏原宿の隠れ家イタリアンで、中庭はガラス張りのサンルームのような造りだ。そこに真っ白なクロスのかかった丸テーブルが二十ばかり、花が咲いたように点々とおいてある。智香の座るテーブルはうしろから二番目だった。来賓、会社の同僚に続く席で、さらにうしろにいるのは地方からやってきた両家の遠い親戚だ。

「ねえねえ、お色直しのドレス見た」

となりの席から沢崎由香利《さわざきゆかり》が声をかけてきた。智香と由香利と新婦の津田佳子《つだよしこ》は高校三年のとき同じクラスで、当時は親友同士だった。卒業式では一生なかよくしようといって泣いたものだ。

「うん、さっき挨拶したときにちょっとね」

「びっくりしたでしょう、ブラックなんて」

智香は笑ってしまった。

「そうだね、でも、佳子には似あうんじゃないかな。あの子、昔からヴィジュアル系のバンド好きだったから」

来賓の挨拶が続いていた。新郎が働く食品流通会社の三代目らしい。脂ぎった中年男で、声はおおきかったが、あまり中身のない話だった。なぜこういう場になると、みな自分の会社のアピールをするのだろうか。そんな話をききたい人間など、結婚式にはいないのに。

「そういえば、今度合コンやるんだけど、智香もきてくれない？　ちょっとメンバーが足りなくて」

めずらしいことだった。二十代前半では合コンの誘いはいくらでもあった。だが、智香の年になると誘いは減って、自分たちがセッティングするほうが多くなっている。最近ではいつもの四人以外のメンバーとコンパをすることはすくなくなった。声を殺して、智香はいった。

「別にいいけど、相手はどんなメンツ？」

由香利は今日の日のためにちゃんと美容院でセットをしてきたようだ。ゆるい巻き髪が見事に頭のてっぺんに盛りあげられている。すごくゴージャスなチョコレートソフトクリームみたいだ。あわてて手を振ると、由香利がいった。

「そんなに期待しないで。わたしのまわりの男なんて、智香のほうとはぜんぜん違うんだから」

由香利は短大の家政科を卒業して、ちいさな不動産会社で事務をとっている。智香が一部上場の自動車メーカーに内定を得て、一番よろこんでくれたのも、一番うらやましがったのも、この友人だった。

「こっちのほうだって、いい男なんてぜんぜんいないよ」

「だけど、大卒で大企業で働いている人が多いでしょう」

確かに、大学時代の友達はほとんどがそうだ。そのうちの何人かのぱっとしない男子の顔を思い浮かべてみる。

「そうかもしれないけど、それと男としての魅力はぜんぜん違う問題だから」

「智香はあいかわらず贅沢だなあ」

すこしカチンときた。智香は友人から視線をはずして、白ワインをひと口のんだ。

「条件がよくても、ぐっとこないことってあるでしょう」

由香利が目を細めて、見つめてきた。

「それが贅沢っていうんだよね。わたしはもう顔とか好みとかじゃ選ばないもん。きちんと経済力があって、まじめそうな人なら、あとは全部がまんする」

パーティの会場には甘ったるいデュエットが流れていた。何人か、目にハンカチをあてている女たちもいる。たいていはうんと若い子だった。好きでも、好みでもない男と結婚する？　一度結婚したら一生その男の顔を見てすごさなければいけないのだ。とても由香利ほど割り切ることはできなかった。

「あの、おふたりは新婦の佳子さんとは、どういうご関係ですか」

丸テーブルのむこうから、小太りの三十男が声をかけてきた。由香利の顔がスイッチでもいれたように生きいきする。由香利は襟《えり》ぐりの開いたドレスの胸に手をあてて、ワントーン高い声でいった。

「わたしたち、佳子の高校時代の同級生なんです」

智香はあきれて友人を眺めていた。由香利は狙いをつけるようにとがった胸の先を会社員だという冴えない男にむけていた。そこからは結婚式のパーティでよくあるあたりさわりのない話が始まった。表面だけはにこやかに、裏では相手のバックボーンを探る芯《しん》が疲れる会話だ。

翌週の木曜日、智香はプリントアウトした地図を片手に八丁堀を歩いていた。風は冷たく、このあたりに土地勘がないので、だんだんと心細くなってくる。中層のビルが立ちならぶビジネス街で、暗くなると人どおりはほとんどなかった。ぽつんと道路にさげられたおおきな提灯《ちょうちん》を見つけた。ひと抱えほどある赤提灯には、名物鳥鍋と勢いのある筆文字が躍っている。格子戸《こうしど》を開けて顔をいれると、店内は熱気にあふれ、カウンターもテーブル席も満員だった。

「べっぴんさん、いらっしゃいませ」

若い衆の声が飛ぶ。その声に店中の客が智香のほうに目をむけた。悪い気分ではない。久々のべっぴんなのだ。

「すみません、沢崎で予約していると思うんですが」

「はい、こちらへどうぞ」

奥の座敷にとおされた。長テーブルをはさんで、男が四人と女が三人むかいあっている。白いスープを張った店の自慢の鳥鍋がふたつ湯気をあげていた。

「智香、待ってたのよー」

すがるような声は由香利だった。コートを脱ぎながら、合コンのメンツをひと目見て、智香はすべてを了解した。女三人のうち、由香利以外はどこかのキャバ嬢のような露出の多い服を着た二十代前半なのだ。ふたりともきらきらしたグロスとファンデーションで、小鳥のように高い声だった。いやだー！　うそー！　超すごくなーい！

「お待たせしました。岡部智香です」

席について自己紹介をしても、男たちはほとんどのってこなかった。乾杯のあとで、智香はとなりに座る由香利の耳元でいった。

「ひとりだと不利だから、わたしを呼んだんでしょう」

ちいさく両手をあわせて、由香利がいった。

「ごめん、だって怖かったんだもん」

「いいよ、ここのお鍋はネットでも評判がいいみたいだから」

智香はビールをのんで、正面の男たちを観察した。男というのは現金なものだ。四人とも身体を若い子たちのほうにむけている。由香利と智香のほうは、ときおりちらりと横目で見るだけだった。別にどうということのない風采《ふうさい》のあがらない会社員が四人、目のまえにいる自分を無視している。そのうちのひとりの、まあまあハンサムな男がいった。

「岡部さんは、どこの会社で働いているんですか」

智香は幼いころから父の影響で、自動車が好きだった。日本を代表する自動車メーカーとして、会社に誇りももっている。社名をあげた。

「ああ、そうなんだ」

自分からきいておいて、まったく反応がもどってこなかった。目をそらされてしまう。

智香はひそかに一部上場の大企業で働き、それなりの年収を得ていることが、自分のアピールポイントになると思っていた。だが目のまえの男は、またかん高い笑い声をあげるきらきらした若い女に視線をもどしてしまう。身体全体で拒否された気がしてがっかりした。由香利がいった。

「智香、完全に空気読み違ったね」

「どういうこと？」

由香利は男たちのつまらない冗談に、つきあい笑いをしてから耳元で囁いた。

「みんな若いんだけど、中身は昔の男なんだよ。ぜんぜん進歩してない。ここには大企業で働く人なんていないし、自立した女性がいいなんていう人もいないの。女はかわいくて、自分よりバカで、自分より稼ぎがすくなくないと安心できないんだよ」

智香は口をあんぐりと開いた。声がでそうになったが、それはなんとか抑える。今どきそんな男がいるなんて驚きである。そうした昭和の男は絶滅危惧種ではなかっただろうか。

「わたしの友達には、自己紹介のとき、大卒だってことを隠す子もいるし、年収を低めにごまかす子もいる。智香も自動車部品をつくってる町工場で働いてるとか適当にいっとけばよかったんだよ」

結婚の可能性をすこしでもあげるために、そんな嘘までつかなければいけないなんてため息をつきたくなってきた。

「でも、嘘はいつかばれるでしょう」

「そのまえに相手を押さえこんだら、こっちの勝ちだから。それにおおきく見せるんじゃなくて、低めの嘘ならそんなに問題じゃないんじゃないかな」

そういうものだろうか。男にかわいく見られるために、無知な振りをして、勤め先まで偽る。そんなことが必要なら、別に男などいなくてもかまわないではないか。腹が立ってきたが、そのとき「生涯未婚率」という呪いの言葉が頭に浮かんだ。

こんなにおいしい鳥鍋をまえにして、なにを悲しむことがあるだろう。智香は男たちの相手はあきらめて、しゃきしゃきの水菜と骨つきもも肉をとった。

「ダブルウィッシュボーン・サスペンションって、しってる？」

智香から一番遠い席の男がそういった。ちらりと顔をあげると、男は赤いスイングトップを着ていた。胸には跳ね馬のロゴマークがはいっている。フェラーリだ。クルマ好きなら、話があうかもしれない。

「えー、そんなのしらなーい」

若い女があいの手をいれるように声をそろえた。ここは自分も無知な振りをしたほうが、かわいげがあるのだろうか。

「なんだ、きみたちはものをしらないねえ」

冴えない男のうえから目線の発言で、智香のなかでなにかが切れた。こちらは伊達《だて》に自動車メーカーを志望したわけではない。だいたいサスペンションなんて、普通の女子には興味がなくてあたりまえだ。逆にファンデーションに詳しい男がどこにいるだろう。

「ウィッシュボーンは鳥の叉骨《さこつ》のこと。アームの形が似ていたから、ウィッシュボーン・サスペンションと呼ばれるようになった。でも、今ではアームの形に関係なく上下に二本のアームをもつサスペンションをすべてひっくるめてダブルウィッシュボーン・サスペンションっていうようになっています」

智香の台詞で、男性陣が静まり返った。若い女子ふたりがいった。

「なんだか、よくわかんなーい。ウィッシュボーンって、鳥の骨なんだー」

赤いスイングトップの男が口をとがらせた。ちいさなプライドが傷ついたらしい。

「なんだよ、いきなり。人の話に割りこんでくるなよ。だから三十路近くはがつがつしてんだ」

目のまえが暗くなりそうだ。胸の底から怒りが湧き起こった。かなわないと見ると、すぐに年齢や性別で相手をおとしめる。偉そうにつまらない知識を若い女のまえで振りかざすのが、そんなにたのしいのだろうか。くだらない男だ。赤いスイングトップは智香に目をすえていった。

「だったら、LSDってなんだよ」

LSDはリミテッド・スリップ・デフだ。タイヤの内輪差を調整するためのギアである。なめらかにコーナーを曲がるための必需品だ。智香が口を開こうとしたところで、由香利がとめにはいった。

「もういいでしょう。みんな自動車の話なんて関心がないんだから。そこまでで、おしまい。ほら、智香、一杯のんで」

男は納得できないようだったが、智香は黙った。グラスのビールをひと息でのみ干す。この程度の相手に本気になって腹を立ててもしかたない。今日はついていない一日だった。つまらない合コンとつまらない男。あきらめて、ビールと鳥鍋に専念しよう。会費の元をとるために、智香は猛然と鍋をつつきだした。


合コンはさして盛りあがらないまま、店のまえで解散になった。

男たち四人と若い女ふたりは、二次会にいくという。由香利と智香も形だけ誘われたが、即座に断った。こちらがいけすかないと感じている相手は、やはりむこうも同じように感じているものだ。きっと男たちは、智香たちが帰るといったので、ほっとしたことだろう。

店のまえで学生のようにだらだらとつぎの店の相談をしている集団をおいて、ふたりはさっさとメトロの駅にむかって歩きだした。由香利がいった。

「今日はごめんね。やっぱりダメ男ばっかりだったでしょう」

寒いので、智香は早足になっている。切り捨てるようにいった。

「そうだね。でも、なんで由香利がわたしを呼んだのか、わかったよ」

高校時代の親友がうつむいた。

「ごめん」

男たちへの不愉快を友人にぶつけてもしかたないのだが、智香はいってしまった。

「わたしは保険だったんだよね。あのふたりにもうひとり若い子がはいるよりは、同世代が加わったほうが由香利は安心できるから。ひとりきりで、あんなキャバ嬢みたいな子たちとは闘えないもん」

「うーん、ほんとにごめん。だけど、わたしのまわりの同世代って、どんどん結婚していなくなってるから、佳子の結婚式で智香に会ったとき、ようやく見つけたって思ったんだよね。ひどい合コンに誘ったうえに、保険につかってごめんね」

智香は振りむくと、立ちどまっている由香利に近づいていった。

「もういいよ。あんな男たちなんて関係ないし」

ぱっと表情を明るくして、由香利が顔をあげた。

「いいの、許してくれるんだ、智香」

「うん、もつべきものはボーイフレンドじゃなくて、同性の友達だから」

考えてみれば、これまで何人もの恋人と別れてきたが、高校時代からの友人とは十年を超える長いつきあいだった。智香は由香利の手をとって歩きだした。

「だけどさあ、今日一番ショックだったのは、あの男たちじゃないんだ。自分では気づかなかったけど、女としての商品価値はじりじり落ちていたんだね。男四人とも、二十九歳のわたしたちには目もくれなかったでしょう」

それにもうひとついえば、世間に名のとおった智香の勤め先もまったく威力を発揮しなかったことだろう。きちんと働き、そこそこの給料をとっている三十歳近くの女なんて、ああした男たちからすれば、面倒くさいのかもしれない。これから自分はどうなってしまうのだろうか。ちいさなマンションでも買って、一生ずっとひとりで生きていくのか。険《けわ》しい顔をした白髪のおばあちゃんの顔が目に浮かんだ。頬はたるみ、目尻にも額にもしわが深く刻まれていることだろう。顔はきっと染みだらけだ。けれど、なによりも怖かったのは、今の智香と想像のなかの孤独な老女の目が、すこしも変わらないことだった。自分は今の自分のまま、すこしも成長せずにひとりぼっちの生涯を終えるのかもしれない。それは混じり気なしの恐怖だった。

「ねえ、なんだかちょっとのみ足りないから、もう一軒寄っていかない」

智香はそういって、由香利と腕を組んだ。今夜はこのままひとりで帰りたくない。なんとしても由香利を連れて、頭の芯にある恐怖が溶けてなくなるまで、アルコールの力を借りることにしよう。風にさからうようにふたりは駅の近くのどこかにあるバーを目指して、敗残兵のように歩いていった。

7

どんなに最低の気分で暮らしていても、年の瀬は必ずやってくる。それは二十九年を生きて、智香が身にしみて感じた真実だった。恋愛の幸福は誰にでも訪れるわけではないけれど、一年の終わりはすべての人間に平等にやってくるのだ。

今年の冬はマリンが流行のようで、智香も紺と白のボーダーのカットソーやセーターを何枚か買いこんでいた。もともとさばさばした性格の智香には、よく似あうテイストである。男がいなくても、おしゃれと化粧には手を抜けない。というよりだんだんとハードルがあがっていく自己満足のために、ますます手がこんでいく。それが三十歳間近という年齢なのかもしれなかった。

王子候補の有望株、高瀬紀之とはメールの交換が続いていた。週に二度ほど受信するメールに、智香はていねいに返事を送っていた。つきあうとも、つきあわないともいわない中途半端に距離をおいた内容だった。智香としては紀之の人柄やルックス（それに一流商社勤務という肩書き）はもうし分なかったけれど、真剣につきあえば仕事を辞めなければならないのが、どうしても引っかかっていた。

あの消化不良のデートから、ひと月たってもう一度食事の誘いがあった。そのときは智香が働く広告部で突発的な事故が起こって、直前でキャンセルしたのだった。ディーラーむけのかんたんなパンフレットとはいえ、自動車のオプションパーツの価格に二カ所もミスがあったのでは、緊急の刷り直しも当然だった。

お詫びもかねたメールで、智香は作戦を変更することにした。ひとりで会うのは気がすすまないけれど、共同生活をしているいつものメンツとの合コンなら、あまり負担を感じずにすむだろう。紀之との合コンの話をすると、彩野は目を輝かせた。朝の洗面所でぼさぼさの髪のまま歓声をあげた。

「きゃー、それ、このまえ智香をここまで送ってくれたイケメンの、元モデルの、五島物産の人でしょう」

確かに彩野のいうとおりだった。なんだか条件がそろいすぎた男である。

「しかも、わたしよりも背が高い」

彩野は胸はＡＡＡカップだが、身長は百七十五センチある。紀之と彩野のカップルなら、そのままファッション誌のグラビアを飾れそうだ。

「わかった。じゃあ、沙都子先輩と結有はわたしが誘っておくから。絶対だよ」

智香がなにもいわないうちに合コンは強制的に決まってしまった。彩野はこのところステディの彼がいないので、本気でつぎを探しているのかもしれない。

会場は六本木の裏通りにある有機野菜のレストランだった。

ちいさな三階建てのビルだが、各フロアに個室がふたつずつあって、店の人間に先導されてゆく。どうやらエレベーターのタイミングを計っているようで、ほかの客とはまったく顔をあわせなかった。肉食系ロリータの結有が襟ぐりがざっくりと開いたニットでいった。

「さすが五島物産ですね。わたし、ネットでこのお店調べたんですけど、芸能人のお忍びとかによくつかわれてるんですって」

短い廊下の先のすりガラスのドアをウエイターが開けてくれた。

「みなさま、先にお着きです」

智香は時計を見た。約束の七時の三分すぎだ。

「みんな、用意はいい？」

十二月にしては、あたたかな夜だった。智香をふくめた四人は、この冬の新作をおろしていた。智香はボーダーのワンピース。彩野は胸にリボンとフリルがどっさりついたシャツ。沙都子は紺の七分袖のブレザーに、胸の谷間がのぞく白いニットだ。彩野が胸のリボンを直していった。

「戦闘準備オーケー！」

智香が先頭に立ち、個室にはいっていった。おおきなテーブルのむこう側にスーツの男が三人座っている。結有と沙都子はスーツ男子が好きだ。格好の獲物かもしれない。中央で紀之が右手をあげた。

「先に始めてるよ。悪いけど、ひとりアクシデントでこられなくなった。海外の取引先の工場で火災があってね。連絡でおおいそがしなんだ」

紀之の右手に座る小柄で、すこしいじわるそうな横分けが沼木《ぬまき》孝実《たかざね》。左にいるちょっとふくよかなのが、横田《よこた》貴俊《たかとし》だと紀之が紹介してくれた。名前はすぐに覚えられないが、あだ名はすぐにつけられる。彩野が耳元で囁いた。

「頭のおかしな博士と賄賂《わいろ》をもらう議員秘書ってとこかな」

博士と議員秘書で決定だ。智香も女性陣を紹介した。ひととおりの挨拶がすむと、紀之がいった。

「いやあ、智香ちゃんのハウスメイトは、みんな美人ばかりだなあ」

普段の合コンなら、ただのお世辞のはずだった。智香は彩野が頬を赤くしたのに、びっくりした。彩野だけではなかった。バツイチの沙都子も、肉食ロリータの結有も、実にうれしげな表情である。智香はその瞬間、理解した。台詞の中身が問題なのではないのだ。誰がいうかが大切なのである。言葉はキャラクターについているものだ。紀之にはまったく裏表が感じられない。育ちのいい爽やかなハンサムがそんなことをいえば、女子はみな足元から崩れてしまう。

グラスのシャンパンがそろうと、前菜がやってきた。巨大な銀の盆には砕いた氷が山になっている。そこに野菜がにぎやかに刺さっていた。調味料は四種類。モンゴルの岩塩ともろみ味噌と自家製マヨネーズとレバーペーストだった。ニンジンも赤カブもエシャロットもチコリも、新鮮でぱりぱりでおいしい。みずみずしさに季節の命を感じる。

沙都子が歓声をあげた。

「やっぱり三十歳をすぎると、お肉よりも野菜のほうがごちそうね。すごくおいしいな」

自分から年齢のことを口にするなんて、さすが天然の沙都子である。小柄な博士がいった。

「やっぱり年をとると脂っこいのはダメになりますか。おれなんか、ぜんぜんカルビとかだいじょうぶですけど。こう見えても、ばりばりの肉食系ですから」

いじわるそうな目つきで、順番に女性をねめつけていく。この人はばりばりのSかもしれない。

「だいたい男がやさしすぎるからいけないんだ。なにが草食系だよ。今の日本の雰囲気って、おもしろくないよな。誰も間違ったことをしない、その場の空気ばかり読む。紀之もダメだよ」

このSのチビはなにをいってるのだろうか。紀之にダメだしするなんて、百年早い。けれど、元モデルはシャンパンをのみながら笑っていた。結有が胸をテーブルにのせるように突きだしていった。この子の戦闘体勢だ。

「高瀬さんのどこがいけないんですか」

博士はにやりと笑っていった。

「家は金もちだし、イケメンだし、これだけ身長もあるんだよ。おれなら、片っぽしから寄ってくる女とやっちゃうね」

議員秘書がおっとりといった。

「そんなことをしたら収拾がつかなくなるよ」

「収拾なんてつけることない。やってから、あとで考えればいいんだ」

紀之が形のいい眉をひそめていった。

「二股とか三股とかでも、いいのか。すごくしんどいことになるぞ。女の子に泣かれるし」

博士は自信まんまんだった。

「いいんだよ。若いうちは女を泣かしてなんぼだろう。一生悪いことしないで、いい人のまま死んで、なにがたのしいんだよ」

智香の好きなタイプではなかったけれど、博士のいうことにも一理あった。もともと恋愛やセックスは理性でするものではない。条件がそろっていればかんたんに恋ができるほど、人間は単純でも賢くもないのだ。

それに合コンでこれだけ女性を無視して、自分を打ちだせるとはなかなか見所のある男だった。嫌われてもかまわない。自分は自分だという姿勢が逆にすがすがしかった。もちろんこんなチビとつきあって、浮気をされるのは問題外だけれど、話をしている分には刺激的でおもしろかった。

先ほどから彩野は王子・紀之ではなく、小柄なマッドサイエンティストを見つめていた。頬が赤いのは変わらない。シャンパン一杯くらいで酔う彩野ではないのに、おかしな雰囲気だった。

「沼木さんは女の子をほんとに好きになっても、そういうことするんですか」

明らかに彩野より小柄な博士がななめ上方にむかっていった。

「するね。おれ、女の子にひどいことするのが大好きなの」

こいつは要注意のドSキャラだ。そのとき智香は思いだした。彩野は変わり者、ひねくれ者、オタク、ドSが大好物だ。いつもほかの誰も手をださない残りものばかり、好きこのんで拾っていく。彩野の目がとろりと溶けだしていた。智香は彩野に囁いた。

「よだれ垂らしそうな顔してる。博士に気をつけて」

彩野はなにをいってるのという顔で、見つめ返してきただけだった。智香をあっさり無視していった。

「沼木さんはどういうタイプが好みなんですか」

あーあ、はまってしまった。もう打つ手がなかった。智香は彩野をあきらめて、紀之との会話にもどった。

その夜の合コンは、店も男も久しぶりのあたりだった。

六本木の路地にでると、酔った身体に冷たい北風が心地よかった。今夜はこのまま二次会に流れるのだろうか。智香がそう思っていると、合コンのあいだは地味だった議員秘書がいった。

「すみません、わたしは明日関西出張で早いので。これで失礼させてもらいます」

さっさと帰るのはいいけれど、ひとりでいってほしいものだ。智香が心のなかで舌打ちしていると、彩野が大胆な行動にでた。博士の腕をとって、裏通りで叫ぶ。

「ねえ、だいぶ遅いから、もう一軒いくのめんどくさいでしょう。うちでのみ直さない」

博士はさすがにノリがよかった。

「いいですねえ。女だらけの家のなかをのぞいてみたいなあ。横田はお役ごめんだから、さっさと帰っていいぞ」

小太りの議員秘書はおじぎをすると、大通りのほうへ消えてしまった。結有は帰った男を無視していった。

「そうそう、うちのなかはすごく色っぽいよ。それに冷えたビールとウォッカと白ワインもあるし」

智香は驚いて、彩野と結有を見つめた。あの家は最初の約束では、男子禁制のはずだ。応援を求めようと先輩の沙都子に目をやると、にこにこと笑っていった。

「別に誰かの彼氏というわけじゃないから、いいんじゃない。女が四人と男がふたりなら間違いも起こらないでしょうし。今夜は気分がいいから、家のみでまったりしよう、智香ちゃん」

ほんとうにそれでいいのだろうか。あの家は智香が叔父から預かった大切な家だ。夜中に男と女で集うなど、家を汚すことになるのではないか。智香がためらっていると、紀之がいった。

「ぼくもこのまえ送っていってから、智香ちゃんの家には興味があるんだ。ちょっと家をのぞいたら、すぐにぼくたちは失礼するから、遊びにいってもかまわないかな」

まるで爽やかな状況ではないのに、王子の笑顔は爽やかだった。空気清浄機でもついているのだろうか、この人。一対五ではとてもかなわない。智香はしぶしぶいった。

「わかった。じゃあ、うちにいこう」「タクシーで移動するから、二台に分かれて」

外苑東通りで智香が車をとめた。女四人が先にのって、もう一台はあとをついてくればいいだろう。すると彩野が右手をあげていった。

「はーい、わたしが沼木さんたちを案内するから、先にいっていいよ」

移動で集団がばらけるときは、合コンでは格好の得点機だった。彩野が自分から積極的に攻めにでるのを見るのはずいぶん久しぶりである。智香はあきれてしまった。

「勝手にどっかいったらダメだよ、彩野。ちゃんとうちにきてね」

後部座席に三人でのりこんだ。彩野は男ふたりの腕をとってはしゃいでいる。智香はガラス越しに紀之に会釈した。困ったような顔をして、紀之がうなずいてみせる。この不景気で六本木は空いている。タクシーはすぐに速度をあげて、恵比寿にむかって走りだした。結有が窓の外を見ながらいった。

「今夜の彩野さん、すごいですね」

沙都子が笑っていった。

「ほんと、でも、彩野ちゃんの趣味はちょっと普通と違うのね。高瀬さんじゃなくて、沼木さんに気があるみたい」

「彩野は昔から、変な男にばかりひっかかるんだよね。あの沼木って人が悪い男じゃないといいんだけど」

不思議なことだが、自分からすすんでおかしな男とばかりつきあう女は数多かった。そうした女性に共通するのは、決して過去の手痛い経験から学ばないことで、自分とつきあえば相手が変わると信じているのだ。人は恋愛によっては変わらない。とくに男は恋では絶対に変わらないのだが、そんなあたりまえのことさえ、気づかないのだ。しかも、そのたぐいの女性は仕事が男性以上にできて、案外美人だったりする。結有がいった。

「でも、沼木さんを選んだ理由はちょっとわかるな。帰った人は問題外だったし、高瀬さんはいい人すぎて、なんだかつきあうって感じじゃないもん。観賞用って感じ」

智香のとなりで沙都子もうなずいた。

「ほんとにそうね。顔もスタイルもいいし、おうちもいいんだろうけど、男くささとかワイルドさがないよね」

そういわれて、智香も納得した。あれだけ条件がそろっていても、手放すことにさして後悔もないのは、きっと自分が紀之に男を感じていないからだ。ぐっとくるセクシーさは、爽やか王子には最初から欠けているものだった。沙都子が続けた。

「ねえ、高瀬さんはみんなのアイドルということで、大切にしない？　ルックスは文句なしだし、いっしょだとたのしいし、いいお店もしってる。みんなでやさしく見守ってあげましょう。それでいいかな、智香ちゃん」

最初に紀之と出会った自分に沙都子は遠慮しているのだろう。

「問題ないです、先輩。わたしも高瀬さんとつきあう気はないですから」

高瀬紀之不可侵条約は、こうして女たちのあいだでタクシーの後部座席にて締結された。智香は頭と心と身体の不思議を考えた。そのすべてがそろわなければ、恋はできないのだ。恋は恐ろしいほどの大事業である。理性的な選択をするなら、紀之は理想の恋愛と結婚の相手である。だが、智香の心は動かなかった。素敵ないい人とは思うけれど、自分のものにしたい男ではなかった。

智香はサイドウインドーに目をやった。街の灯が飛びすぎていく。今夜この街でいくつの恋が生まれているのだろう。そのすべてが自分とはまったくかかわりないのが不思議だった。

リビングルームのテーブルには缶ビールと乾きもののおつまみがならんでいた。男たちはシャツからネクタイをはずし、ソファに足を投げだしている。智香はメイクを落とし、シャワーを浴びたくてしかたなかったが、紀之が帰るまで我慢することにした。

チルアウトのためのスローなヨーロピアンジャズが流れていたが、彩野はハイテンションのままだった。テーブルから大判のノートをとりあげると中身を開いて見せた。

「これね、ゲスト用のノートなんだ。今日までは女の子しかこの家にはきたことないんだよ」

遊びにきた女友達のインスタント写真とコメントがのっていた。沼木が手を伸ばした。

「ほんとかよ、ちょっと見せて」

ぱらぱらとページをめくっていく。

「ほんとだ。男はおれたちが最初だ。光栄だな」

彩野は小柄な博士にカメラをむけていった。

「はい、セクシーなポーズつけて。ちょっと脱いでみようか」

沼木がふざけて、ストライプのシャツのボタンをはずしていった。細身で小柄だったが、意外とたくましいようだ。大胸筋が厚く発達している。ボタンをみっつはずしたところで男の手がとまると、結有が肉食系らしく声をかけた。

「どうせなら、うえは全部脱いで裸になっちゃいなよ」

「おー、いいぜ」

沼木は上半身裸になって、ボディビルダーのようなポーズをつけてみせた。

「きゃー、やらしい」

彩野の声がはじけて、同時にフラッシュが飛んだ。バカらしいけれど、こんなことをしていると底抜けにたのしい。やはり異性がいるというのはいいものだった。これほどにぎやかな夜は、ここで共同生活を開始して初めてかもしれない。

「つぎは高瀬さんだよ。脱いでー!」

彩野は酔っ払っているようだ。紀之が智香のほうを見て、苦笑いをしていた。

「ぼくは第二ボタンをはずすだけにしておくよ」

沙都子は落ち着いた様子でいった。

「王子さまはそれでいいの。彩野さん、失礼のないように撮ってさしあげなさい」

缶ビールを顔の高さにもちあげて、白い歯を見せて紀之は笑った。まるでビール会社のポスターのようだ。確かに観賞用の男というのは、こういうものかもしれない。見ているだけで満足できてしまう。

紀之と沼木はゲスト用のノートにサインをした。彩野が写真を貼っていく。紀之のコメントはかんたんな感謝の言葉だけだったが、沼木はつぎにくるときまでに自分用のパジャマを用意しておいてくれと勝手なことを書いていた。

すぐに帰るはずの男たちも、居心地がよかったのかもしれない。その夜は部屋のあちこちに座りこんで、四人の女とふたりの男の過去の恋愛話になった。誰もが特殊な恋愛をしてきたわけではなかった。その場にいる全員が、何度かありふれた恋をして、その恋に破れてきたのだ。けれども、智香にはその普通さが興味深かった。劇的だったり、まさかの運命だったり、ひどくロマンチックな偶然があったりはしない等身大の「普通」の恋愛。それがなによりもおもしろかったたし、胸にしみたのである。きっと自分は普通の平凡な人間で、平凡な恋や平凡な男が好きなのだろう。智香はそのことがなぜかうれしかった。

「ちょっとお手洗い」

沼木がそういってリビングを離れたのは、午前二時すこしまえだった。前日遅くまで仕事をしていたフリーのグラフィックデザイナーの結有は、ソファで眠ってしまっている。すこしたって、彩野もリビングをでていった。そのままふたりは五分たっても、十分たっても帰ってこない。沙都子がくすりと笑っていった。

「これはひょっとすると、ひょっとするかもね」

彩野と智香は十年来の親友である。その自分がすぐそばで起きているのに、合コンで出会ったばかりの男と最後の一線を越えるのだろうか。智香は気が気ではなかった。紀之がいった。

「最後まではないと思うよ。あいつがもどってきたら、そろそろ失礼するから」

智香は何度か時間を確かめた。彩野がもどってくるまでにかかった時間は十五分間。その一分後に沼木もなにくわぬ顔でリビングにもどり、新しい缶ビールを開けた。智香も沙都子も紀之も、ふたりがなにをしていたのかは質問しなかった。会話はまた過去の普通の恋愛とセックスの話に戻っている。

智香は自分たちも大人になったものだと感心していた。この十五分間をなにごともなかったかのように振る舞えるのだ。わたしももう大人だ。

8

「お願いです。今回だけでいいから、うちの合コンに智香先輩も緊急参戦してくれませんか？」

同じ広告部の早川麗美香《はやかわれみか》に声をかけられたのは、昼休みも終わる時間だった。会社の近くのイタリアンでランチをすませた帰りである。サーモンと生バジルのクリームパスタは、この季節らしいいい香りだった。

レミカは短大を卒業して、一般職でこの自動車メーカーに就職している。四年制大学卒業で総合職の智香とは微妙な温度差があった。残業時間も違うし、出張もないが、昇進昇給には明らかな壁があった。仕事はきちんとするけれど、それより生活を楽しみ、将来の結婚相手を探す。会社でもそちらに比重をおいているのは、毎日近くで働いている智香にはよくわかっていた。

「えっ……わたしが、レミカちゃんたちと合コンにいくの？」

レミカは智香より五歳若かった。なにかと仕事では頼りにしてくれるが、女性ではこの年齢差は絶対の壁だ。智香はこれまでレミカのグループといっしょにプライベートをすごしたことはない。

「はい、急にメンバーが足りなくなってしまって、あれこれ友人をあたったんですけど、みんな予定がはいっていて」

その日は智香もとくに予定があるわけではなかった。一軒家をシェアしている三人のうち、親友の彩野はデートらしいし、先輩の沙都子は用があって実家に帰っている。後輩のデザイナー結有は、プレゼンを控え、仕事場に泊まりこむはずだ。ひとりきりで、あの広い家に帰るのは、どこか空しかった。

「相手のメンツはどんな感じなの」

とりあえず男子の顔ぶれだけきいておいても損はないだろう。レミカはぺろりと舌の先をだしていった。

「年収が七百万円以上っていうのは確かなんですけど……それ以外はよくわかりません」

「ええっ」

智香は思わず声をあげてしまった。会社にもどる男たちが、智香とレミカをじろりと横目で見ながら通り過ぎていった。智香はレミカの手を引いて、エントランスの脇にある植栽の陰にはいった。声をひそめて質問する。

「年収はわかるけど、相手が誰だかわからない。そんな合コンなんて、ほんとにあるの」

レミカはまったく悪びれていなかった。明るい茶色のパーマの毛先をネイルを施した人差し指でくるくる巻いて、無邪気そうな笑顔を見せる。もっともこの子はやり手として女性社員のあいだでは有名だから、笑顔にだまされてはいけない。

「智香先輩、eキューピッドっていうサイトしりませんか」

きいたことのないサイトだった。智香はだいたいあまりネットが得意ではなかった。ネットでは買い物をしないし、たまに新規の店を開拓するために飲食系のランキングを参考にするくらいだ。智香が首を横に振ると、レミカは優越感を覚えたようである。胸を張っていった。

「正式にはeキューピッド・ラブ&ブライダルサービスっていうんですけど、新しいタイプのマッチングサイトなんです」

智香は別に英語は苦手ではないけれど、こう英単語ばかりつかうのなら、いっそのこと全部英語にしてしまえばいいのにと思うことがある。コンセプト、ストラテジー、ブランディング。それでなくとも広告部には英語が多い。

「はいはい、それでなにをマッチングするの」

「決まってるじゃないですか。合コンのマッチングですよ」

「へえ」

レミカはしゃべりだしたら止まらなくなったようだ。興奮してやたらジェスチャーがおおきくなっている。

「年齢、学歴、出身地、勤務先、身長、体重……。その他、選択できる項目がたくさんあって、自由に合コン相手を選べるんです」

智香はちょっとびっくりした。それなら理想の条件を満たした男を選び放題ということになる。同時にレミカがどんな条件にチェックをいれたのかも予想がついた。

「レミカちゃん、年収七百万以上でもうしこんだんだ」

二十四歳の後輩は平然といった。

「わかります？」

「それはわかるよ。それで、他にはどんな条件を選んだの」

レミカが白けた顔をした。

「やっぱり、そのへんが総合職の人は欲張りなんですよね。年収がいいなら、うちらは他の条件までうるさいこといいませんよ。結婚相手を探すんですから、ちゃんと働いてくれる人でなくちゃ」

智香は果たして自分は贅沢なのかと考えた。いくら年収がよくて安定した仕事に就いていても、ときめきひとつ感じない相手といっしょに暮らせるものだろうか。それでは結婚は就職と変わらない。

「でもさ、レミカちゃんは未来のダンナと、ラブラブじゃなくていいの」

レミカのきっちりとフルメイクした顔が険しくなった。さすがに智香の毎朝十五分のやっつけメイクとは出来が違う。

「智香先輩、ときどきバブルみたいなことといいますね。安定した結婚とスリルのある恋愛、どっちも手にいれようなんて絶対に無理じゃないですか。わたしはもうスリルはいいから、早く結婚したいんですよね。それで早く専業主婦になりたい。先輩と違って、この仕事好きじゃないですから」

目のまえにいる五歳違いのレミカと自分のあいだには、決して渡れない川が流れている気がした。こういう女の子にとって商社マンの高瀬紀之は、理想の相手なのかもしれない。紀之の誘いを適当にはぐらかしている自分は、確かに贅沢なのだろう。そこまで自分の未来を割り切れるレミカに、違和感と同時に潔《いさぎよ》さを感じた。思い切れるというのは、やはり強さなのだ。

「わかった。じゃあ、せっかくだから今回は参加させてもらうね」

「そうこなくっちゃ、じゃあ、六時半に青山一丁目の改札に集合です」

智香とレミカはなにくわぬ顔をして、広告部のフロアに帰っていった。

東京メトロをおりて、レミカと地上にでたのは麻布十番だった。この街は都心にあるくせに妙に生活感が漂って、下町の気安さがある。智香の大好きな街だった。きれいな後輩とふたりで、細かな路地を縫って歩くのはいい気分だった。

「合コンのお店は、なに系なの」

「無難にイタリアンらしいですけど、よくわかりません」

この子には驚かされることが多い。パソコンのプリントアウトを手にしたレミカがきょろきょろと周囲を見まわしている。

「どこの店だかしらないんだ」

「ええ、eキューピッドではお店も料理と予算で、決めてくれるんですよね。今回は男性六千円、女性三千円、個室つきのイタリアンで、検索かけましたから」

智香は内心あきれてしまった。それでは店の場所などわかるはずもないだろう。確かに便利だが、この調子ではいつか生きることのすべてが、ネットの検索で済んでしまいそうである。

「あった、ここです」

地下におりる階段の脇にイタリア国旗と手書きの黒板がでていた。レミカに続いて、階段をおり、木製のドアを抜けた。ウエイターが会釈をよこすと、レミカは堂々といった。

「eキューピッドで予約しているんですが」

一瞬、若いウエイターの表情がフリーズした。合コンマッチングサイトのことをしっているのだろう。このサイトの欠点は、予約の名前を適当に決めておけないところだ。これでは合コンのたびに、恥ずかしいけれどeキューピッドと名のらなければならない。

とおされたのは、六畳ほどの天井の低い個室だった。お決まりの赤と白のギンガムチェックのテーブルクロスがかかった長テーブルがひとつ。男性四人は全員そろっている。女性は先にふたりがきていて、レミカと智香が最後のメンバーだった。

智香は女性の列の出口に近い端に座った。むかいの男たちをレーザービームの勢いで、それとなくチェックしていく。どうやら年齢層が高いようだ。一番若い男でも三十代後半。まんなかのふたりはどう見ても貫禄十分の四十代だった。やはり年収だけで検索をかけたからなのだろう。会社員の給与はいまだにほとんど年功序列である。

初対面の男たち四人とレミカの友人がふたり。六人分の名前を覚えるのはとても困難だった。見た目の印象チェックで、ひとりも好みの男がいなかったので、名前を覚えようという気力さえ湧いてこない。今日は三千円分しっかりとたべて、おいしいワインをのんで帰ろう。そう思っていると、ななめむかいの黒いスーツの男から声をかけられた。

「岡部さんは広告部だけど、早川さんと同じ仕事をしてるんですか」

智香の職場では、一般職の女性には制服があるが、総合職には制服はなかった。智香は明るいグレイのパンツスーツ姿で、レミカはフリルがどっさりの小花柄のワンピースである。合コン用なのだろう、胸元の露出度が高い。

男の声は悪い感じではなかった。額がひどく広くて、生え際がU字形に残っているので、将来は完全に禿《は》げてしまうかもしれない。だが、智香は別に薄毛は嫌いではなかった。形よく禿げて、それが似合っていれば問題はない。智香があせっていたのは、どうしても相手の名前が思いだせないことだった。背中に嫌な汗をかいていると、レミカが助け舟をだしてくれた。

「智香先輩は総合職なんです。わたしは一般職だから事務のお手伝いですけど、ばりばり会議にも出席してるし、工場への出張なんかもするんですよ、大杉《おおすぎ》さん」

ナイスフォロー！　この薄毛の男は大杉というんだ。智香は何度か心のなかで繰り返して、その名を覚えこんだ。大杉は笑顔できいてくる。

「女性陣では最年長みたいですね。最近はどこに出張にいったんですか」

「栃木県にあるうちのテクニカルセンターです。新しいハイブリッドカーの開発者に会って、コンセプトと技術的なハイライトをきいてきました……」

一拍おいて、相手の名前をつけ加える。こうすると心理学的には、男女間の距離が縮まると読んだことがあった。

「……大杉さん」

大杉はいっそう笑顔になった。たぶん四十くらいだろうが、目尻や額にできるしわの感じが悪くなかった。

「それはすごいなあ。ほかの三人は専業主婦になりたいみたいだけど、岡部さんはどうなんですか」

低くてよく響く声だった。智香が男の声を気にいるのは危険な兆候だ。相手がどんどん素敵に見えてきてしまう。テーブルの反対側では、自分が芸能人の誰に似ているといわれたかという意味のない合コン的な話で盛りあがっていた。

「わたしはずっと仕事を続けたいですね。うちの会社は産休育休の制度がしっかりしているから、ちゃんと子どもを産んで、また仕事にもどりたいです」

それが智香の本音だった。人生は長い。仕事はときにうんざりすることもあるけれど、新しい世界を見せてくれるし、やりがいもある。そのうえすくなくはない給料を払ってくれるのだ。

「ぼくもその意見に賛成だな。多くの女性は男の力を過大評価しているよ。男なんていつ折れるかわからないくらいもろいものだから、女性もかんたんに男にすべてを預けてはいけないな」

智香はあらためて、男の身なりを観察した。黒のスーツはよく見ると、ごく細いブルーのストライプが走っていた。シャツは淡いブルーで、ネクタイはサッカーのイタリア代表チームのユニフォームのような鮮やかなブルーのニットタイだ。頭は薄いけれど、この人はおしゃれだし、かなり高価な服を着ている。腕時計もチェックした。カルティエ、タンクフランセーズのクロノグラフ。忘れてしまったけれど、ゴールドでなくスチールケースでも百万円くらいはするのではないだろうか。おまけにいい声。智香の心がかたむいていく。

「へええ、大杉さんももろいんですか」

四十男にそんなことをきくのは、なかなかたのしかった。大杉は片方の眉をあげて、乾杯を求めてくる。この店の赤ワインは冷やしてのむタイプで、やや甘口でやたらと口当たりがよかった。

「ぼくなんて、すぐにぽきっといってしまうなあ。立ち直りも早いかもしれないけど」

智香はいい気分で大杉とグラスをあわせ、この人をぽきんと折ったらたのしそうだなと心のなかで思っていた。

一次会のレストランをでると、いつもの合コンのように店のまえに八人の男女がたまった。だらだらと立ち話をしてつぎの店を考える。この時間が無駄だと感じられる合コンは失敗だった。その夜、智香はふわふわと足元が軽かった。すこしワインをのみ過ぎたかもしれない。大杉が智香にだけきこえるようにいった。

「ぼくのしってるバーが六本木にあるから、一杯だけ寄っていかない」

智香は広い額を見ながらうなずいた。

「いいですねえ。なんだかわたしも酔いたい気分」

合コンのメンバーに別れの挨拶もせずに、ふたりは麻布十番の商店街を歩きだした。飲食店の多い街で、まだ街の灯は明るかった。歩きだして数分で、大杉の手を智香はにぎっていた。なぜだろうか、酔うと男の骨ばった厚いてのひらが恋しくなる。

一の橋の交差点の近くにちいさな児童遊園があった。ジャングルジムと滑り台とブランコがあるだけのままごとのような公園だ。大杉が先に手を引いて、公園にはいった。なにが起きるのだろう。智香は胸を躍らせながらついていく。

四十すぎの男ともうじき三十の女がジャングルジムにならんで腰かけた。男の手に肩を抱かれて、智香は頭を大杉にもたせかけた。気もちのいい声が耳元で響く。

「ちょっと早いかもしれないけど」

あごの先をつままれて、顔をうえにむけさせられた。男のひとまわりおおきな唇がおりてくる。智香は酔ってスイッチがはいると、ときどき男の手や唇が欲しくてたまらなくなることがあった。彩野がつけたヤリスン女王のあだ名は伊達ではなかった。大杉の唇は男にしてはやわらかかった。タバコを吸わないところも高評価だ。

最初は迷っていたけれど何度かキスしてから、男の舌が智香の唇を割ってきた。智香はヴァージンではない。けれど、あらゆる性的な接触のなかで一番好きなのがこの瞬間だった。唇の相性がいい男となら、いくらでもいつまででもキスをしていられると思う。舌と舌をからめ、相手の唇の内側を探る。身体中の神経が唇と舌先に集中する。この時間がたまらなく好きだった。

好意はあるけれど、まだ恋心は抱いていない。初対面から数時間で、男のことはよくわかっていないのだ。そういう中途半端な相手とキスをするスリルが、智香の胸を焦がした。

大杉のキスはまったく悪くない。

何度か深いキスをして公園をでるところだった。ふらつく足で歩いていると、いきなりうしろから抱き締められ、耳元で囁かれた。

「このままぼくの部屋にこないか」

そのひと言で、智香の頭のなかのピンク色の霧がさっと晴れていった。今夜の一番いいところはもう終了したのだ。これから男の部屋にいき、セックスを最後までするなんて考えられなかった。もうだいぶ時刻も遅い。明日も智香には仕事があった。

「悪いけど、わたし、まだ大杉さんのことをよくしらないから」

大杉は情けない声をだした。先ほどまでの渋い声とは別人のようだ。

「そんな、智香ちゃんだって、男の生理ってものがわかってるだろう」

わかってはいても、そんなものにつきあう義理はなかった。智香は肩にかかった男の腕を振りほどくと、振りむいていった。

「初対面で無理に急ぐことないんじゃないかな、わたしたち」

智香の経験が、この状態から早く抜けだすように告げていた。男のなかには最後の一線で自分が望むようにならないと、てのひら返しをする者もいる。急に怒りだしたり、暴力的になったり、めそめそと泣きだしたり。お預けをくらった男たちがどう変わるのか予想がつかなかった。

「さあ、いきましょう。大杉さんも明日は仕事だよね」

アルコールと欲望で充血した大杉の目を見た。このままだだをこねてねばろうか、それとも次回にチャンスをつなぐか、あわただしく計算している目だった。智香は早く帰りたくて、心にもないことを口にした。

「また今度ね。わたしたち、ゆっくりとお互いをしりあったほうがいいと思う」

大杉のなかで欲望よりも常識が勝ったようだ。

「わかったよ。でも、つぎはふたりきりでデートだからね」

智香はうなずいたが、これまでつぎのデートにたどりついた男の数のすくなさを思わないわけにはいかなかった。きっと、この人も一回戦で終わりだ。自分はもう電話にもでないだろうし、メールも数回事務的に返すだけで、デートの誘いは断り続けることになるだろう。頭ではいけないとわかっていても、ときどきこんな火遊びがしたくなる。

送っていくといってきかない大杉を振り切るようにしてのりこんだタクシーのなかで、智香は久しぶりの反省を重ねた。

でも、今夜のような夜がまたやってきて、ちょっといいなと思う男が目のまえにあらわれたら、自分はまた同じことを繰り返すのだろう。欲望の形は人さまざまで、自分の場合はきっとキスにクレイジーなのだ。

智香は自分の唇を人差し指でそっと押さえて、六本木通りのネオンに目をやった。

恵比寿の家に帰ったのは、真夜中だった。

玄関を開けて、明かりをつける。足元を見て智香は驚き、声をあげそうになった。男ものの黒い革靴がそろえられている。あまりおおきなサイズではなかった。となりにある彩野のパンプスと同じくらいだろうか。彩野は二十五・五センチある。

(男子禁制のこの家に男がきている)

酔っているせいか、むらむらと腹が立ってきた。ばたばたと廊下を走ってくる足音がきこえた。

「ごめんねー、智香」

やはり彩野だった。しかも裸のうえに白いTシャツを一枚かぶっただけの姿である。背の高い彩野には裾《すそ》が短すぎるようで、アンダーヘアがちらちらとのぞいている。頭が痛くなりそうだった。なんとか男を振り切って家までたどりついたら、親友のヘアを見せつけられるのだ。災難である。彩野が手をあわせていった。

「ごめんねー、最初はあの人、ケーキもって、みんなに挨拶しにきただけなんだ」

智香は腕組みをして、玄関先からにらみあげた。

「あの人って、沼木さん?」

彩野がしたをむいたままうなずいた。紀之の友人の、あのチビで偉そうなサド男だ。

「それで今はTシャツ一枚。ということは、始めちゃったんだよね」

身長百七十五センチの彩野がどんどん背中を丸めていく。うわ目づかいでいった。

「うん、まあ……誰も帰ってこないし、急いでしちゃえばいいかなあって」

あきれて返す言葉がなかった。男もそうだが、女も面倒な生きものだった。というより、こんなにたっぷりと水分をふくんだ肉体をもって生きていくのは、男でも女でもかんたんなことではないのだろう。智香は先ほどの公園のキスを鮮やかに思いだした。

「はいはい、わかりました。わたしはシャワー浴びたら寝るから、そっちは静かにしてね」

「サンキュー、智香」

なぜかTシャツ一枚の彩野に抱きつかれた。やわらかな胸が顔にあたる。智香はしかたなく笑って、ようやくお気にいりのパンプスを脱いだ。

9

智香はキスをしていた。

舌と舌がふれあって、うっとりするくらい気もちがいい。

これまでキスしたどんな人よりも、その男の舌はやわらかだった。それは唇の感触も同じで、まるでかわいい女の子とでもキスしているような気分だ。不快なタバコのにおいもない。

(こんなに素敵なキスをするのは、どんな人なんだろう……もしかして、わたしの運命の相手?)

智香はキスをしながら薄目を開けて、相手の顔を見ようとした。けれど、これほど近距離なのに、霞《かすみ》でもかかったように男の顔ははっきりとしない。それともキスに酔いすぎて、目の焦点があわなくなっているのだろうか。その霞がだんだんと薄れて、鼻筋のとおった顔が判明しようとしていた。

(……やっと、運命の人の顔がわかる!)

胸を高鳴らせながら、夢中で舌をからめていると、携帯電話が夢のなかで鳴った。

目を覚ますと、いつもの白いクロス張りの天井だった。心の底からがっかりしてしまう。ベッドサイドの携帯電話をとりあげた。小窓から時間を確かめてみる。日曜日の朝七時五分！　なんて非常識な時間に電話をかけてくるのだろう。しかも着信表示が最悪だった。

〝ママ〟とちいさな二文字が液晶の小窓に浮かんでいる。

最高に気もちいい夢を破られて、日曜の早朝から母親と電話で話さなければならない。智香は誰かに恨みを買うようなことをしただろうかと思った。そういえば、このまえひさしぶりにキスだけで逃げてきた合コン相手がいた。あの人のせいで、こんなもやもやする夢を見たのかもしれない。智香はベッドに横たわったまま、携帯のフラップを開いた。

「はい、ママ、日曜の朝からなあに」

気分が悪いものだから、思い切り低いテンションになった。とても会社の同僚にはきかせられない声だ。

「ああ、智香ちゃん、起こしちゃったかしら」

おっとりとした母・弓子《ゆみこ》の声が耳元に流れた。弓子は岡部家の精神的なアンカー役で、トラブルが発生して父や智香が浮き足立ったときでも、しっかりと家族の結束と安定を守ってくれる存在だ。

「いいよ、別に。起きようと思ってたところだから」

舌をからめるキスの夢を邪魔されたとは、母親にはいえなかった。それよりも声の背景にきこえるノイズが気になる。これは電車の発車メロディだろうか。

「ママ、今どこにいるの」

「駅、これから智香のところにいこうかと思って」

智香はがばりとベッドで上半身を起こした。

「えっ、なに急に」

父親の岡部浩太郎《こうたろう》は三年まえに工作機械メーカーを定年退職している。ばりばりの理系エンジニアだ。文系の智香が自動車メーカーを就職先に選んだのには浩太郎の影響が強かった。東京を離れたふたりの新しい住まいは、神奈川県の大船だ。湘南新宿ラインなら直通で一時間足らずだった。弓子はまたもおっとりといった。

「ちょっと話があるの」

日曜の朝八時から、母親と会うなんて悪夢のようだ。

「だから、ママ、なんの用があるの」

「ちょっと電話では話しにくいのよ。ここはホームだし。恵比寿に着いたら、また電話するから。智香、あとでね」

いきなり電話は切れてしまった。信じられない。親であるというだけで、こんな精神的な暴力が許されるものだろうか。しかたなく智香はベッドをでて、パジャマのわき腹をかきながら洗面所にむかった。

駅の改札でサングラスをかけて、母親を待った。ほかに予定もないし、化粧をするのが面倒だったのだ。日曜日の朝でも働きにいく会社員らしき姿は多かった。日本人はほんとうによく働くものだ。

智香は自動改札を抜けてくる弓子の格好を見て、びっくりしてしまった。よそいき用のラップドレスを着て、厚手のコートにストールを巻いている。手には小旅行なら十分のトロリーケースを引いていた。

「どうしたの、ママ」

弓子は智香の質問にはこたえなかった。今年還暦を迎えるとことんマイペースな母親である。

「お腹が空いちゃった。おいしいモーニングのセットがある店はないかしら」

午前八時では恵比寿ガーデンプレイスのカフェは厳しそうだ。

しかたなく智香はJRの駅の近くにあるチェーン店に弓子を連れていった。自分では足を運んだことのないカフェだから、おいしい朝食のセットがあるかなどしらなかった。いっそのことうんとまずいといいのに。

メニューを見ると、弓子はうれしそうな顔をした。厚切りトースト、かりかりに焼いたベーコンとスクランブルエッグ、あとはたっぷりのサラダがついた定番のモーニングがある。

「このトーストをクロワッサンに代えられないかしら、頼んでみよう」

パンなどなんでもいいではないか。智香の口調が厳しくなった。

「日曜の朝イチで、人のことたたき起こしたんだから、そろそろなにがあったのか教えてよ。まさかママ、うちに泊まるつもりじゃないでしょうね」

弓子は胸をそらせて、澄ました顔をした。

「まさかねえ、あなたに頼るはずないでしょう。ちゃんと午後にはお友達のところにいく手はずになっているわよ」

とりあえずひと安心だった。女四人で暮らす恵比寿の一軒家は、彩野が男を最初に連れこんでから、男子禁制のルールが簡単に破られてしまった。肉食ロリータ・結有と彩野が順番に男を呼ぶので、いつも男ものの靴が玄関にならぶことになっている。

不機嫌な若いウエイトレスに、モーニングをふたつ注文した。会話が一瞬とぎれる。窓のむこうに広がる恵比寿駅西口のロータリーを眺めながら、弓子がぽつりといった。

「ママ、お父さんと別れようと思って」

智香は凍りついてしまった。六十三歳の父と五十九歳の母が今さら離婚する？　いったいなぜそんなムチャをしなければならないのだろう。これが普段から仲たがいをしているような夫婦ならまだ理解できる。弓子がそんなことを口にするのは、初めてのことである。ママとパパは理想の夫婦で、うまくやっていると頭から信じていただけに衝撃はおおきい。風船から空気が抜けるような声で、智香は返事をした。

「……ママー、それって、本気でいってるの」

弓子が正面から智香の顔を見つめ、強靱《きょうじん》な微笑を浮かべていった。

「本気よ。わたしもそろそろお父さんから、自由になりたいの」

自由ってなんだろうか。三十五年間も結婚していて、離婚も自由もないではないか。娘としてはこのままふたりでいてもらわないと困るのだ。ひとりひとりでは老後だって心配だし、第一まだ自分の結婚式に花嫁の両親として登場してもらっていない。智香は泣き声になってしまった。

「……ちょっと考え直してよ、ママ」

そのとき絶妙なタイミングで、モーニングセットが運ばれてきた。ウエイトレスのトレイのあつかいはぞんざいで、コーヒーがすこしこぼれた。智香は顔をあげて、強くいった。

「ちょっと気をつけなさいよ。お手ふき、もってきて」

口のなかでもそもそとよくきこえない返事をすると、ウエイトレスは調理場にもどっていく。不機嫌な背中を見送った弓子がいった。

「あの人、わたしみたい」

昔の女性にしては背の高い弓子だった。髪は明るい栗色に染めて、若々しい雰囲気を残している。それがあの荒れた手をした性悪のウエイトレスとどこが似ているのだろう。

「うちのお父さんね、退職してから人が変わってしまったみたい。料理をほめられたことなんて、一度もないの」

定年後によくある不平だろうと智香は思った。弓子が淋しそうに笑って続けた。

「一日三回、人にだす料理をつくるって、それはたいへんよ」

「ランチなんていくらでも安いところがあるんだから、たべにいけばいいじゃない」

弓子が首を横に振った。

「だめだめ。お父さん、退職してからひどくケチになって、外食なんて誰かお客がきたときしかいかないの。このまえなんか、スーパーでイチゴを買っていったら怒られたのよ。ひとパックたった三百九十八円だったのに」

よほど腹が立ったようだ。弓子の目の色が変わった。怒りの矛先《ほこさき》はモーニングにぶつけられた。ちぎったクロワッサンに血の色のイチゴジャムを塗りたくって、口のなかに押しこんだ。

「もう、パパったら、合コンでもケチな男は嫌われるからなあ」

「それに一日中家にいて、ずっと暗い顔でごろごろしてるの。わたしねえ、男が働き、女が家を守るって、よくできた暮らしかただなあって再認識した。だって、そうすればいつも顔をあわせていなくてもいいでしょう。四六時中お父さんのこむずかしい顔を見ていてごらんなさい。これが死ぬまで続くと思うとぞっとするわ」

さして広い家ではないし、六十すぎの男の暗い顔は見ていて心地いいものではないだろう。だが、そこまでならなにも離婚するほどの理由にならない気がした。

「ねえ、ママ、ほかにもなにかあるんじゃないの？　だって、パパが暗いのは、ずっとまえからわかっていたことでしょう」

弓子が黙りこんでしまった。智香も黙って、コーヒーをのみ、トーストをかじった。

先を急がせてもしかたがない。ほんとうに大切な告白には、当人のタイミングが大事だ。日曜朝のカフェは空いていた。BGMは定番のモーツァルトだ。不吉なほど美しいクラリネット協奏曲のアダージョが流れている。ぽつぽつとテーブルを埋める人の顔を観察した。なぜ、せっかくの休日なのにみな、こんなに無表情なのだろうか。

弓子がいきなりいった。

「クレジットカードの請求書を見たの」

「えっ」

「先月最初の月曜日、場所は鎌倉の高級レストランだった。ローストビーフで有名なお店。請求額は三万円以上なのよ。わたしには三百九十八円のイチゴに怒ったくせに」

智香は恐るおそる口にした。

「でも、女の人とふたりってわけじゃないんでしょう」

弓子の怒りが再点火したようである。今度はケチャップがかかったスクランブルエッグをフォークに山盛りにして口にいれた。

「もうお父さんとはその件で話しあったの。相手は五十二歳ですって」

今度は智香も衝撃だった。なんとこたえていいのかわからなくなる。

「……あの、その夜は早く帰ってきたんでしょう？」

「十一時ちょっとまえよ。お父さん、鎌倉から横浜にでて、その女の家にいったんですって。まだホテルならよかったのに」

涙を落としてはいないが、弓子の目は赤かった。さっきまでの軽い気もちがどこかに飛んでいってしまう。これは重大事件だ。あとで妹の笑香《えみか》に電話をしておかなければ。ふたり姉妹の妹は、幼いころから父親派である。まだ二十八歳だが、智香とは違って結婚と同時に仕事を辞め、もう子どもをひとり産んでいる。

「その女って、パパとはどういう関係なの？」

「昔の部下ですって。憎らしいんだけど、若いころにすこしつきあっていた時期があったらしい」

最悪のパターンだ。だんだんと智香も腹が立ってきた。

「まさか、そのときママと結婚していたわけじゃないよね」

弓子が目を赤くしたまま、気丈そうにしおれた笑顔を見せた。それだけでこたえがわかった。智香の胸がねじれるように痛む。長年連れそったもう六十歳になるパートナーをこんなふうに傷つけていいはずがない。定年退職後の不倫か。智香はもう父親はセックスなどしていないのではないかと、心のどこかで思っていた。その父がこんな女性問題を引き起こすのだ。男と女のことはほんとうにわからない。

「……そうだったんだ。パパ、ひどいね」

「その女のご主人が病気で亡くなって、それでうちのお父さんに連絡をとって、泣きついてきたみたい」

五十二歳の未亡人か。きっと男がいなくては生きていけないタイプなのだろう。夫が死んだから、昔の恋人に頼る。女の風上にもおけない憎《に》っくき敵だ。

「それでね、お父さんとはしばらく別々に暮らそうって話になったの。結論はまだでていないんだけどね」

「うん、わかった。でも、わたしはなにがあってもママの味方だからね。東京にいるなら、気晴らしに遊ぼうよ。パパからお金たっぷりもらってきたんでしょう」

　浮かない顔をして弓子がいった。

「まあね、わたしにもすこしは貯金があるし。これから年金分割の勉強をしておかなくちゃ。だけど、智香ちゃん、結婚なんてほんとに予想もつかないものよ。男は三十年以上いっしょに暮らしても、腹の底まではわからない。あなたも気をつけてね」

　コンカツ中の娘に贈るには、難易度が高すぎるアドバイスだった。だいたい結婚して三十五年後に不倫をしそうな男など、どうやって見極めればいいのだろうか。それから小一時間カフェで話して、ふたりは店をでた。

　友達とランチするという母親と改札で別れて、智香は家にもどった。なんだか足元が妙にふわふわと軽く、めまいがするようだ。朝一番からたいへんな相談もあったものである。帰ってからもう一度ベッドで横になりたかった。それくらい智香の身体の芯は疲れ切っていた。

　激動の日曜日は、そのままで終わるはずがなかった。運命の神さまは気まぐれに大量の爆弾を空から落としてくる。

「ねえねえ、智香、ちょっといい」

ノックの音と同時に彩野が開いたドアから顔をだした。智香はうつ伏せでベッドに倒れこんでいる。

「あら、まだ寝てるの」

両親の熟年離婚で悩んでいるとはいえなかった。そっぽをむいたまま返事をする。

「うん、ちょっとだるくて」

最近ボーイフレンドができたばかりの彩野は、智香の憂鬱など気にもとめなかった。

「あのさ、結有ちゃんの彼がみんなにランチをおごってくれるって。ガーデンプレイスの例のお城みたいなフレンチだよ。おしゃれして、智香もいこうよ。今、みんな準備してるから」

このまま最低の気分で日曜を終わらせるわけにはいかなかった。明日からはまた厳しい仕事が待っている。三ツ星レストランのランチなら、気分転換にはもってこいだ。

「わかった、わたしもいくね」

用意ができたのは三十分後だった。最年長の沙都子は手描きのプリント柄の花のようにフリルをつけたワンピース、彩野は長身を生かした明るいグレイのパンツスーツ、智香は白いドレスにグレイのペンシルストライプのテイラードジャケットを重ねた。肝心の結有は紺のミニスカートに白いブラウスだった。小柄なので二十代後半でも、女子高生のように見える。レストランのエントランスでコートを脱ぎながら彩野がいった。

「結有ちゃん、今日は肉食系じゃないんだね」

グラマーな結有は胸が強調された服を着ることが多かった。自分の彼を紹介するのに緊張しているのだろうか、結有に笑顔はない。

「ええ、今日はちょっとそれどころじゃないので」

智香は先ほどまでの弓子の表情に似ていると思った。気になってきいてみる。

「結有ちゃんの彼って、どんな人なの」

小動物のようにさっと振りむいて、結有は笑った。

「今までつきあった人のなかで、最高の人なんです。もうすぐ紹介しますから、待っていてください」

タキシードのウエイターに二階の個室に案内された。鏡とクリスタルが多用された壁面はくすんだゴールドで、天井からさがるシャンデリアはバカラの特注品だという。これほどバブリーなレストランを智香は見たことがなかった。

きっとランチでもコースはひとり一万円以上するだろう。それにワインかシャンパンを注文すると、女四人と男一人の計五人分としても、軽く十万円は超えてしまうはずだ。結有のボーイフレンドはずいぶん金もちのようである。

唐草模様のレリーフが浮かぶダブルドアの片方が開かれた。ウエイターがうやうやしくいった。

「お客さまのご到着でございます」

おおきなテーブルにむかっていた男が立ちあがった。濃紺のスーツのしたに清潔そうな白いシャツ。髪は長髪で、ひどく日焼けしている。ゴルフ焼けだろうか。年齢はどう見ても四十代後半だった。変態のインテリ殺人犯でも演じる俳優のような渋い二枚目である。結有とは二十歳は年齢差があることだろう。

「やあ、みなさん、いらっしゃい。どうぞ、お座りください」

「初めまして、よろしくお願いします」

沙都子は優雅に、彩野は元気にそういって、映画のセットのような個室にはいっていった。結有がさばさばと男に声をかけた。

「待った？　今日はおうちのほうはだいじょうぶなの」

小柄な肉食ロリータは、返事を待たずにずんずんと個室の奥にすすみ、男のとなりに席をとった。

「うん、まあ、夜まではだいじょうぶ」

結有はうなずくといった。

「こちらは藤代晃《ふじしろあきら》さん。わたしが仕事をもらっているデザイン事務所の社長なの。結婚していて、お子さんもいるんだ」

男は平気な顔でにこにこしていた。こういう局面に慣れているのかもしれない。智香はこの差はなんなのだろうと内心考えていた。父親の浮気は腹が立つし、うんざりもする。だが、同性の友人が不倫をしてもおもしろいと思うだけで、別に怒りは感じなかった。智香はつい漏らしてしまった。

「ふーん、そういうことなのね」

結有は不敵に笑っている。

「そういうことなの」

テーブルにかけられたクロスのしたで、結有と藤代は手をつないでいるようだ。この姿を男の妻が見たら、どう思うのだろう。いじわるな空想がとまらない。

「それでね、わたし、この人の赤ちゃんを産むことに決めたんだ」

「えーっ」

女三人の驚きの声が重唱のようにハーモニーになった。先ほどまでにやけていた男の顔色が青くなっている。個室で笑っているのは、爆弾発言をした結有ひとりだった。

「さあ、せっかくだから、今日はごちそうをたべよう。お腹の子にも、ちゃんと栄養分をあげなくちゃ」

こつこつとノックの音がして、端整なソムリエがワインリストをもってやってきた。智香は日曜午後のシャンパンを選ぶ男の指先がかすかに震えているのを見逃さなかった。男はひどい生きものだが、女は怖い生きものだ。それがジェットコースターのような休日に唯一智香が得ることができた教訓だった。

10

「びっくりした？」

たいへんな日曜日の夜、恵比寿の家に帰ってから肉食ロリータ・結有はそういった。その場にいたのは、ともにハウスシェアする三人で、全員入浴をすませ、パジャマやスエットに着替えていた。当然化粧も落としたすっぴんだ。やはり女同士は素晴らしかった。ひとりでも男がいたら、こんなふうにはいかないだろう。とことんくつろげるこの時間が、智香は好きだった。

「それはびっくりしたよ。だっていきなり妊娠宣言でしょう。あのデザイン事務所の社長さん、顔が真っ青になってた」

眉のない彩野がそういって、にやりと笑った。

「わたし、男の人があんなふうに真っ青になるの初めて見た。いい大人で会社の社長でも、妊娠とかいわれると、あせるんだなあ」

藤代という長髪の日焼け男は、結有が爆弾発言をしてからは、ほとんど口をきかなかった。不倫相手の友人が三人もいるまえでは、とり乱したり、怒ったりすることもできなかったのだろう。そういう意味では、あの高級レストランでいきなり妊娠を告げたのは、結有なりの計算があったうえでのことだったのではないか。

（やはり母になるというのは強くなることなのかもしれない）

智香は結有に目をやった。肉食ロリータは平然としている。あたりまえのことをしただけという顔だ。腹が据わると、女はたくましかった。あらためて、そう思う。沙都子がおっとりといった。

「あの人、奥さんも子どももいるんだから、結有ちゃんに妊娠した、子どもは絶対産むなんていわれたら、すごい衝撃に決まってるよ。でも、この四人のなかでは、一番先にわたしが赤ちゃんを授かると思っていたから、別な意味でショックかしら」

沙都子はバツイチの三十二歳である。なんとか三十五歳までに第一子の出産をしたくて、真剣にコンカツにとり組んでいる。結有は四人のなかで最年少の二十七歳で、未婚だった。確かに意外な人間が妊娠したものだ。智香はソファに横になり、お腹にクッションを抱えながら、ぼんやり女同士の会話をきいていた。彩野がいった。

「どうしたの、智香。心ここにあらずって感じだけど」

両親の熟年離婚と結有の婚外妊娠。どちらも智香には衝撃がおおきかった。もちろん母親の家出のほうが重大事件だが、後輩の妊娠出産というのも驚きだった。自分が仮に大恋愛をしたとして、ひとりで子どもを産んで育てる決意ができるだろうか。それができたというだけで、年下の友人を尊敬してしまう。同時にこれからの結有の生活を考えないわけにはいかなかった。

「ねえ、結有ちゃん、赤ちゃんを産むのはいいけど、生活のほうはどうするの」

一度生まれた子どもはリセットがきかない。これが恋愛や結婚と、妊娠出産の決定的に異なるところだった。恋愛ならなかったことにして、忘れてしまえる。結婚だって、離婚で再スタートが切れる。けれど、子どもはすくなくとも二十年近くは面倒をみていかなければならないのだ。結有はさばさばといった。

「わたしは一生デザイナーとして働いていくつもり。あの人からちゃんと養育費はもらうけど」

沙都子が静かにきいた。

「妊娠後期と出産後はしばらく働けないでしょう。そのあいだはだいじょうぶなの」

結有がとがったあごの先を軽く沈めた。あわせてノーブラの胸が揺れる。身長が四人のなかで一番低い結有が、胸は一番おおきかった。

「貯金もあるから、なんとかいけると思う。あのね、わたし……」

結有が視線をそらせて、口ごもった。

「なによ、いいかけてやめるなんて、結有ちゃんらしくないな」

そういったのは、床に長い足を投げだして座る彩野だった。新しいボーイフレンドができてから、彩野は寝巻を一新していた。今着ているのもコットンのワンピーススタイルのかわいいものだ。淡いピンクというセレクトは、以前の彩野なら考えられなかった。

「……ほんとのことというと、わたし、大学生のころ、一度妊娠したことがあったんだ。かわいそうだけど、赤ちゃんとはさよならした」

誰もなにもいわなかった。日曜日の夜の静かな時間が流れているだけだ。結有の声には後悔も苦痛も感じられなかった。

「相手の人は、大学を卒業したら結婚して、子どもを産めばいいといってくれた。でも、わたしが断ったの。やっぱり働いて、社会を見てみたいし、そのまま家庭にはいるのは嫌だったから」

智香はそっと小魚でも川にもどすように、あいづちを打った。

「そうだったんだ」

「それでね、そのとき、決心したの。つぎに赤ちゃんができたら、相手が誰だろうが、絶対に産むことにしよう。責任は全部自分でとればいいんだ。たとえ赤ちゃんとふたりきりで生きていくことになっても、産んでしまおうって」

智香は彩野を見た。彩野も軽くうなずき返してくる。それから沙都子に視線を移した。沙都子は微笑んで、見つめてきた。そのとき智香にはわかった。ここにいる三人の気もちは、今ひとつになっている。みんな結有の妊娠を応援するつもりだ。

未婚の母になることは、日本ではまだまだ障害がおおきかった。戸籍やさまざまな法的手続き上、嫡出子《ちゃくしゅつし》と非嫡出子の区別は歴然としている。保守的な人間なら、未婚の母と白眼視することもあることだろう。

智香はこの四人で、ひとつの家をシェアできてよかったと思った。もつべきものは、やはり頼りにならない男友達でなく、同性の同世代の友人だ。結有がいった。

「へへへ、でもまさか、その相手が妻子ある人だとは思わなかった。藤代さんて、いい人なんだけど、わたしだけじゃなく、ほかにも何人かつきあってる女がいるんだよね。生まれてくる子どもに罪はないけどさ」

男と女は一筋縄ではいかないものだ。彩野が笑っていった。

「とりあえずお金だけでももってってよかったじゃない。だってさ、あのレストランで開けたシャンパン一本三万円くらいだよ。それを三本も空にしたんだから」

バブルの生き残りのような中小企業の経営者も、きっとあちこちに存在しているのだろう。みな時流をはばかって、こっそりと遊んでいるのだ。智香がいった。

「そのうち一本半を空けたのは、あんたでしょう」

「今の話をきいていたら、罰としてもう三本くらいのんでやったのになあ」

彩野の豪快なひと言で、全員の笑い声がそろった。そのとき、彩野の手元にあった携帯電話から、きき覚えのあるメロディが流れだした。懐かしいミーシャの「Everything」である。

携帯の小窓を確認した彩野が立ちあがって、廊下にでていった。沙都子が横目で智香を見ていった。

「あの沼木さんていう男の人みたいね」

チビのサディストの着メロにこの曲か。彩野は本格的に恋をしているらしいと、智香は思った。がちゃりとドアの開く音がして、彩野が顔をのぞかせた。片手で送話口を押さえていう。

「ちょっといい？　沼木さん、この近くでのんでいて、これから帰るところなんだって。うちにすこし顔をだしたいっていうんだけど、みんなだいじょうぶかな」

智香は壁にかけてある北欧デザインのシンプルな時計を見た。午後十時十五分、まだ眠るには早い時間だ。結有がいった。

「こっちは別にいいよ」

沙都子が伸びをして、時計を見た。

「わたしはそろそろ部屋にさがるから、みなさんご自由に」

「智香、あんたはどう？　いちおうあんたが寮長みたいなもんだから」

ほかのふたりがいいというのに、ひとりで反対はできなかった。

「別にいいけど、こんな時間に押しかけるなら、なにかおみやげをもってくるようにいって」

彩野はにやりと笑っていう。

「了解。っていうか、沼木さん、明日のみんなの朝ごはんに、もうドーナツを買ってあるんだって」

「ラッキー」

結有がそういうと、彩野はウインクしてドアを閉めた。廊下からきこえてくる彩野の声には微妙な甘さがのっている。恋をする女の声なのだろう。

「みんなだいじょうぶだって、孝《たか》さん。でも、あと二十分待ってね」

二十分ってなんだろう？　智香が不思議に思っていると、彩野が帰ってきた。あわてている彩野に智香は声をかけた。

「ねえ、近くにいるなら、すぐにきてもらえばいいじゃない」

彩野の声は殺気立っていた。

「わたしまだあの人に、眉のない顔を見せてないのよ。おおいそぎで化粧しなくちゃ」

ゆっくりとお風呂にはいってくつろいでいるのに、もう一度化粧をし直すのだ。恋をするのも楽ではない。


沼木孝実はきっかり二十分後にやってきた。くしゃくしゃに洗い加工のされたカーキのジャケットに、スリムジーンズという休日のラフな格好である。彩野とならぶと、にぎりこぶしひとつ半は、沼木のほうが背が低かった。

リビングにはいってくると、行列で有名なドーナツ店の紙袋を高くかかげていった。

「なんだかよくわかんないけど、結有ちゃん、妊娠おめでとう」

玄関で彩野にきかされたのだろう。だいぶ酔っているみたいだ。

「こっちにはバッドニュースがひとつあるぞ」

どさりと彩野のとなりに腰をおろして、チビの商社マンがいった。彩野はドーナツの袋を受けとって、上着を脱がせてやる。

「はいはい、なあに」

「みなさん、ご愁傷さまでした。高瀬のやつに彼女ができたみたいだ」

「えーっ」

妊娠している結有と、新しいボーイフレンドのできた彩野と、彼のいない智香の声がなぜかそろってしまった。高瀬紀之はみんなの王子さまだった。手をださずに、みんなの共同所有にして、観賞用にとっておこう。そんなふうに話していたのである。その王子がふた月もたたないうちに、どこかの女に撃ち落とされた。ショックとしかいいようがない。

結有が目を光らせて質問した。

「相手はどんな子なの？　どっかのいいうちのお嬢さまとか」

Tシャツ一枚になった沼木の大胸筋がきれいに丸く盛りあがっている。友人の恋人とはいえ、智香の目は自然に男の身体をチェックしていた。沼木はおおきく手を振った。

「いや、ぜんぜんそんなのじゃないよ。普通のうちの子」

男性ファッション誌のモデルをしていた紀之の清潔な笑顔を思いだした。逃がしてしまうと、ちょっともったいない気がした。智香はいった。

「仕事はしてるの」

沼木はにやりと笑った。

「ああ、保育士さんだって。まだ二十二歳だってさ。特別に美人でもかわいくもない普通の女の子だったよ。意外とあいつの好みはノーマルだな」

「へえ、そうなんだ」

智香の返事は冷めたものだった。沼木と彩野のカップルを見比べてみる。背の低い沼木は背が高い彩野を選んだ。イケメンで良家の出身の紀之は、そのどちらももたない普通の子を選んだのだろうか。人はみな自分がもっているものをあたりまえだと信じこみ、さして評価しないものだ。自分のもっていないものを理由もなくありがたがるのが、人間という生きものかもしれない。

「それでさ、その子がみんなに会いたいんだって」

沼木がびっくりするようなことをいった。彩野がとなりの男の肩を軽くたたいていう。

「えー、なんでわたしたちが、見ずしらずの子と会わなくちゃいけないの」

沼木はにやにやしていた。ぱちぱちとうわ目づかいで、目をしばたたく。

「その子、杏美《きょうみ》っていうんだけど、こんなふうにいうんだってさ。わたしは、生きてる世界が紀之さんと違うから、お友達に会ってすこしでもあなたのことをしりたい」

結有があっさりといった。

「なに、それ、気もち悪い。どうして、自分の男のまわりにいる女子なんかチェックするのかなあ。なんか、嫌な感じの子だね。まだ二十二でそれなら、かなりのやり手かも」

「そんなこといわれても、おれ関係ないから。ただ紀之は、悪いけどみんなに時間をつくってくれっていってたぞ。あとは好きにしてくれ」

四年制大学を卒業して大企業で働く彼とその仲間たちと、短大から保育士になった女子では、確かに生活スタイルや価値観は違っているのかもしれない。不安になるのは当然だろう。それと紀之の周辺にいる女性のチェックは、すこし話がずれることだったけれど。

彩野がじろりととなりの沼木を見ていった。

「孝さんもへんな若い子に、ころりと落とされないでよ」

「わかってるよ。こっちは彩野ちゃんだけだから」

智香は壁の時計を見あげた。もうすぐ時刻は十一時だ。

「わたし、部屋にいくね。沼木さんはもうすこしくつろいでいくんでしょう？」

くつろぐというのは上品な言葉だが、こんな時間にやってくる目的はひとつだけだった。結有も智香の質問の意味に気づいたようだ。

「だったら、わたしもお腹の赤ちゃんのために早めに休むよ。彩野さん、沼木さん、ごゆっくり」

結有といっしょに智香はリビングを離れた。寝室にいき、明かりを消してベッドに横になる。なかなか寝つけなくて困ってしまった。母の弓子は今ごろ友人の家でなにをしているのだろうか。浮気をした父・浩太郎はひとりの家で、なにを思っているのか。妊娠した結有に、若い保育士に手玉にとられた紀之、まったく先が読めない事件が続いている。

恋愛や結婚について考えていると、智香はだんだんと暗い気もちになってきた。自分にはどちらもあまりに遠い目標のように思えるのだ。もう一度恋をしたりできるのだろうか。だいたい恋愛というのは、スポーツに似ている。一度トレーニングを休んでしまうと、なかなか心も身体もアスリートモードにならないのだ。身体はたるむし、心は怠け者になる。遠ざかれば遠ざかるほど壁が高くなるのが恋愛だった。

こんなにちいさな星のうえに、ほんの一瞬だけ生きて、その一瞬のあいだに恋したり、結婚したり、子どもを産み育てたりする。なんという面倒なことを、ひとりひとりの人間はまかされていることか。多くの男たちは仕事には熱心でも、さして女性に興味を示さないし、出会いのチャンスはほとんどない。

それでも、みんな強制してくるのだ。

恋をしろ、男とつきあえ、結婚して、子どもを産め。

真っ暗な寝室で目を閉じていると、なんだかすべてがどうでもいいことのように思えてきた。もう一生恋もしないし、結婚もしない。そんなふうに決断できたら、どれだけ生きることは楽になるだろう。男の目をいっさい気にせず、自由に生きることができるのだ。

「……あっ、そこは……ダメだから……すごっ……」

くぐもった声がとなりの部屋から、低くきこえてきた。彩野の声だった。恋愛も結婚も面倒だと考えていたくせに、智香の胸は妙にはずんでしまう。

「……ちょっと待って……今度は……わたしが……」

智香はベッドに起きあがり、壁に耳を押しつけた。くぐもった声はとぎれることがなかった。

(あんなにさばさばした彩野が、こんな声をだすなんて)

どんなに深刻なことを考えていても、となりの部屋で親友がセックスをしている音がきこえれば、思い切りきき耳を立ててしまう。智香は冷たい壁に耳をあてながら、笑い声をあげそうになった。

いやらしいのでも、愚かなのでもなく、きっと人間というのはそういう生きものなのだろう。恋愛や欲望からはきっと生涯逃げられないようにできているのだ。それから二十分後、彩野がその夜初めてのエクスタシーを迎えるまで、智香は壁にもたれて体育座りをして、ふたつの命が立てる音をきいていた。

数日後の昼休み、智香は同僚とエレベーターホールにむかっていた。ランチは近くに新しくできたつけ麺の専門店にしようと盛りあがっていると、携帯電話が鳴った。発信者を確かめると、父だった。

あとから追いかけると同僚にいって、廊下の隅に移動する。携帯を手のなかに包みこむようにしていった。

「もうパパったら、なにしてるの」

「すまん、すまん」

ちっとも反省していない調子で、浩太郎は軽くそういった。智香は廊下においてある背の高い観葉植物に隠れ、背中を丸めた。両親の熟年離婚という内容だけに、会社のなかでは身を縮めてしまう。

「すまんじゃないでしょう。ママはもうかんかんなんだから。まだそっちの家には帰ってないのよね。今回はママも本気かもしれない」

万事おっとりした母親が、いきなり離婚を切りだしたのだ。あの言葉を軽くとることはできなかった。つい智香も父親に冷たい態度をとってしまう。

「で、いきなりなんの電話なの?」

浩太郎は落ち着いていた。さすがに理系のエンジニアで、感情的にとり乱すことはめったにない。

「ちょっと話をしておきたいと思ってね。わたしと……その、彼女のことで」

彼女というのは、母の弓子のことだろうか、それとも不倫相手のことだろうか。浩太郎はなぜか翻訳小説のような話しかたをする。

「ちょっとは反省してるの、パパ。ママは離婚するっていっていたよ。パパはそんなつもりないんだよね」

いったい誰のトラブルなのか、腹が立ってたまらなかった。還暦をすぎた父親はあっさりといった。

「きちんとおたがいに納得できるなら、わたしは離婚してもかまわないと思っている」

「なによ、それ」

思わず声が高くなった。エレベーター待ちの社員が驚いて、智香のほうを振りむいた。

「電話では正確に話すことができない。今週中に時間をつくってもらえないか」

あくまで冷静な父だった。智香はしかたなくいった。

「じゃあ、金曜日だったらいいよ。いい、パパ、ことと しだいによったら、パパはママだけじゃなく、娘ふたりもいっぺんに失うことになるんだからね」

叫ぶようにそういうと、智香は携帯電話をたたき切った。どうしてこんなことになるのだろう。恋愛も欲望も不倫も面倒だった。どしどしとエレベーターにむかって歩きながら、智香は今日はバリ硬のつけ麵を大盛りにしてやると決心した。

11

金曜の夜、仕事を終えたあとで、男性と待ちあわせをする。

それがちっともうれしくないのは、もちろん相手が実の父親だからだ。しかも、話の内容は父と母の熟年離婚についてである。うれしくて足がはずむわけがなかった。

智香はその夜、渋谷にあるホテルの最上階の高級フレンチを予約していた。父とふたりで食事をするなら、当然むこうのおごりだろう。母を裏切って浮気をした罰に、高額のチェックをまわしてやろうと考えたのだ。

四十二階のレストランに着くと、スーツの男性がにこやかに挨拶してきた。智香はちょっと緊張してしまった。

「えーっと、岡部で予約したんですが」

「こちらへ、どうぞ」

笑顔の目盛りを一段あげて、渋い中年の男性が智香を先導してくれた。大理石の通路は薄暗かった。その理由は広々としたフロアにでて、すぐにわかった。目のまえに都心の街明かりが一気に広がったからだ。夜景を引き立てるために、室内の照明を落としているのだろう。こういう高級な店は、料理だけでなく演出もうまいものだ。これが父の浩太郎でなく、誰か素敵なボーイフレンドといっしょだったら、どれほどいいだろう。

ダークスーツの男性が椅子を引いてくれた。ふたりがけのテーブルのむこうには、ノーネクタイで、グレイのスーツを着た浩太郎が座っている。智香は父が着ているシャツを見て、驚いて目を見開いた。

「どうしたの、パパ。ピンクのストライプなんて、もってたっけ」

ピンクと白の細い縞のボタンダウンシャツだった。智香の記憶では、浩太郎はほとんど白いシャツしか着ていなかった。ごくたまに、淡いブルーを選ぶくらいである。工作機械のメーカーで、エンジニアとして働いていた父は、おしゃれなどにはまったく関心がなかったはずだ。

「ああ、このシャツか。彼女にプレゼントされてな」

浮気相手のことを平気で口にした。浩太郎はうれしそうに笑っている。良心はまったく痛んでいないようだ。悔しいことに、明るいグレイのスーツとピンクのストライプのシャツは、よく似あっていた。還暦をみっつすぎた父が若々しく見える。顔色まで以前よりよくなっているようだ。

智香は幸福そうな父に腹が立ってたまらなかった。母の弓子はあんなに傷ついていたのに、なにがピンクのシャツだ。ウエイターを呼ぶとグラスのシャンパンを注文した。メニューを開き、値段も見ずに一番高いコースを選ぶ。浩太郎は娘が怒っていても、にこにこしていた。シャンパンのフルートグラスが届くと形だけの乾杯をして、智香は戦端を開いた。

「相手は、どういう人なの」

浩太郎もシャンパンをひと口やった。顔をしかめていう。

「わたしには、こういうのがうまいのかまずいのか、わからんな。相手の人は関口博美《せきぐちひろみ》さん、昔会社でいっしょに仕事をしていた人だ」

「ママからきいたけど、若いころにもその人と……その、関係があったんでしょう」

父親に肉体関係を問いただすなんて、想像もしていなかった。セックスという言葉はとても口にはできない。

「いや、その点はお母さんが間違っている。博美さんとは部下だったころには、おつきあいはしていないんだ。告白されたことはあったが、そのときにはお母さんと結婚していたし、仕事もいそがしかった。当然、そうした事実もない。あれはお母さんの誤解だ」

「でも、今はあるんでしょう？　パパは、ほんとにママに離婚したいっていったの」

浩太郎がテーブルのうえで両手を組んだ。やけに真剣な表情で、智香は高校のころ微分積分を教えてもらったときのことを思いだした。

「ああ、このあたりでおたがいの人生について考え直してみないかとはいった」

目のまえが暗くなるような決定的な言葉である。三十五年もいっしょに暮らした夫から、そんなことをいきなりいわれたら、どれほどの衝撃だろう。母親の気もちを想像すると、胸が苦しくなった。

「パパ、ひどいよ……」

それから言葉がでてこなくなった。目に涙がにじんでしまう。泣きそうなところを周囲の人間に気づかれたくなくて、智香は頬杖をつき目元を隠した。父がポケットからハンカチをだして、智香のまえにおいてくれた。それには手をつけずにいった。

「その女と別れたら、パパとママはもう一度いっしょに暮らせるの」

浩太郎はゆっくりと首を横に振る。

「それはもうむずかしいと思う」

「どうして、だってパパは、ママのことを愛していたから結婚したんでしょう」

そうだ、いっしょになった理由はひとつに決まっている。生涯続くと誓った愛情がそうかんたんに揺らぐものだろうか。ウエイターがやってきて一礼すると、四角いガラスの皿を目のまえにおいた。涼しげな料理がのっている。

「鴨のスモークとウニとフォアグラのゼリー寄せ、アンディーブのサラダでございます」

むしゃくしゃしていたので、智香は一気に前菜を片づけた。父はあまり食欲がないようで、三角形に盛られた料理を形だけ崩している。

「昔はそういうことがあったんだろうな。けれど今では夫婦というより、ただいっしょに暮らしている生活者にすぎない。こんなことはいいにくいんだが……」

浩太郎はうつむいて、ゼリー寄せをフォークの先にのせた。ひと口たべる。

「ああ、こいつはうまいな。ぷりぷりしてるのに、口のなかで自然に溶けていく」

コンソメのゼリーとウニを舌先で溶かす父を、なぜか不潔に感じた。智香の声はとがってしまう。

「ごまかさないでいってよ。もう浮気の話も、離婚の話もしたんだから、はずかしいことなんてないでしょう」

目をそらしたまま、父が苦しげな顔をした。

「智香にいいにくいことなら、ほかにもあるさ。セックスの話だ」

「……」

なにかをいい返そうと口を開いたけれど、言葉がでてこなかった。父は還暦をすぎている。とうに成人したふたりの娘だっている。両親のあいだには、もう性的な関係などないのだと、智香は推測していた。もちろんそれが事実かどうかなど、父にも母にも確かめたことはない。

「四十代のなかばにうちのお母さんは、更年期障害が始まった。急に身体が火照《ほて》って滝のような汗をかいたり、頭痛や腹痛が起こったり、感情の浮き沈みが激しくなって、急にふさぎこんだりする。それで、お母さんはわたしとの……その、そういう関係を拒否するようになった。痛いし、その気になれないんだそうだ」

そういう関係とは、なんて便利な言葉だろうか。困ったときに同じ言葉に逃げるのは、やっぱり親子なのだと智香は思った。あいづちも打てないくらい切ない告白に、智香は縛られたように身動きできなくなった。

「わたしたちの夫婦からそういう関係が完全になくなったのは、五十歳をすぎたころだった。そのころはまだお父さんも若かったから、けっこうつらかったんだ。それから十年以上、もう自分は一生誰とも関係をもつことはないだろうとあきらめていた」

智香は二十九歳だった。もう誰とも一生セックスできないなんて、想像もつかない。果たしてそんな事態になったら、自分は生きていけるだろうか。

「パパもたいへんだったんだね」

父となかよしだった智香は、つい父親の立場に身をおいてしまった。セックスレスで十年以上も肉体関係を拒否されて、正常な夫婦生活を送れるものだろうか。確かに不倫をしている父は悪い。けれど、過失の百パーセントが父にあるというわけでもなさそうである。

「あれは、つらかったなあ。でも、それも最初の三年くらいで、そのあとはもう隠居した年寄りみたいなものだった。男の場合、定期的につかわないと、すぐあちらのほうは用済みになるというかな。正常に機能しないんだ」

EDの話だろうか。理系のエンジニアらしい表現だった。

「関口さんとは、どうして始まってしまったの」

「むこうのご主人が長わずらいで亡くなってね。それで博美さんは二年近く魂が抜けたように暮らしていたらしい。去年ひとり息子が地方の国立大学にはいって、下宿生活を始めたそうだ。ひとりきりの生活にもどって、またなにか仕事を始めたい。その相談で二十五年ぶりに横浜で会った。馬車道の喫茶店だった」

「……そうなんだ」

うなずくしかなかった。なんだか古いフランス映画のような話だ。友人の父親に起きた事件なら、ロマンチックといってしまったかもしれない。だが、わたしの父にはわたしの母がいたはずだ。

「ねえ、パパ、最初の相談はしかたないよ。でも、その人とつぎに会うことに、ブレーキはかからなかったの」

浩太郎は穏やかに笑っている。母・弓子のひきつった笑顔とは対照的だった。

「ああ、なぜかというとね、お母さんのせいもあって、もう自分は男性としては終わりだと信じていたんだ。だから、逆にブレーキなど気にもしなかった。できないことを怖がる必要などないだろう」

智香はつぎのひと言を口にするのをためらった。それがぽろりとこぼれてしまうのだから、よほど父とその女性のつながりに強い興味をもっていたのだろう。

「でも、できちゃった？」

浩太郎が六十をすぎて、そばかすの増えた顔で笑っていた。それともあれは老人斑というのだろうか。すこし頰も赤い。シャンパンのせいばかりではないようだった。定年後なのにどこか青年のような空気が漂うのだから、恋は不思議な力をもっている。

父がほの明るい地上四十二階のフレンチレストランを見まわした。遥か下方に落ちている渋谷駅の夜景を眺めている。娘と目があうのははずかしいようだ。

「こんなに高級な店で、わたしはなにをいってるんだろうな。しかも相手は自分の娘だ。色ボケもいいところだな」

自嘲《じちょう》にもどこか投げやりな甘さがにじんでいた。智香は父の言葉を待った。すべてをきくまで、今夜は帰れない。母の弓子と妹の笑香に、あとで報告しなければならないのだ。

「そういう行為をするのは、わたしは十年以上ぶりで、彼女は夫が亡くなって二年と三カ月だった」

智香はまだ見ぬ関口博美という女性のことを想像した。父よりも十一歳若いとはいえ、もう五十二歳である。その年で男のまえで裸になるというのは、どんな気分なのだろうか。きっとたいへんな勇気が必要だったことだろう。

「場所は横浜石川町にある……まあ、なんだラブホテルだ」

「なあに、パパ、そんなところいったんだ」

つい声がおおきくなって、智香はあたりのテーブルを見まわした。幸いほかの客は気づいていない。

「明かりを消した部屋で、わたしも彼女も震えていた。怖くてしかたなかったんだ。わたしは自分がそんなことができるのかわからなかったし、あとできいてみると彼女ももう女としての一生は終わったのだと考えていたらしい」

ほんとうなら、母のためにもっと怒らなければならないはずだ。智香は内心そう思ったが、父への同情がとめられなかった。

「なんとか最後までできたときには、わたしは感動して、すこし泣いてしまった。むこうも同じだった。ああいうことで泣いてしまうことってあるんだな。そんなのは、生まれて初めてだった」

セックスと感動。智香は父親からひとりの男にもどってしまった浩太郎から目をそらし、東京の夜景を見た。渋谷道玄坂上には無数のラブホテルがある。カプセルのようなちいさな個室のなかで、今夜この瞬間にも涙がでるような忘れられないセックスをしている恋人たちがいるのだろう。思い返すと、智香も三度ほど、ただの快楽でなく、心と身体がしっかりとつながって、ベッドで泣いてしまったことがある。誰にも話したことはないけれど、それは記憶のなかにしまってある大切な宝ものだ。

父は微笑みながら、目を赤くしていた。苦しげにいう。

「こんなことをいうと、父親としては最低だと思われるだろうが、もう一度青春をとりもどした気がした。男にとって愛情の半分、いや、たぶん六割から七割はセックスでできているんだ。そいつを再確認したよ」

智香はため息をつくだけだった。そんなふうに結ばれてしまった男女は、年齢がいくつだろうと、引き離すのは困難だろう。反対すればするほど、意固地になる可能性もある。

「パパ、その人と別れるつもりはないんだよね」

「……ああ。お母さんにも、おまえたちにももうしわけないけど」

母親を気の毒だという気もちと、父親の新しい出発を応援したい気もちが、胸のなかで嵐のように渦巻いていた。どちらも智香の本心だが、一方に決めることもできない。だいたい娘としては、親の離婚はプラスなのかマイナスなのか。智香は親の離婚が問題になるような口うるさい名門の跡取りと結婚するつもりはなかった。結婚はしても、今の仕事は続けたいのだ。自分の気もちにけりをつけるつもりで、思い切って質問した。

「パパ、これからどうするつもり？」

「いっておくが、博美さんとは結婚するつもりはないんだ。むこうにも子どもがいるし、日本では結婚というとなにかと面倒なことがあるからな。法律だったり、相続のことだったり。わたしたちは事実婚の形で、離れて暮らすことになると思う」

事実婚という言葉が父の口からでて、智香は驚いてしまった。この言葉はもっと若い人たちがつかうものだと考えていた。

「だったら、今さら離婚しなくても」

智香の言葉を手でさえぎって、浩太郎がいった。

「いや、そういうわけにはいかないだろう。第一、お母さんに失礼だ。博美さんときちんとつきあうには、結婚を解消しなければならない」

実験用の器具を片づけるようないいかたに、智香は反感を覚えた。三十五年もともに暮らし、ふたりの子どもまでつくったのに、それほどかんたんに結婚を「解消」などできるのだろうか。

「だけど、ママにだって、生活っていうものがあるでしょう。これからまだ二十年、もしかしたら三十年も人生が残ってる。ママのこれからの人生はどうなるの」

母・弓子の老後の面倒が自分にまわってくることも、ちらりと考えた。妹は嫁いで別の家の人間になっているし、父には別の相手がいる。孤独なのは母と自分だけだ。

「それはできる限りのことはするつもりだ。新しい家も弓子の名義に書き換えるといってある。いざとなればあの家を売れば、お母さんはなんとかなるだろう」

そういって、ふっと父親が笑った。先ほどからメインディッシュの和牛のグリルが冷めて、硬くなっている。

「まあ、お父さんはなにか仕事を探してみるつもりだ。なあ、智香」

真剣な目で、父がすがるように見つめてきた。そのとき智香にははっきりとわかった。父も自分と同じ人間である。欠点をもち、恋愛に悩み、欲望に振りまわされる普通の人間だ。それまでの智香は、相手が親であるというだけで偏見をもっていた。うちの親だから、だいじょうぶ。離婚も、もちろん恋愛もするはずがない。それはただの思いこみだったのだ。すべての親は、ただの普通の人間にすぎない。

「おまえはこれから二十年も人生が残ってるっていったよな」

うなずいた。父の場合は男性の平均寿命からすると、二十年弱というところだろう。

「智香は若いから、その二十年が全部元気でなんの問題もない時間だと思っている。だけど、六十をすぎたら違うんだ。あと二十年あっても、元気なのは十年かもしれない、五年かもしれない。彼女とつきあって、そういうことが可能なのは、あと二、三年しかないのかもしれない。そんなふうに思うんだ」

言葉もなかった。智香は自分の未来には無限の可能性があるとまだ無意識のうちに信じていた。たくさんの出会いもあり、別れがあることだろう。父の切迫感からはまだ遥か遠くにいる。

「その数年を、お母さんと毎日けんかをしてすごすことはできない。それではおたがいがもっと不幸になる。お母さんには、そう伝えてもらえないか」

ウエイターがやってきて、目礼していった。

「今日のお料理はお口にあいませんでしたでしょうか」

メインの肉にふたりともほとんど手をつけていなかった。智香はなんとか笑顔をつくっていった。

「すみません。夕方に軽くたべてしまって。こちらはボリュームがあるんですね。食後のコーヒーをください」

ウエイターが去っていくと、智香は低い声でいった。

「パパも、ママも大人だものね。ふたりが別れるというなら、わたしは賛成も反対もしない。でもね、パパ、なるべくママの暮らしと身体には気をつかってあげてね。別れてもママの幸福の責任は、やっぱりパパにあると思う」

続く言葉を智香は腹にのみこんだ。男性の父にはきっとわからないだろう。女性としての一番美しい時期をすべて母は父に捧げたのだ。だとしたら当然、そのあとの盛りを越した長いながい人生だって、責任をとるべきだ。浩太郎はそこまでわかったのかどうか、うなずいていった。

「わたしのわがままから始まったことだ。決してお母さんには悪いようにしない」

コーヒーが運ばれてきた。いつもよりすこし多めに砂糖をいれて、智香は苦くて甘いコーヒーをすすった。すべての力をつかい果たしてしまったようで、浩太郎はひどく無口になった。智香も疲れていたので、静けさがありがたかった。窓の外には豪華な都心の夜景が落ちている。この景色をわたしは生涯忘れないだろう。そう思って、カップの底にたまっていた透明などろりとした砂糖を、智香はゆっくりと味わった。舌がしびれるような甘さだ。始まってしまった父の恋を思うと、母が切なくてたまらなくなった。

チェックは智香が手洗いにいっているあいだに、父がすませてくれた。

暗い廊下を歩いてエレベーターホールにもどるとき、浩太郎がいきなりいった。

「なあ、智香……その、博美さんのことだけど、今日ちょっと会ってみないか」

まったく予期していない爆弾発言だった。一瞬足がとまってしまう。

「会うって、どこで」

父は振りむいていった。背景は渋谷の夜景だ。そのとき智香は浩太郎を、父ではなく男性として見ていた。

「このホテルは最上階にレストランとバーがあるだろう。きっと智香は理解してくれると彼女にはいってある。むこうのバーで話が終わるのを待っているんだ」

「それは……」

さすがの智香でも、これだけ熟年離婚や熟年恋愛やベッドの話をきいたあとで、父の新しい恋人と一杯やることなどできなかった。悪酔いしそうだし、やはりなにかのきっかけで、相手に厳しいことをいってしまうかもしれない。

「今夜のところはやめておく。パパから、よろしくいっておいて」

父はすこしだけ残念そうな顔をした。

「わかった。よくいっておく。ありがとうな、智香」

エレベーターホールにでると、むかい側がバーのエントランスだった。深緑の大理石が床にも柱にも張りめぐらされ、海の底のような雰囲気だ。丸い柱の陰に、ひとりの中年女性が立っていた。距離は十メートルほどだろうか。その人は智香に気づくと、両手を前で重ねてていねいにお辞儀をした。ツイードの地味なスーツを着た普通の五十代だった。特別に美人でも、スタイルがいいわけでもない。まだ母の弓子のほうがきれいかもしれない。

智香もあわててお辞儀を返した。父は軽く右手をあげると、その女性のほうにむかっていく。智香はひとりでまっすぐにすすみ、エレベーターを呼んだ。ガラス張りの箱にのりこみ、「閉」ボタンを押したところで、ふたりのほうに目をあげた。

あの女性はまだ頭をさげていた。父は笑って手を振っている。

智香はため息をついた。しかたなく手を振る。ドアが閉まると、なぜか笑い声が漏れてしまった。続いてなぜか涙が両目ににじみだした。

12

「えーっ、冗談でしょう」

よく晴れた空のした、いい気分で青山通りを歩いていた智香の声が急にはねあがった。広告部の同僚たちはすこし先を歩いている。評判の親子丼の店にランチにむかう途中だった。智香は送話口を押さえて、声をちいさくした。

「なんで、わたしたちが紀之さんの新しい彼女に会わなくちゃいけないの？　友達でもないし、顔を見たこともないのに」

大学時代の友人・黒谷早矢人はもうしわけなさそうにいった。

「ごめん、こっちだって気はすすまないよ。でも紀之からなんとか頼むって、頭をさげられたんだ」

総合商社勤務、大学時代は男性誌のモデルをしていたという高瀬紀之は、共同生活を送る智香たち四人のプリンス的存在だった。みんなで不可侵条約を結び、手をださずに観賞用にとっておこうと話しあったくらいの理想的男子である。

「沼木さんから話はちょっときいてたけど、ほんとうに食事会のセッティングするなんて、思ってもいなかったよ。彼女の名前なんていうんだっけ」

チビの皮肉なサディスト・沼木孝実から一度名前をきいたことがある気がした。当然そんな相手の名など覚えているはずがなかった。

「山崎《やまざき》杏美ちゃんっていうんだ」

だんだん智香の記憶がもどってきた。

「確かその子、保育士さんだったよね」

「そう、二十二歳の胸がすごくでかい保育士さん」

紀之はなんて趣味が悪いのだろうと、智香は内心腹が立った。八歳も年下の子に引っかかるなんて。

「美人なの」

早矢人は親のコネをつかって広告代理店に入社した軽い男だが、こういうときは正直だった。

「ぜんぜん、そっちの四人にくらべたら、話にならないよ」

ちょっとうれしくはあるが、客観的に見てもこちらの四人はそれぞれ別なタイプでなかなかの美人ぞろいだ。まあ、智香自身をカッコにいれても高レベルの女子がそろっている。智香の声には非難の調子がこもってしまった。

「それでも紀之さんは、その子と結婚するつもりなんだよね」

早矢人は投げやりである。

「まあ、その気なんじゃない。ぼくはやめたほうがいいと思うけどね」

紀之は勤め先がしっかりしているだけでなく、ルックスも性格もいい。家だって代々東京の高級住宅街に住む資産家だ。コンカツ相手としてはパーフェクトな未婚男子を、さして美人でもないという若い女がどうやって落としたのか。そう考えると、コンカツに役立つリサーチの対象かもしれない。智香は俄然《がぜん》興味が湧いてきた。

「えーっと、金曜日の夜でいいんだよね」

「うん、店はあとから連絡する。今回は無理をいった罪滅ぼしに、紀之がおごるっていってるから」

「わかった、じゃあ、またね」

智香が電話を切ろうとすると、早矢人があわてていった。

「あのさ、沙都子さんもくるよね」

「たぶん」

「じゃあさ、そのとき、ぼくのことあらためて紹介してくれないかな。まえの彼女とは別れちゃったんだよね」

驚いてしまった。別れもだが、学生時代から早矢人が年上とつきあったという話はきいたことがなかった。

「嫌だよ。沙都子先輩は真剣なんだからね。あの人はバツイチで、まじめにコンカツしてるんだよ。つぎにつきあう人とはちゃんと結婚して、三十五歳までに第一子を産むって決めてるの。それでも、早矢人はつきあえるの？　冗談じゃすまないんだよ」

どれも初婚の若い男性には厳しい条件のはずだ。智香は早矢人はすこしは迷うだろうと思った。ところが早矢人はためらいもなく、即座に返事をした。

「わかってる。それでも、いいんだ」

あわてたのは智香のほうである。ビジネス街の歩道で叫んでしまった。

「えーっ、早矢人本気なの」

周囲のランチピープルが智香に注目していた。誰にともなく会釈して、智香は声を抑えた。

「いったい、どういうことなの。早矢人の相手、いつも同い年か年下だったじゃない」

「最近、年上に目覚めたんだ。やっぱり落ち着いていていいよね、若い子みたいにうるさくないし。沙都子さんなら、文句なしだ。姫のほうから、それとなくプッシュしてみてくれない」

早矢人の恋愛歴のほとんどすべてをしる智香だった。こちらも迷うことなくいった。

「却下だね、そんなの。だいたい早矢人が二股かけてたとき相談しにきた相手は誰だったと思ってるの」

急に同窓生は歯切れが悪くなった。

「……いや、それは姫だけど」

就職先の内定を得た大学四年のときのことだった。早矢人は調子にのって同じ学内の女子学生ふたりと同時進行でつきあっていたのだ。もちろん肉体関係もありである。早矢人は一日にふたりとデートもしていたはずだ。シャワーを浴びればリセットできて、身体はきれいになるという勝手な理屈に、若い智香はひどく腹を立てた覚えがある。

「あのときは夜中までさんざん話をきかされて、結局は別な子があらわれて、ふたりとも切ったんだよね」

早矢人は男としてはめずらしく、小気味いいくらいばっさりとふたりを切り捨てた。もっとも突然出現した理想の彼女とも、働き始めて半年くらいで別れてしまった。早矢人はとかく口と手が早いのだ。しかも、見切りをつけるのも、ものすごく早かった。それではバツイチだが純情派の沙都子を紹介することなどできなかった。

早矢人が電話口でぶつぶついっていた。

「なんだよ、こっちは手もちで一番いい男を紹介してやったのにさ」

「うるさいなあ、もう用件はすんだでしょう。電話切るから」

早矢人がすがるように質問してきた。

「あのさ、沙都子さんの好みって、どういう服装……」

男友達が必死で話しかけてくるときに、あっさりと電話を切る。これが智香は大好きだった。


目黒川沿いにある創作和食の店だった。

古民家を移築して、割烹として利用しているようだ。柱や梁《はり》がずしりと太く、長年いろりの煙でいぶされたように黒くすすけている。

智香たちがとおされたのは、畳敷きの十二畳はある立派な個室だった。妊娠初期の結有はアルコールがのめないので今回は欠席して、紀之の友人の女性は全部で三人だった。長時間畳に座るのはつらいなと思っていると、ちゃんと座卓のしたは掘りごたつのように足がはいる造りである。

男性陣は沼木と早矢人、それに今回の主役・高瀬紀之である。問題の新しいガールフレンドは、紀之のとなりで背筋を伸ばしてひとりだけ正座していた。白いワンピースにはフリルがどっさりとついている。胸がおおきいと早矢人にきいていたが、フリルがかさばってまったくわからなかった。顔はテレビで見かけるアイドルのバックダンサーのようだった。ひと言でいえば惜しい感じ。ひと重《え》の目でも、丸い鼻でも、厚すぎる唇でも、どこかのバランスがすこし変わっていたら、本気でかわいいといえたかもしれない。でも、この子は地味で一生懸命な顔だと、智香はいじわるに観察した。

「紀之さんの婚約者で、山崎杏美ともうします」

手をついて、若い保育士が頭をさげた。

「えーっ、コンヤク。ほんとかよ。きいてないよ、紀之」

そう叫んだのは沼木だった。小柄なマッドサイエンティストは口をとがらせている。

智香をはじめとする女性陣は内心衝撃を受けたけれど、なんとか黙っていた。最初に一撃をかましてくるなんて、この子は若いけれどなかなかツワモノかもしれない。

智香は冷静な笑顔を崩さずにいった。

「そうだったんだ。おめでとうございます、紀之さん、杏美さん」

人数分の生ビールを頼んで、その夜のコースが始まった。その場にいる全員の興味は、当然婚約したばかりのカップルに集中した。最初に口火を切ったのは彩野である。

「ねえ、紀之さん、つきあうきっかけは、どっちのほうからだったの」

紀之と杏美がおたがいの顔を見つめあった。智香はなんだかバカらしくなってきた。もうすべて手遅れなのだ。紀之の鼻筋はきれいにとがって、写真で見るアルプスのきれいな稜線のようだ。杏美が紀之のシャツの袖を引いて、小声でいった。

「ごめんなさい、杏美、ビールはひと口しかのめないから、ウーロン茶を頼んで」

今度は智香と彩野が目を見あわせた。さっきの爆弾発言といい、この甘えかたといい、この子は凄腕だ。お茶を頼むと、紀之がいった。

「最初に声をかけたのは、ぼくのほうだった。中学時代の悪友で浜本《はまもと》ってやつがいるんだけど、そいつにいきなりのみ会に呼びだされたんだ。そこに杏美がいた」

若い保育士は身体をちいさくした。

「浜本さんが友達に有名なモデルがいるから、この場に呼んでやるっていって、女子がみんな盛りあがっちゃったんです」

紀之と杏美がまた目を見交わした。座卓のしたで手をつないでいるかもしれない。熱々の雰囲気である。

「ぼくは杏美みたいな女の子には初めて会ったから、今度はふたりで食事でもしませんかって、のみ会の終わりに誘ったんだ。返事はノーだった。何度誘っても、とりつくしまもない。あれはちょっとびっくりしたな」

ウーロン茶とお造りがやってきた。シロイカとタイとヒラメ、どの身も薄く切られて、青い皿の地紋を涼しげに透かしている。沼木が皮肉そうな口調で突っこんだ。

「なんだ、杏美ちゃん、紀之にじらしてお預けくらわせたんだ」

智香もそう思っていた。つぎからはかんたんに最初の誘いにのるのはやめておこう、そう心のなかでメモしたくらいである。杏美はてのひらをいっぱいに開いて、顔のまえでぶんぶんと振った。顔を真っ赤にしていう。

「違うんです。そんなんじゃなくて、わたしと紀之さんでは、とてもつりあわないし、無理したらあとでつらいなと思って、本気でお断りしたんです」

「ふーん、そうなんだ」

腕を組んでそういったのは彩野である。彩野は背が高いので、そうしていると小柄な杏美を見おろすようだった。

「でも、あるとき、いきなりうちの保育園まで、紀之さんがきてくれて……」

早矢人がいった。

「ずいぶん本気だったんだな。いきなり勤め先にいくかな、普通」

「いや、そんな騒ぐほどのことじゃないだろ。ちょうど打ちあわせが中途半端な時間に終わって、会社にもどってもたいした仕事はなかったから、ちょっと思いだして電話してみただけなんだ」

彩野が腕組みをといて、座卓に上半身をのりだした。

「ねえ、杏美さんの保育園って、どこにあるの」

「江東区の亀戸《かめいど》です」

東京の西半分しかしらない智香には、まったく土地勘のない場所だった。お正月のたびに年始の特番でテレビに映る亀戸天神がある街。それくらいしか知識はない。

「あそこは駅ビルくらいしかない下町で、しかたなく駅の近くのショッピングモールにいったんだ。サンストリートっていう、それらしいネーミングなんだけど。ぼくは高校生のとき以来だったな、マックで女の子にシェイクをおごったの」

「へーえ」

彩野と智香の声がそろった。沙都子は静かにビールをのみながら、にこにこ笑って婚約したばかりのカップルを眺めている。その沙都子をうっとりと見ているのが、遊び人の早矢人だった。智香は不思議だった。なぜか周囲にいる人たちは、自分以外つぎつぎと相手が見つかっているようなのだ。この場にいない結有は未婚の母とはいえ妊娠中だし、彩野は休みの日には沼木を連れこんで、週末同棲としゃれこんでいる。新しいボーイフレンドの影も形もないのは智香だけだった。

「初デートがマックって、なんだか新鮮ね」

おっとりとした声でそういったのは沙都子である。すぐに早矢人がくらいついた。

「じゃあ、今度、ぼくと亀戸のマックにいきましょうよ、沙都子さん」

紀之が笑っていった。

「いや、ぼくらの初デートはマックだけじゃなかったんだ」

沼木が彩野のほうをやらしい目で見ていった。

「そうだよな、亀戸のとなりには錦糸町《きんしちょう》のラブホ街があるもんな」

杏美は真っ赤になって、首を左右に振った。紀之は笑っていう。

「違うんだ。マックのあとはサンストリートのトイザらスにいったのさ。保育園でつかうおもちゃが壊れて、新しいのを買いにいかなきゃいけなかったんだ。ぼくは知育玩具とか幼児用のおもちゃなんて見たことなかったから、あれはマックより新鮮だった」

「あら、それはすごく素敵な初デートだったのね、サンストリートにいってよかったわね、杏美さん」

その場にいる一番年上で一番美人の沙都子に祝福されて、杏美は心底うれしそうな顔をした。早矢人があきらめずにいった。

「じゃあ、ぼくらもマックのあとで、トイザらスに……」

沼木が早矢人を無視して質問した。

「だけどさ、なんでそんなに急に婚約なんだよ。まだつきあい始めたばかりだろ」

紀之が愛しげな視線で、杏美を見ている。自分がこんなふうに見つめられたのは、いつ以来だろう。智香の胸まで苦しくなった。

「最近ちょくちょくおたがいの家に泊まるようになったから、杏美の部屋代ももったいないし、いっしょに暮らそうかという話をしたんだ。すると、杏美がいうんだよ。結婚の約束もしていない人といっしょに暮らすなんて絶対にできませんって」

「うーん」

今度は彩野と智香だけでなく、沼木と早矢人のうなり声がそろった。早矢人がぱっと顔色を明るくしていう。

「いい台詞《せりふ》だなあ、それ。ぼくも誰かにそんなことといわれてみたいよ」

皮肉な沼木でさえ、うんうんとうなずいている。智香は彩野の肩をつついた。親友のあきれ顔がもどってくる。男と女のあいだにも、渡れない川が流れているのだ。いったいそのカマトト台詞はなんだろう。おたがいの部屋に泊まって、さんざんセックスをしたあとで、いっしょに暮らすには結婚の約束をしなければ無理だなんて、きいてあきれる。紀之は純情そうな顔をした若い女に、周到に掘られた落とし穴に突き落とされただけではないのだろうか。紀之は幸福そうにいった。

「それでさ、彼女のご両親に挨拶にいって、婚約することにしたんだ」

女の場合、いまだになにかができないとか、なにかをしらないということが、切り札として有効なのだと、智香は思った。自分のまわりで仕事をしている女性の多くは、自分になにができるか、どんな魅力をもっているかで、仕事でも恋愛でも男たちと対等に勝負しようとしている。けれど杏美のような女の子は、初めから紀之と同じレベルで闘おうとは思っていないようだ。自分の弱点を素直に相手にさらしてしまう。闘わないからこそ、初めから勝つことができるのだった。男と女というのは、ひどく複雑なものだ。

杏美のような女の子の勝ちかたが、智香にもよくわかった。けれど、その方法は自分では絶対に試してみたくない方法でもある。ただ恋愛の勝者になるよりも、もっと大切なことがある。ひとりで働きながら生きていくのは淋しいけれど、智香はそう信じていた。それはたぶん自分らしくあり続けることなのだろう。そのうえできちんと恋をしたいから、これまでずっと悩んできたのだ。智香は杏美の目を見ていった。

「杏美さんは紀之さんの海外赴任についていくの。保育士さんのお仕事はどうするの」

杏美は智香から目をそらし、紀之のほうをむいていった。

「もう保育園は辞めたんです。婚約したからには、ちゃんと花嫁修業をしなくちゃいけないと思って。わたしは紀之さんがいくところなら、どこにでもついていきます」

智香も紀之に口説かれたけれど、自分の好きな仕事を捨てることはできなかった。この子にはそれができる。沼木が杏美をからかった。

「ソマリアやアゼルバイジャンやバングラデシュでも」

杏美はしっかりとうなずいた。

「紀之さんのいくところなら、どこでも」

恋愛でも人生でも自分とはまったく別な道をいく杏美だが、智香はなぜか相手を認める気になっていた。自分でもそんなことをいうつもりではなかったのに、するりと言葉が漏れてしまう。

「おめでとう。ふたりはお似あいだと思う。紀之さんとお幸せにね」

それをきいた杏美がいきなり涙を落とした。紀之はあわてて、ハンカチーフを出してわたした。杏美はしゃくりあげながらいった。

「今日はほんとは怖かったんです。紀之さんのまわりにいる人はみんなエリートだし、おしゃれな都会人だし、わたしひとりぜんぜんいけてないと嫌だなあって。とくに智香さんの話を紀之さんにきかされていたから、どんな人なのか不安でたまらなかった」

早矢人が紀之にきいた。

「姫のことなんていってたんだ」

紀之は頭をかいて、智香から目をそらした。

「いや、すごくタイプだったから、いっしょに海外にいってくれといったら、振られたって」

彩野の声がひっくり返った。

「そうだったんだ。智香、もったいないことしたなあ」

広い個室が笑いで埋まった。杏美まで涙をふきながら笑っている。智香がいった。

「これでよかったんだよ。杏美さんと紀之さんはぴったりだもん。だいたいわたしはソマリアやアゼルバイジャンやバングラデシュには絶対にいかないから」

紀之がいった。

「うちの部署ではそういう国の仕事はないよ。でも、ぼくもこれでよかったと思ってる」

そのときだけ紀之が智香の目をまっすぐに見つめてきた。この人とは、もうつきあうことはないだろう。けれどこの好印象はきっとずっと変わらないはずだ。そういう男友達と出会えてよかった。

「さあ、杏美ちゃんの話がすんだところで、じゃんじゃんのむか」

手をたたいて仲居を呼んだのは、早矢人である。

「このあとは姫が、ぼくを沙都子さんにきちんと紹介してくれるんだったよな」

えーっと声をあげたのは彩野である。

「そんなのわたしぜんぜんきいてないよ。智香、ほんとなの」

これだけ本気なら、コンカツ中の沙都子をこの遊び人に紹介するのもおもしろいかもしれない。美人の沙都子は、こうした状況に慣れているようだった。生ビールでかすかに頬を赤くして、微笑みながら成りゆきを見つめている。

さて、早矢人のいいところはどこだったっけ？　あらためて、学生時代からの悪友の長所を探す智香の気分は、その夜の東京の空と同じようにきれいに晴れていた。

13

母・弓子からは毎日のように電話がかかってきた。最初は挨拶代わりにその日の出来事を話したりするのだが、最後は決まって浩太郎の不倫と交際相手の女の悪口になる。自分の母親とはいえ、わが身の不幸と夫の不実を嘆く言葉につきあわされるのは、正直しんどかった。

智香も弓子に同情していないわけではない。三十五年間もともに暮らした相手にいきなり離婚を切りだされたのだ。天と地がひっくり返るようなショックだろう。だが一度完全に離れてしまった気もちがもどることはない。それは夫婦でも、恋人でも変わらなかった。恋愛でも夫婦関係でも、傷がきちんと癒えるには限界があって、ある深さ以上傷ついてしまえば、もう回復は不可能なのだ。どこかで自分自身にけりをつけて、まえをむいてすすむしかない。

幸い弓子は経済的には恵まれていた。父は大船の家も名義を書き換えて、慰謝料代わりに母のものにするといっている。浩太郎が定年退職をしてから、昔の部下の女性とつきあい始めたというのはがっかりと衝撃と半々だが、父は決して不誠実な人間ではなかった。

（もうあきらめて、自分の幸せを探したら）

智香は電話のむこうで涙を流す母親に、そのひと言がどうしてもいえなかった。おかげでただでさえ短い睡眠時間がますます削られることになった。

考えてみると、智香の周辺はこの数カ月で激変していた。恵比寿の一軒家で共同生活をする四人のうち、結有は妊娠三カ月だった。お腹はたいらなままで、元気にグラフィックデザイナーの仕事をしている。彩野には新しい恋人ができて、男が毎週のように泊まりにやってくる。あのサドのチビが智香は今ひとつ気にいらなかったが、彩野の趣味はいつだって変わっていた。どうやら結婚を考えてもいるようだ。

四人のプリンスだった紀之はあっさりとさしてかわいくもない若い保育士に落とされた。性格は悪くなかったが、それでもあの程度の女がプリンスの相手かと思うと、くやしさと情けなさが湧きあがってくる。

身辺でなにも起きていないのは、バツイチの美人秘書・沙都子と智香だけだった。沙都子は三十五歳までに第一子を出産するという目標がある。それにくらべて、智香はまだ結婚というもの自体がうまくイメージできずにいた。

まったく結婚って、なんだろう。三十年以上もいっしょに暮らして、突然別れようといわれるかもしれないのだ。だが智香も健康な若い女性だから、交際相手は欲しかった。仕事もきちんとしている。頭だって悪くない。彩野には負けるが、スタイルだって悪くないはずだ。顔立ちも整っているほうだと、自己申告しておく。それなのに、なぜかいい男との出会いがないのだった。出会いの場としては、勤め先の自動車メーカーが圧倒的に機会が多いのだが、智香は一生働き続けるつもりだから、やはり職場の男とだけは結婚したくなかった。家でも会社でもいっしょなんて、想像しただけでうんざりする。きっと自分は結婚と恋愛に対するイメージトレーニングが足りないのだ。そう思って、寝るまえなどベッドのなかで、あれこれと男とふたりで暮らす生活を想像してみるのだが、結局顔さえわからない相手を想像して盛りあがることなど不可能だった。智香に見あったすらりと背の高い男といっしょに朝食のテーブルについている。けれど、肝心のところには白いもやがかかってはっきりとしないのだ。運命の人の顔が一瞬でもいいから、わかればいいのに。そうしたら、相手を探すのは圧倒的に楽になることだろう。智香はため息をつきながら、毎晩眠りについた。

もし運命の人がいなかったら、自分は一生こうしてひとり寝のままになる。それは果てしない暗闇の谷底に落ちていくような恐怖だった。

ひとりきりの夜は深いのだ。

「ここはなんだかすごいのね」

先輩の沙都子がそういって、高い天井を見あげた。どっしりと重そうなシャンデリアがさがった都心のホテルのボールルームである。あんなふうに細かく天井に彫刻をほりこむのはたいへんだったに違いない。

ちいさな体育館ほどある宴会場には、スーツの男とドレスの女が集合していた。女性は二十代、三十代がほとんどで、男性はそれより十歳くらい平均年齢が高そうである。智香は久しぶりに沙都子に誘われ、お見合いパーティに参加していた。

「さあ、決戦だね。今日はがんばらなくちゃ」

そういったのは、沙都子の職場の友人だという村崎聡美《むらさきさとみ》である。年齢は沙都子よりうえの三十四歳。ツイードのシャネルスーツも悪くない。化粧も上手だ。顔は中の上というところ。でも、なぜか惜しい感じのする人だった。その理由が智香にはわからなかった。やわらかなチャイムの音が流れて、司会の女性のアナウンスが鳴り響く。

「これから、みなさんお待ちかねのアピールタイムが始まります。おひとりさまにつき時間は五分です。予定では八十分ということになっておりますので、今日一日で十六人の素敵な異性とお近づきになれるんですね。わたしもこのパーティはとってもおトクだと思います。では、女性のかたは壁際の椅子にお座りください。男性はお好みの女性のまえにおすすみください。照れていてはいけませんよ」

なぜかサッカーの主審が吹くような笛の音が鳴った。若い美人、あるいは胸がおおきくスタイルがいい女性のまえには、すぐに人気のラーメン店のような行列ができる。智香のまえにできた列は長くも短くもなかった。沙都子は美人のせいか年上なのに、智香よりも列が長くて少々くやしかった。ちらりと顔を見ては、聡美のまえを男たちが素通りしていく。司会の女性が煽《あお》っていた。

「時間は限られています。どんどん自己アピールなさってくださいね。終了後には、お気にいりのお相手の番号を書いて提出していただきます」

智香は自分がセリにでもかけられているような気分だった。株式と同じように男たちからの人気で値がつくのだ。無意識のうちに胸にとめた丸いバッジをさわってしまう。87番、トモカ。なぜ名前だけで、それもカタカナなのだろうか。わけがわからない。

司会の女性が絶叫していた。

「それでは、アピールタイム、スタートです！」

再びホイッスルが鳴って、同時に先頭の男性がまえにすすみでた。智香のまえの猫脚の椅子の背に手をかけ立ちどまった。

「ここいいですか」

「はい」

智香はうなずいて相手を見た。あまり高級そうには見えない紺のスーツに、白とブルーのストライプのシャツ。ネクタイも同系の紺の小紋柄だ。散らばっているのはちいさな旗のようだった。背は智香よりもすこし高いだろうか。メガネをかけた顔は整っているが、どこかこずるい雰囲気がある。それとも緊張しているので、智香の目が厳しくなっているのだろうか。

「わたしはこういう者です」

自己紹介のまえにいきなり名刺をだしてきた。両手で受けとる。一部上場の輸送機器メーカーの資材部にいるようだ。立花義彦《たちばなよしひこ》。なんだか硬い名前だ。

「最初にいっておいたほうが便利ですから、ぼくの情報を伝えておきます。年齢は三十四歳、年収は六百四十万になります。今のところ、定年まで会社にお世話になるつもりです。両親は長野市在住で、次男坊なので同居の心配はいりません。そのうちこちらでマンションでも買うつもりです。そのときには資金的な援助をもらえるように親からは約束をとりつけてあります」

なんだかケチのつけどころがない人だった。それなのに、このつかみどころのなさはなんだろう。経済的な条件はわかったけれど、目のまえにいる人の男性としての魅力がまったく伝わってこない。

「あの、トモカさんはずっと会社で働き続けるつもりですか」

それなら自信があった。胸を張っていう。

「はい、うちは自動車メーカーですけど、産休や育休の制度が充実しているので、子どもを産んでも働き続けたいと思います」

男は四角い顔で、まじめにうなずいた。

「それはいいことですね。老後のことを考えると、これからは男も女も働けるうちは働かなければいけない。日本経済は下り坂ですから」

そのひと言で、智香の気もちは急速に冷めていった。なにが嫌いといって、老後のことをさもわかったように語る若い男が、智香は大嫌いだった。来月のこともわからないのに、三十年も先の遠い未来など予測がつくものだろうか。未来のために今を耐えるというのなら、その未来になにか素敵なサプライズが必要だ。老後のためにという人は、自分の人生のピークが定年退職後にあると無意識のうちに考えているのではないか。そんな人生は、智香は願いさげだった。

「……トモカさんは、アニソンは好きですか」

智香の世代ではアニメは一般教養の一部だった。オタクでなくとも、ヒット作はほぼ観ている。代表的な作品の主題歌くらいはしっていた。

「だいたいはわかると思いますけど」

立花は顔を上気させていた。頬が赤い。この顔をかわいいと思えるかどうかで、結局は決まるのだろう。興奮している相手がセクシーだと思えなければ、男も女も異性とはつきあえない。

「ぼくはデートでカラオケにいって、アニソンをうたうのが夢なんです。トモカさん、今度カラオケいっしょにいってくれませんか」

もうお手あげだった。立花とあの狭い個室に閉じこめられるところが想像できない。きっと智香がまるでしらないマニアックな歌をうたうのだろう。立花が手元の紙片に目をやった。ずらりと女性の名前がならんでいる。年齢と職業と最終学歴が一覧表になっていて、立花はそこにいくつか赤丸をつけていた。きっと自分も、その三条件で機械的に選別されたのだろう。そう思うと急にこの大規模なお見合いパーティ全体がバカらしくなってくる。

そのとき、またホイッスルが響いた。立花は席を立ちながらいった。

「あとでいいお返事を期待しています。では、また」

智香も会釈を返したが、立花とは二度と会うことはないだろうと思った。アニソンなんかうたってたまるか。

「こんにちは」

つぎの男が席に座った。智香はこれまで何度か新卒採用の面接官をやらされたことがある。お見合いパーティはあの面接によく似ていた。生涯の仕事や伴侶が、これほどかんたんな、それこそ五分の面接で決められていくのだ。逆にいえば、五分間で相手に好印象を植えつけられない人は、決定的に不利ということになる。わたしたちはなんて、せっかちでいい加減で不確かな人生を生きているのだろう。そう考えると、だんだんと怖くなってくる。

その男性は、額が顔全体の三分の一を占めていた。髪があったころは、比較的ハンサムだったのではないだろうか。卑屈な印象は髪が後退したせいだと智香は思いたかった。

「わたしはこういう者です」

その男も立花と同じように名刺をさしだした。となりの席を見ると、そちらでも同じように名刺が女性に手渡されている。どうやら、これがこのお見合いパーティのルーティンのようだった。確かに効率的に身元がわかるし、便利ではある。面接時間はたった五分しかないのだ。

「わたしはちいさな会社ですが部長補佐をやっていまして、年収は……」

手馴れた様子で経済的な条件を語る男の声を、智香は砂をかむような思いできいた。

「なんだか、コンカツって心がざらざらになりますね」

智香は目のまえにおいた名刺の厚みを眺めていた。八十分で、ちょうど十六枚。これだけあるとさすがにけっこうな存在感だった。しかも、すべての名刺に手書きで自分の携帯電話のアドレスつきだ。

テーブルのむこうには銀座中央通りの夕暮れの空が見えた。深い湖のように澄んだ夕焼けがビルのうえに広がっている。むかいでは沙都子と聡美がカフェ名物のクレープをたべている。なぜかお見合いパーティで気を張りつめたあとは、いつもスイーツが欲しくなるのだった。聡美は十六枚の名刺をピラミッド形に何度もならべ替えている。智香はつい質問した。

「さっきから、聡美さん、なにしてるんですか」

「うーん、誰にしようか、悩んでるの」

沙都子が笑って、横から口をはさんだ。

「聡美はいつもお見合いパーティのあとで、条件比べをしてるよね。それはなんの順番なの。年齢順、年収順、イケメン順?」

智香はびっくりしてしまった。第一、五分刻みで会った相手の細かな条件など、すべて覚えていられるはずがない。ひとり目の幻滅以降、智香はさじを投げて、誰ひとり真剣に相手をできなかった。最初に年収と勤め先を教えられて、それから恋などできるものだろうか。聡美はあっさりといった。

「年収といっても、若いうちはそんなに変わらないでしょう。だから、勤務先の将来性を加味したうえでの生涯賃金順かなあ。最近は石油とかガスとか鉄鉱石とかが高騰《こうとう》してるから、そっち系の資源関連が有利かな」

啞然《あぜん》としてしまう。なるほど、サンプルの数が増えると、いろいろな順位づけができるのだ。結婚相手を探すというより、将来値上がりしそうな株でも発掘しているようだ。

沙都子がいった。

「さっきはぜんぜん違うならびかただったけど」

「ああ、あれは単純に好みの顔の順だったんだ。なぜかなあ、生涯賃金と顔の好みって反比例するんだよね。わたし、貧乏顔が好きなのかな」

女同士では男の品定めに容赦はなかった。さっきの会場にいた男たちがこんな会話を耳にしたら青くなるに違いない。選定まえの男は、ひと山いくらの相手にすぎなかった。智香は積み重ねた名刺に手をふれる気になれなかった。恋愛とコンカツは決定的に違う。それは鳥と魚くらい違うのだ。あらためて、そう気づいて暗い気分になった。智香はいった。

「聡美さんのなかで、一番重要な条件ってなんなんですか」

ひじをついて窓の外の夕焼けをしばらく見てから、聡美は意外なことをいった。

「それがね、ぜんぜんわからなくなってしまったの」

沙都子も驚いた様子でいう。

「聡美、そんなふうに思っていたんだ」

「うん。若いころは、断然ルックスとかフィーリングだったの。それで二十代後半には、将来性とか年収になった。でも、わたしはつぎの誕生日で三十五歳になるでしょう。なにが重要なのか、自分でもぜんぜん判断できなくなってる感じかな」

なんだか恐ろしい気がしてきた。それは自分も同じだったからだ。智香は恐るおそるきいてみる。

「ぜんぜんわからないって、どういう意味ですか」

聡美はじっと智香の顔を見つめた。目尻、頬、あごのした。視線が顔をなでるようにすぎていくのがわかる。

「智香さんはまだぎりぎり二十代よね」

ひどく淋しげな声だった。沙都子もなにかを感じて、うなずいた。聡美はいう。

「でも、三十代もなかばになると、人を見る目も肥《こ》えて、自分が男性に厳しくなっているのがわかるんだ。いろいろ迷っているうちに、だんだんと掛け金があがってきてしまった。一発逆転ですべてのマイナスをとり返せるような相手じゃないと、自分にも周囲にもうし開きできないというか」

沙都子が二度深くうなずいていった。

「その気もちわかる。年をとるほど、掛け金があがるよね」

ちらりと横に座る沙都子に目をやって、聡美がいった。

「でも、沙都子とわたしは違うよ」

智香はその声の冷たさにひるんでしまった。ふたりの女のあいだに深い谷でも口を開けたようだ。

「だって、沙都子はバツイチでしょう。一度はひとりの男性が人生をかけて沙都子のことを選んだんだよね。わたしはまだ誰にも選ばれていないもの」

銀座という日本一の繁華街のネオンサインが、聡美のうしろで光り始めていた。その豪華さと聡美の言葉の淋しさが、あまりに対照的で見ていられなくなる。智香は視線をそらしたままいった。

「じゃあ、すべての条件を満たすような完璧な人じゃないと、ちょっとつきあえないですね」

「そうかもしれない。でも、そんなパーフェクトな人なんて、どこにもいない。すくなくともお見合いパーティには絶対にいないって、冷静なほうの自分はわかっているのよね。だから、こうしていつも名刺をならべ替えて、誰にメールしたらいいのか迷うんだ」

沙都子がすこし無理をして、いつもより高い声で、いたわるように明るくいった。

「やっぱり、その気もちわかるよ。わたしも心のなかでは同じことしてるもの。条件比べって終わりがないから。だけど同時に、いっしょにお茶をして、どうでもいいドラマの話なんかをして、のんびりくつろげる普通の人がいないかなあって思う」

聡美が手を打っていった。

「そうそう。そういう普通に話があう普通の人。それが一番だって、わたしもしみじみ思う」

なんだか三十代のふたりは手をとりあいそうだった。智香は不思議に思っていった。

「普通の人ならさっきの会場にもたくさんいたみたいですけど」

沙都子と聡美があわてて首を横に振った。聡美が代表していった。

「ちょっといっしょにお茶をしてもいいなあ、あたりまえの会話をしたいなあっていう人なんて、ひとりもいなかったわよ。智香さんはそういう人がいたの」

自分の名刺の山に目を落とした。きっと家に帰ったら、この名刺をすべて捨ててしまうだろう。

「いえ、わたしもぜんぜん」

聡美がテーブルに身体をのりだしてきた。智香の目をのぞきこんでいった。

「ねえ、真剣なアドバイスをしてもいい」

智香はうなずいて、どこか魔女のように見える三十四歳のコンカツの大先輩の言葉を待った。

「最初のうちに決めたほうがいいよ」

聡美が沙都子のほうを見て、うなずきかけた。沙都子もうなずき返す。

「まだコンカツ自体が新鮮に感じられるうちに、ぴんときた人とあまり考えずに結婚したほうが絶対にいいと思う。年をとって男の人をたくさん見るほど、コンカツは困難になる。それにもちろん男の人から見たこっちの値打ちも落ちていくしね」

淋しそうに笑うと、聡美が両手を頭上にあげて伸びをした。ピラミッド形にならんだ名刺をざっと片手で崩して、ちいさく叫んだ。

「もう誰でもいいから、結婚しちゃおかな。ああ、誰かわたしをもらって欲しいよ。もうひとりでいるのはうんざり」

それから聡美は若い大学生のようなウエイターを呼ぶと、ミルクティのお代わりを注文した。智香は紅茶をのみながら考えていた。これはもしかすると、ほんとうにさっさと決めないと恐ろしいことが待っているのかもしれない。聡美は素敵な女性だけれど、今から五年後、自分がこんなふうになるのだけは、なんとしても避けたかった。

14

スタジオは果てしない白いホリゾントだった。

体育館ほどの広さがあり、白塗りの壁の四方が丸まっているため距離感がつかめない。なんだかめまいがしそうだ。智香は黒いマーク・ジェイコブスのワンピースで、スタジオ後方の休息スペースで腕を組み、CFの撮影作業を見つめていた。

巨大なスタジオのなかには、家でも包めそうな緑のスクリーンが広げてある。その中央におかれているのは、近づけば顔が映りそうなほどぴかぴかに磨きあげられた新車だった。智香の勤める自動車メーカーが、渾身の力をこめて発売するコンパクトタイプのハイブリッドカーである。これは絶対に売らなければならないクルマだった。このハイブリッドカーの売れゆきは、智香のボーナスに直接響いてくる。

丸みをおびたかわいらしいボディのとなりには、若い女優が立っていた。最近人気急上昇中の西田《にしだ》あずさだ。背は百七十センチはあるだろうか。彩野に負けないくらいの高さだ。身体は棒のように細いのに、彩野と違ってしっかりと胸はある。小花柄のワンピースのまえは張りつめていた。顔のおおきさは男性のにぎりこぶしくらいで、なにより肌の透明感が素晴らしかった。近くで見ると静脈のなかを流れる血液が、プラスチックの人体標本のように透けて見えそうだ。

ＣＦのメインパートは高原や海沿いの観光道路で、すでに撮影を終了していた。あとは若い女優と自動車のからみの場面を撮り、合成すれば完成する。いつもは会社で地味なデスクワークばかりだから、たまにある撮影の立会いが智香は好きだった。俳優やタレントの意外な素顔を目撃したりもできる。

この若い女優の場合、カメラがまわっていなければ、決して笑顔は見せなかった。撮影のとき以外は猫背で、ひどく暗い表情をしている。それがスタートの声がかかると、とたんに弾けるような笑みを浮かべて、全身でたのしさを表現するのだから、どんな仕事でもプロというのは恐ろしいものである。

「ねえ姫、どうかな？　あの子」

智香のとなりには、学生時代からの腐れ縁・早矢人が立っている。早矢人は広告代理店の営業マンで、智香はメーカーの広告部だ。この主従関係は絶対だった。早矢人は一生智香に頭があがらないかもしれない。

「どうって、すごくかわいいんじゃない。やっぱり二十一歳って、女の子にはいい年ごろだよね」

女の一生には何回ヴィンテージイヤーがあるのだろう。智香は今二十九歳だが、この年齢が中途半端で大嫌いだった。いっそのこと早く三十歳になってしまいたい。だいたい友人たちがアリバイづくりでもするように、ばたばたと急に結婚していくのがおもしろくない。そこまであせる理由などないはずなのに。

二十一歳といえば智香自身は大学三年生だった。早々に内定を得て、遊びまくっていた年だ。そのころからよく早矢人とは合コンをしている。そのまま八年たって、同じようなことを続けているのだから、われながらあきれてしまう。

「でもあの子さ、北アルプスの撮影のときは、機嫌が悪くてひどかったんだ。今日は爆弾抱えてないみたいで助かったよ」

助監督が叫んだ。

「みなさん、お静かに、テイクワンいきます」

普段は映画を撮っている演出家がうなるようにいった。

「はい、スタート」

数十人のスタッフと関係者がいるスタジオが完全に無音になった。息をのむような静けさのなかで、若い女優が全身で笑顔をつくった。手や足の先までたのしそうだ。ぴょんとちいさく跳びあがるといった。

「ボディもぎゅっ。ガソリン、ぎゅっ。お値段、ぎゅっ」

しばらくして、演出家がいった。

「はい、カット。その笑顔いいねえ」

それがCFの締めコピーだった。女優はぎゅっというたびに、天真爛漫《てんしんらんまん》に両手をにぎり締め、顔をくしゃくしゃにした。女性の智香が見ても、抱き締めたくなるほどかわいらしい。きっとこのキャンペーンは大成功する。そんな予感がして、なんだかうれしくなった。スタジオでは誰もがタレントに集中しているので、タレントがいい演技をすれば自然に雰囲気が盛りあがってくる。智香はこういうスタジオの空気が好きだった。みんなでひとつのものをつくりあげていく実感がある。

コピーライターはまだ二十代なかばだというけれど、コンパクトとか、省エネとか、おトクといったみえみえの言葉をつかわなかった。センスがいいのかもしれない。

「ねえ、早矢人、今回のコピーライターさんって、どういう人？」

「ああ、池本《いけもと》か。あいつ、うちの大学の後輩だよ。みっつしたかな。今、波にのってるんだよな。去年コピーライターズクラブの新人賞もらって、今年は携帯とシャンプーのキャンペーンでヒット飛ばしてる」

「ふーん、そうなんだ」

そのCFなら、智香もよくしっていた。携帯電話の新サービスは渋谷を歩いているような若者むけで、シャンプーはしっとりと落ち着いた三十代の女性むけの高級品だった。三種類のまったく異なる商品で、記憶に残るコピーをつくる。センスだけでなく、才能もあるのだろう。

若い女優の額の汗をメイク係がパフで押さえていた。前髪を自然な感じに乱していく。早矢人がカメラのうしろに立っている男に声をかけた。

「おーい、池本、ちょっときてくれ」

穴あきジーンズによれよれの長袖Tシャツで、男が振りむいた。長髪は天然パーマなのだろうか、くるくると毛先に動きがある。頬からあごにかけて無精ひげをはやしていた。それとも、あれはおしゃれなのだろうか。コピーライターはまぶしいものでも見るように目を細めた。

「なんすか、黒谷さん」

頭をかきながら年下の男がやってきた。はずかしがっているのではなく、ほんとうにかゆいようだ。そういえばジーンズはひざが抜けて、右の太もものあたりに染みがついている。智香は若い男の汗の匂いをかいだ気がした。

「ほらほら、ちゃんとしろ。こちらはクライアントさまだぞ。しかも大学の先輩だ。おれが学生時代からお世話になってる広告部の岡部智香さん」

目を細めたままにらみつけるように、池本は智香を見つめてくる。早矢人が急《せ》かした。

「早く名刺だせ。うちの部で一番おおきなクライアントだ。しかも、ばりばりのキャリアウーマンだからな」

早矢人は同窓生の気安さで、わざと智香をもちあげているのだろう。

「いいよ、そんなの別に」

池本がジーンズの尻ポケットから名刺を抜いて、両手でさしだした。

「クリエイティブ部の池本です。よろしくお願いします、先輩」

智香は名刺を受けとって笑ってしまった。池本の名刺はお尻の形に丸くなっていて、しかもほのかにあたたかいのだ。池本建都《けんと》、おもしろい名前だった。都を建てるか。お父さんは建設会社にでも勤めているのだろうか。智香も自分の名刺を返していった。

「こちらこそ、よろしくお願いします。わたし、こんなにしわくちゃの名刺もらったの初めて」

「おまえ、名刺いれくらいちゃんともっとけ」

早矢人の言葉は耳にはいらないようだった。池本は両手で智香の名刺をもったままぼんやりしている。かすかに頬が赤いようだ。池本が頭をかくと智香の名刺に細かなフケが落ちて、智香は自分にかけられたような気がして背筋がぞっとした。この人は才能はあるのかもしれないが不潔だ。それは男性として決定的な欠陥である。智香の顔色に気づいた早矢人がいった。

「いいから、もうおまえはあっちいけ」

池本は早矢人を平然と無視していった。

「あの、今回のキャンペーンの打ちあげって、ありますよね。別に接待でもいいですけど」

早矢人が面倒そうにいう。

「あるよ。それがなんだよ」

「ぼくも呼んでもらえませんか」

営業マンがあきれていった。

「おまえなあ……」

コピーライターはにっと歯をむきだして獰猛《どうもう》な若い動物のように笑い、ぺこりと頭をさげた。

「じゃあ、岡部さん、つぎは打ちあげで」

さっさとカメラのうしろにあるモニタにもどってしまう。助監督が叫んだ。

「はーい、つぎテイクツー、いきます」

監督がスタートとうなると、若い女優が池本のコピーを全力の笑顔で口にした。

「ボディもぎゅっ。ガソリン、ぎゅっ。お値段、ぎゅっ」

智香は池本の背中を見ながら考えた。コピーはいいのだが、フケはいただけない。まったく男というのは、なにかが多すぎるか、なにかが欠けているものだ。

「はーい、カット」

智香がとめていた息は、自然にため息になってしまった。


打ちあげは夜の七時からスタートだった。都心のスタジオ近くにあるクラブである。一週間近く続いた撮影が無事終了して、ＣＦ制作会社の若いスタッフも、代理店の面々も、クライアントである智香の部署の社員も顔をそろえていた。主役の若い女優はマネージャーと芸能プロダクションの社長といっしょに参加している。

クラブの中央には一段高くなったステージがあり、そこにパーティ用の料理がならんでいた。智香は自分の席を立ってバーカウンターにきていた。広告部のお偉方と同じ席では肩がこるし、つぎつぎとやってくる関係者との挨拶が面倒だった。もう名刺いれはほとんど空になっている。

智香がカウンターにもたれてジントニックをのんでいると、早矢人がやってきた。

「よう、お疲れさま、智香姫」

かなりのんでいるようだがさすがに代理店の営業マンで、すこしも乱れたところは見せなかった。ネクタイは締めたばかりのようにまっすぐだ。智香はクラブの広いフロアを眺めていた。ここにいる人たちはみなこの仕事が終われば、ばらばらに散っていく。みな映像関係のプロフェッショナルなのだ。もう二度と顔をあわせることのない人が半分以上はいるだろう。

「なんだか、打ちあげっていつも淋しいね。今日は笑っていっしょにお酒のんで、いつかまたお仕事ごいっしょしましょうなんていって、笑顔で別れて、もう一生会うこともない」

早矢人は智香のとなりで、カウンターにもたれた。学部イチのイケメンといわれていた早矢人と学生時代はずっと男が途切れなかった智香である。カウンターのむかいの壁に張ってある横幅四メートルほどの鏡には、都会的な雰囲気のカップルが映っていた。さすがにマーク・ジェイコブスで、このワンピースは腰の絞りがきれいだ。

それにしても、なぜ自分はこれまで早矢人のことを男性として見てこなかったのだろう。もう十年になるつきあいだが、一度もこの人を男として意識したことはなかった。

あまり好みではないがイケメンだし、なによりも智香のわがままをほとんど許してくれる同世代では得がたい心の広さをもつ男性だった。

「ところでさ、姫……」

「えっ、なあに、早矢人」

ちょっと胸騒ぎがしたせいで、声が高くなってしまった。いけない、気をつけなくては。早矢人がいいにくそうにうつむいた。

「あのさ、このまえの話だけど……」

なんだろう、早矢人となにか大切な話をしただろうか。智香は冷たいジントニックで、心を静めた。

「口ごもるなんて早矢人らしくないよ。さっさといっちゃえば」

智香にはあせると攻撃的になる癖がある。これでいくつも大魚を逃してきたのだが、性格というものは変えようがなかった。ステージのうえではミラーボールが回転して、光の矢を周囲に飛ばしている。音楽は八〇年代の能天気なディスコミュージックだった。

早矢人が声を張った。

「だからさ、沙都子さんのことなんだけど、今度ちゃんとおれに紹介してくれない？やっぱりこのまえ会って、ほんとにタイプだと思ったんだ」

全身から力が抜けていった。早矢人ごときに勝手にすこしときめいて損をした。

「あんた、それ本気でいってるの」

「本気も、本気だって。ちゃんとセッティングしてくれよ、姫」

早矢人が両手をあわせて、智香を拝んだ。グラスをおいて、智香は腕を組む。

「いっとくけど、沙都子さんはわたしたちより三歳うえだよ」

「わかってる」

「バツイチだよ」

「それもわかってる」

ダンスフロアに広告部のベテランが繰りだした。曲は「愛のコリーダ」だ。音楽が一段とおおきくなった。智香は早矢人の耳元で叫んだ。

「まえにもいったけど、あの人は三十五歳までに赤ちゃんを産みたい人なんだよ。つきあって、すぐに結婚して、新婚生活も楽しまないうちに、妊娠出産させる覚悟はあるの」

自分だったら絶対に無理だ。すくなくとも二年くらいは、新婚の甘い雰囲気を楽しみたいではないか。それとも男は結婚に求めるものが違うのだろうか。早矢人は真剣な顔でいった。

「それもわかってる。でも一度でいいから、ちゃんと沙都子さんとつきあいたいんだ。その先に結婚とか、そういうことがあっても、おれはかまわないと思ってる」

「だったら、さっさと自分でアタックすればいいじゃない？　手が早いのは名前のとおりだって、昔いっていたじゃない」

なんだか耳元で怒鳴りあうような会話になってしまった。ダンスビートが空気を震わせている。

「いや、実は沙都子さんにはもうアタックしたさ。だけど相手にしてくれなかった。もう寄り道してる時間はないんだってさ。だから智香姫をとおして、おれが遊びじゃなくて本気だって伝えてほしいんだ」

薄暗いクラブの照明のなか、智香は早矢人の目を見つめた。もう一度、悪友の真剣さを確認しておきたかった。沙都子はそうかんたんな相手ではない。智香の友人のなかでは一番の美人だが、条件の厳しさもやはり一番だった。早矢人は目をそらさずに見つめ返してくる。どうやら本気のようだ。この遊び人がそこまで懸命になるのだから、恋というのはおもしろいものだった。

「わかった。じゃあ、今度わたしのほうから、沙都子さんに話をしてみる」

早矢人の顔がスポットライトでも浴びたように明るくなった。

「おー、やっぱりもつべきものは友達だな。ありがとう、姫。今夜はなんでもおごってやるからな」

やはり酔っているのだろうか、仕事関係の人間が大勢いるのに、早矢人が肩に手をまわしてきた。その手を振り払って智香がグラスをとろうとしたとき、いきなり耳元で男の声が炸裂《さくれつ》した。鼓膜が痛くなるほどの大音量である。

「すみませーん、岡部さんは黒谷さんとつきあってるんですか？」

コピーライターの池本だった。人の耳元で、なにを叫んでいるんだろう、この人は。顔は大真面目だ。智香の頬がひきつってしまった。

「つきあってなんか、ないわよ。失礼なこというな」

また男の汗の匂いがした。ちょっと距離が近すぎる。智香は池本の胸をついて、うしろにさがらせた。

「いい、わたしは誰ともつきあってないの。もう二十九歳だけどね。それがわかれば気はすんだ？　あっちにいってくれない」

この若いコピーライターは、第一印象から最悪だった。なんだかむしゃくしゃする。だいたいまだ会ったばかりなのに、なぜ誰かとつきあっているかなどと質問されなければならないのだろうか。自分の年齢や恋人がいないことを叫んだのも、癪《しゃく》にさわった。

池本はぼんやりした表情のまま、智香から二歩ほど離れてスツールに腰かけた。

「いや、それがわかればいいんです。ぼくはおふたりの話のお邪魔はしませんから、ここですこしのませてもらいます」

カウンターの奥に飾られた無数の酒瓶のほうをむいて、ひとりでグラスをかたむけた。スコッチのオンザロックのようだ。酒は強いのだろう。智香は早矢人に耳打ちした。

「ねえ、あの人、どういう人なの」

「会社でも変わり者で有名なんだ。コピーの仕事に集中すると、四日も五日も帰らないで泊まりこんでるときがある。風呂にもはいらず、着替えもしないでさ」

「いるよね、そういう困ったタイプ」

智香の苦手な猛烈社員だった。その手の人間が同じ部署にいると、周囲はうっとうしいものだ。会話がきこえているのかいないのか、池本は平気な顔でのみ続けている。

「すみません。ちょっとお願いできませんか」

爽やかな風が吹いてきたようだった。ひどくいい声だ。アナウンサーのように耳どおりはいいが、すこしハスキーで男らしい。智香が大好きな声だった。あわてて笑顔をつくり、振りむくといった。

「はい、なんでしょうか」

智香の声がよそゆきになった。男は背が高かった。見あげるほどの長身で、髪は短く、きれいに日焼けしていた。和風のハンサムだ。目立たないダークスーツに、紺の無地のタイをしている。早矢人がいった。

「どうしたんですか、五十嵐《いがらし》さん」

初めてきく名前だった。そういえば、この人は若い女優のそばに立っていた気がする。芸能プロダクションのマネージャーなのだろうか。

「うちのあずさが女性用のトイレにはいったままでてこないんです。酔っ払ってるかもしれないので、ちょっと様子を見てきていただきたいんです。クライアントのかたにこんなことをお願いするのは心苦しいんですが、うちの会社は今日は女性スタッフがきていなくて」

早矢人の表情が引き締まった。グラスをおいていった。

「それなら、うちの女性に声をかけてきます」

智香は自分でも気づかぬうちに叫んでいた。

「だいじょうぶ。わたしがいってみるから」

「だけど、姫」

ぴしゃりといった。

「いいよ、あずさちゃんはうちのCFのために、あんなにがんばってくれたんだから」

五十嵐が軽く頭をさげた。いい男というのは、そんななんでもない動作がさまになるものだ。

「無理なお願いをいって、すみません。では、こちらに」

薄暗いクラブのなかを五十嵐の背中を追った。智香はスーツ姿の男性の背中が好きだった。広い肩に、引き締まったウエスト。男の上半身の逆三角形は背中からが一番よくわかる。五十嵐はきっとなにかスポーツを本格的にやっていたのだろう。肩と腰の落差が素晴らしかった。うっとりとしていると、うしろをついてくる足音に気づいた。振りむくと早矢人と、なぜかコピーライターの池本まで、智香のあとをついてくる。

(もう、あなたたち、いったいなんなの)

五十嵐が数歩先を歩いているので、心のなかで毒づくことしかできなかった。二十九歳、仕事のあとの打ちあげでの出会い、それも幸運なアクシデントがこの人と自分を結んでくれた。

体調を崩した若い女優に感謝しながら、智香は素敵な背中のあとをどこまでも歩いていった。

15

クラブの洗面所は、通路の奥の非常階段のわきにあった。ドアは黒いガラスで、取っ手は艶消しのゴールドである。ずいぶんバブルな造りだった。マネージャーの五十嵐が軽く頭をさげていった。

「もうしわけありません。クライアントのかたに、こんなむちゃなお願いをして」

男の声は色っぽいと智香は思っている。いい声の男は外見だって五割増しだ。五十嵐は金属質な響きのあるすこしハスキーな声で、ひどく好みのタイプだった。ずっときいていたくなる。

「いいえ、気になさらないでください。西田さんが体調でも崩していたら心配ですし、今日の撮影はほんとにがんばってくれましたから」

早矢人がうしろから声をかけてきた。

「なにかあったら叫ぶんだぞ。トイレのドアを蹴破って助けにいくから」

智香はちらりと背後を振り返った。五十嵐とふたりきりのほうがありがたいのに、気が利かない営業マンだった。しかも早矢人の後方には、なにを考えているのかわからない年下のコピーライター、池本建都までついてきている。ひざの抜けたジーンズには、なにかわからない染みがついていた。完全な邪魔者だ。

智香はふたりを無視して五十嵐にうなずき、黒いガラスの扉を押し開けた。洗面所の内部は灰色の大理石張りだった。床も壁も朝ご飯がたべられそうなくらいぴかぴかで清潔そうだ。四つならんだ個室のうち、ひとつだけ鍵がかかっている。

そっとドアをノックして、智香は声をかけた。

「西田さん、そこにいるの？　身体のぐあいはだいじょうぶですか。マネージャーの五十嵐さんに頼まれて、あなたの様子を見にきたんだけど」

返事はなかった。閉じたドアの奥からはもの音ひとつしない。智香は急に心配になってきた。貧血でも起こして倒れていたら、どうしよう。すこし強めにドアをノックして叫んだ。

「だいじょうぶ？　西田さん、そこにいるのよね。体調が悪いようなら、救急車を呼びますよ」

ドアに手をあて、耳を澄ませる。これはほんとうに早矢人に蹴破らせるしかないかと思ったとき、声がきこえた。

「わたしは、だいじょぶ、です、から……むこうに、いって、ください」

飛び跳ねるような勢いで、小型ハイブリッドカーのコピーを叫んでいた若い女優とはとても思えなかった。声はひどく暗く、井戸の底から響いてくるように湿っている。きっとこの子はこちらのほうが素なのだろう。あの底抜けの明るさはマスコミやファンむけにつくりあげたキャラクターなのかもしれない。

「そうはいっても、放ってはおけないよ。あなた、ほんとうにだいじょうぶなの」

智香はもうていねいな言葉はつかわなかった。職場にもひどくマイナス思考の若手が何人かいた。相手にあわせるばかりでは状況は変わらない。西田あずさの暗い声がきこえる。

「わたし、人がたくさんいると気分が悪くなるんです……今日の撮影だって、不細工で最悪だったし……いい演技もできなかったし……もう死んでしまいたい」

人はわからないものだった。西田あずさのLサイズの卵くらいのおおきさの頭と見事なほど整った顔立ちと八頭身半のスタイルを思った。この子は容姿だけで一日何千万円も稼げるのに、自分に自信がもてないし、ルックスは不細工だと思いこんでいるのだ。

「そんなこと、ぜんぜんなかったよ。あずさちゃんのおかげで、うちのクルマだってすごく売れると思う。さっきのギュッ！　っていうポーズ、みんなが息をとめちゃうくらいかわいかったんだから」

また地の底から届く暗い声。

「……ほんとですか」

智香は腕を組んでしまった。こんなに不安定で、この子はこの先ほんとうにだいじょうぶなのだろうか。主演映画の公開も続々控えているという話だ。第一、このハイブリッド小型車のキャンペーンは始まったばかりで、まだまだこれから一年も続くのだ。うちの会社の広告部の将来まで心配になってくる。智香は覚悟を固めて、努めて明るい声をだした。

「ほんとに決まってるじゃない。あずさちゃんじゃなければ、あんなにいいコマーシャルにはならなかったよ」

「それがほんとなら、すごーくうれしいです。クライアントのかたにそんなふうにいっていただいたの初めてです」

扉越しの声に、かすかに血の気がさしてきたようだった。これはなんとか調子にのらせなければいけない。

「うん、絶対。嘘なんかじゃないよ。最高だった。あずさちゃんは今、体調が悪いわけではないんだよね」

「……はい」

「それなら、よかった。だったら外で待ってる五十嵐さんに、そのことだけ伝えてくるから、ちょっと待っててくれない」

ひっと息をのむような音がきこえた。西田あずさが不安げにいった。

「ちゃんともどってきてもらえますか」

「もちろん、もどってくるよ。なにか必要なものはない？」

「あっ、じゃあガスいりのミネラルウォーターをお願いします」

智香は苦笑してしまった。この子は素晴らしい美少女で、情緒不安定で、どこか憎めない抜けたところがある。誰もがあずさを放っておけないと感じるのは、ただかわいいだけでなく、この性格のせいなのかもしれない。

女性用洗面所の外にでると、五十嵐が心配そうに声をかけてきた。

「うちのあずさ、だいじょうぶでしたか」

智香はうなずいていった。

「ええ、体調を崩したわけではないみたいです。でも、あずさちゃんって、ほんとに変わった子なんですね」

五十嵐は困った顔で首を横に振った。

「顔もスタイルも抜群なんですけど、気もちがちょっと弱いというか。マネージャーとしては苦労が多いです」

「あの、わたし、あずさちゃんと話をする約束なんです。またもどってきてくれって」

いい声をしたマネージャーは恐縮して頭をさげた。

「もうしわけありません。わがままばかりいってしまって。いつかこのお礼はきちんとさせていただきますから」

どんなお礼をしてくれるのだろう。この人との豪華なディナーなら、最高のお礼なのだけれど。智香はぼんやりと突っ立っている早矢人にいった。

「代理店の営業マンなんだから、ちょっとは気をつかう。厨房まで走ってきてくれない？　あずさちゃんがガスいりのミネラルウォーターがほしいんだって」

早矢人は竜巻にでものまれたようにくるりと方向を変えると、駆けだしながらいった。

「了解、姫」

まったく調子がいい男だった。そうでなければ務まらない仕事なのかもしれない。早矢人の背中を見送った五十嵐と智香の目があった。こんな緊急事態のせいで、逆に距離が急速に縮んだ気がする。西田あずさに感謝したいくらいだった。この素敵な人と初めて口をきいてから、まだほんの十分ほどしかたっていないのだ。五十嵐がうっとりするような声でいった。

「岡部さんて、不思議な人ですね。あずさはめったに人に心を開かないんです。うちのプロダクションの上司やベテランのマネージャーもほとんど駄目でした。それなのに初対面であずさから、またもどってきてくれだなんて」

通路の壁にコピーライターの池本が、にやにや笑いながらもたれていた。つかえないやつだ。智香はかちんときていった。

「なにがおかしいの、池本くん」

大学の後輩だという男はにやにや笑いを崩さずにいった。

「いや、岡部さんはなんていうか、まっすぐにずけずけ人の心にはいってくるところがありますよね。大胆不敵というか。おもしろいなあ」

なんて失礼なやつだろう。五十嵐が池本を見て、智香にいった。

「お友達ですか」

あわてて手を振った。こんな男が友達だなんて、足元を見られてしまいそうだ。

「とんでもない。さっきスタジオで会ったばかりです」

そう考えると五十嵐も同じだったが、印象のよしあしは百パーセント違う。なぜか池本がすすみでて、五十嵐に頭をさげた。

「今回のコマーシャルでコピーを担当した池本建都です。西田さんはとてもよかった。本人にそうお伝えください。ぼくは岡部さんの大学の後輩です」

ずうずうしいのは、池本のほうだった。だいたい智香と五十嵐のあいだに無理やりはいってくるところが無神経だ。腰に手をあてて、智香が口を開いた。ひと言いわなければ収まりがつきそうもない。

「池本くん、あなたねえ……」

早矢人がミネラルウォーターのボトルを手に駆けてきた。息を切らしていう。

「姫、水もってきた」

突きだされた冷たいボトルを受けとって、智香はようやく池本から視線を離した。こんな男の相手はしていられない。西田あずさはあの狭い個室のなかで、智香を待っている。深呼吸してから五十嵐に微笑みかけた。

「いってきます。あずさちゃんはご心配なく」

長身の五十嵐が軽く腰を折って頭をさげた。着ているスーツもいい仕立てだ。どんな動作をしても様になるのは、育ちがいいのか、もともと人間が上品なのだろう。池本とは大違いだった。

「よろしくお願いします、岡部さん。あずさは一度気にいった人間には話が長くなる癖があるので、気をつけてください。うまく個室から連れだしてくだされば、あとはこちらでなんとかしますから」

「わかりました」

五十嵐が女性用洗面所の黒いガラス扉を開けてくれる。智香はボトルをもって、会釈しながらドアを抜けた。


こつこつと個室の扉をノックした。

「あずさちゃん、お水だよ」

扉が十センチほど開いて、真っ白い手がでてきた。指はおろしたての鉛筆のように細く長い。ミネラルウォーターをつかむと、すぐに引っこんでしまった。そうだ、いいチャンスだ。この子から五十嵐がどんな人だか、ききだしておこう。打ちあげのパーティでずっと洗面所に詰めきりなのだから、それくらいの役得はいいだろう。

「あずさちゃんって、五十嵐さんがマネージャーについてから、長いの」

ごくごくとのどが鳴る音がきこえた。一気に半分くらいのんだのではないだろうか。

「まだ一年くらいです。でも、五十嵐さんになってから、仕事のほうがうまくいくようになったので感謝してます」

どうやら五十嵐は敏腕マネージャーのようだった。

「それならあずさちゃんも、もうちょっとちゃんとしたほうがいいかもしれないね。みんな、あなたのことが大好きだし、大切にしてるのはわかってるよね」

あずさはためらいがちにいった。

「はい、だけど、わたしはほんとに人みしりが激しくて、しらない人がいると思うと、もうダメなんです。人の心って誰にも読めませんよね、みんなはなぜそれでもほかの人と笑顔で話せるんですか。心の底ではこちらのことを笑っていたり、不細工だとかデブだとか思ってるかもしれないのに」

あずさのいうことはもっともだった。人の心は読めない。智香も合コンやコンカツでたくさんの男と出会ってきた。ほとんどの男たちに心のなかでは厳しい評価をくだしていたのだ。オタク、オジサン、ハゲ、デブ、キモイ。むこうだって、智香のことをひどい女だ、結婚相手としては適さないと思っていたかもしれない。

「あずさちゃんのいうとおりかもしれないね。でも、人がどんなふうに自分を思うかなんて、コントロールできないんだよ。だったら、どう思われてもいいから、自分にできることを精いっぱいがんばるしかないんじゃないかな。敵もたくさんいるけど、味方になってくれる人だってすくなくはないしね」

厳しかったシューカツを思いだした。智香の友人も何割か就職浪人して、大学に残り翌年再チャレンジしている。就職試験は不採用でも理由さえわからないのだ。入社したあともたいへんだった。フレッシュマンのころは会社という組織がまったく理解不能だった。ひとつの部署のなかにさえ、役職の上下とは別のさまざまな権力関係がある。仕事の現場には理不尽なことが多かった。ひとつひとつステップを踏みながら、智香はオフィスで自分の居場所をつくってきた。芸能の世界とビジネスでは、まったく異なるのだろうが、共通することもきっとあるはずだ。

智香は閉じた扉にむかっていった。

「あずさちゃんが二十歳くらいで、人の心の怖さがわかったというのはすごいことだよ。一生そういうことに気づかない人だっているもの。なにが怖いかわかることが、その恐怖をのりこえるための最初のステップなんだと思う。あなたはまだ若いんだし、ゆっくりと成長していけばいいんじゃないかな」

「なんか、ほんとのお姉さんみたいだなあ……あの、お名前はなんていうんですか」

智香はそれまで名のっていなかったことに気づいた。ようやく自己紹介する。あずさが何度か口のなかで、名前をつぶやいていった。

「智香さんって呼んでいいですか」

「いいよ」

だんだんおかしな展開になってきた。智香としてはあずさよりも、マネージャーの五十嵐のほうに興味がある。

「そういえば、五十嵐さんてちょっと素敵ね。あの人、独身？」

「バツイチの独身です」

意外だった。年齢は智香の二、三歳うえにしか見えない。あずさは他人事となると口が軽かった。

「大学時代につきあっていた人と結婚して、五年まえに離婚してるんです。結婚はしばらくこりごりだっていってます」

ふーん、そうなんだ。心のなかでそう思ったが、返事はしなかった。ここであまりがっついたところを見せないほうがいいだろう。

「ねえ、お水のんだら、落ち着いたでしょう。そろそろ会場にもどらない？　体調が悪いっていって、早めに帰っていいんだし。うちのほうはみんな気にしないよ」

「……わかりました」

扉のロックがはずれる音がした。そっと開いたすき間から、あずさがおおきな目をのぞかせている。

「だいじょうぶ、わたしだけよ」智香はいった。

「よかったあ」

個室の扉が爆発的に開いて、白いワンピースを着たあずさが飛びでてきた。シフォンの袖のなか、細くしなやかに腕が伸びている。智香は背の高いあずさにいきなり抱きつかれた。

「今から、わたしたちはお友達ですよね」

純真なのか鈍いのか、よくわからなかった。あずさの骨格はしっかりしている。顔にはコマーシャル撮影のときの全開の笑顔がもどっていた。智香は若い女優の背中を軽くたたきながらいった。

「そうね、お友達。今度、五十嵐さんも交えて、おいしいものでもたべにいきましょう」

女性用洗面所のドアが開いて、若い撮影スタッフがふたりはいってきた。抱きあっている智香とあずさを見て、ぎょっとした表情になった。

「ああ、ちょっと西田さんの体調が悪くなって」

智香は女優から身体を引きはがし、出口にむかった。おかしな噂を流されたら、自分はともかく西田あずさが心配だった。人まえにでる仕事は、人の口が敵である。あずさの腕をとり、洗面所からでてきた智香に早矢人がいった。

「あんまり遅いから、突入しようかと思ったよ」

五十嵐があずさにいった。

「だいじょうぶ？　もう気分はよくなったかな」

あずさが迷っているようにうなずいてみせた。

「だったら、今日最後の仕事をしにいこう。クライアントの力のある人たちに挨拶まわりだよ。それでおしまいだから」

あずさが息をのんだのがわかった。この子は明らかにもう仕事ができるような気分ではない。智香はいった。

「お仕事のことに口をはさむようですけど、もう今夜はあずさちゃんはいいんじゃありませんか？　うちのお偉方には、わたしのほうからいっておきます。撮影でがんばりすぎて体調を崩したといえば、だいじょうぶですから」

あずさの顔がぱっと明るくなった。

「やっぱりわたしのお姉さんだ」

五十嵐は腕を組んで考えこんだ。内ポケットに手をいれる。名刺いれを抜きだした。

「しかたないな。じゃあ、あずさはここでお役ごめんにしよう。ご挨拶が遅れました。ぼくはスターライズ・プロダクションの五十嵐啓《けい》といいます。今回のことはなんとお礼をいったらいいのか」

「今度、三人でいっしょにごちそうたべる約束したんですよね、智香さん」

智香は五十嵐の名刺を受けとった。今日一番の収穫だ。名刺の隅には手描きで、携帯メールのアドレスがはいっている。やった！　あずさがぴょんと跳びあがっていった。

「ええ、また別の機会にね」

早矢人が叫んだ。

「ちょっと待って、タレントとクライアントが食事するのに、代理店抜きはないだろう。こっちも一枚かませてくれよ。うちのほうで支払いは全部もつから」

また面倒な男が口をはさんできた。智香は五十嵐のほうを見た。ここできっぱりと断ってくれるといいのだけれど。五十嵐はにこやかにいった。

「それは確かにそうですね。じゃあ、うちと黒谷さんのところで折半にしましょう。それならうんといいレストランにしようかな」

すこしがっかりしたが、五十嵐の笑顔があまりに爽やかなので許すことにした。そのとき、通路の後方に立っていたコピーライターの池本がやってきた。

「黒谷先輩がいくんなら、ぼくもまぜてくださいよ。なんといっても、今回の西田さんの台詞はぼくが書いたんだし、この先のキャンペーンのアイディアだって拾えるかもしれない。いいですよね、岡部さん?」

あずさが不思議そうな顔をして、智香にいった。

「あの、この人、お友達なんですか」

「いや、ぜんぜん違うから。ただの仕事相手よ」

五十嵐が腕時計を見ていった。

「メンバーのセレクトは、黒谷さんにおまかせします。そろそろ、ぼくたちはいきますから。では、失礼します」

あずさはちぎれるように手を振り、五十嵐は軽く会釈して、通路を遠ざかっていく。どうしてその場にいてほしい男はすぐに帰ってしまい、いなくてもいい男だけいつまでも残っているのだろう。智香は学生時代からの腐れ縁の早矢人と無神経な後輩・池本に目をやってから叫んだ。

「早矢人、このお店で一番高いシャンパン頼んできて」

早矢人はまた通路を風のように駆けていく。池本はワイングラスを片手にぼんやり壁にもたれたまま、なぜか不気味ににこにこしている。もう酔っ払わなければ、やっていられなかった。智香はその夜、徹底的にのむことに決めた。

16

人との出会いはおもしろいものだった。

素敵な男性との出会いには、世界を変える力がある。厚い雲が切れて、まぶしい日ざしがさすように、いっぺんに世界に色がもどってくる。いままでのあの暗さはなんだったのだろう。智香は五十嵐啓と出会ってから、心のはずみをとりもどしていた。

啓は芸能事務所でマネージャーとして働いているバツイチの三十五歳だ。お堅い自動車メーカーとは百八十度異なる華やかな世界だった。あまり積極的だと相手に引かれると考え、智香はメールは一日おきと決めていた。それも恋愛感情に踏みこんだものではなく、一般的な挨拶と会話に終始した。啓は当日のうちに必ずていねいな返事をもどしてきた。智香にはそのていねいさが歯がゆかった。どうもスポンサーと芸能プロダクションの上下関係がにおうのだ。

メールの数でいえば、啓よりも彼が担当の女優・西田あずさとのほうが断然多かった。あずさはお天気屋で数日ぱたりとメールがないかと思えば、いきなり一日に十通以上も送ってくることがあった。慣れてしまうと純真でいい子なのだが、すぐに返事をしないとへそを曲げるので、なかなかあつかいが面倒な相手だ。もっとも智香にしたら、あずさを怒らせるわけにはいかない。毎日、啓の近くにいるあずさは絶好の情報源なのだ。

プライベートな撮影打ちあげは、あずさの殺人的なスケジュールのせいで翌月にもち越しになった。それなら新しい服を探して、エステにかよって肌の調子を整え、すこしダイエットをしてもいいだろう。心待ちにする予定がある一カ月は、とてもたのしみな時間だった。

以前、智香はボーイフレンドと話したことがある。男性の場合は、スケジュールにあわせて自分を磨いていくようなたのしみはないという。だいたいは当日までぼんやり仕事をしてすごすだけなのだ。なんてもったいないのだろう。それではまったく面白みがないではないか。男たちの多くは仕事ばかりして、夜ののみ会では世界の経済や政治の話に終始している。あんな生活のどこに生きるよろこびがあるというのだろう。

どうにもならない世界より、自分の生活を充実させることのほうが、ずっと重要ではないか。智香が働く会社は輸出が主力の自動車メーカーだから、為替の変動は業績に致命的な影響を与える。個々の社員の力では、外国の通貨などどうにもならなかった。けれど、自分の幸福は違う。心がけしだいで、どうにでもなるものだ。男たちがそれに気づいて、世界や社会より自分の幸福の追求に目覚めてくれたなら、きっとこの国の多くの女性がもっと幸せになることだろう。

これからのニッポンでは、給料はあがらないのだ。適度に働き、なによりも生活をたのしむ。経済が成長しなくとも、幸福を増やしていくことがきっとできるはずだ。新しい恋に目覚めた智香は、未来にもまえむきだった。

上田小百合《うえださゆり》からメールがあったのは、そんな幸福な日々の始まりのさなかだった。

小百合は大学時代の友人で、智香よりもはるかに優秀だった。卒業後は就職せずに大学院に進学し、行動経済学で博士号をとったはずである。

メールは休日の午後にでも会って、話をきいてもらえないかというものだった。特別に親しかったわけではないけれど、学部一の才媛といわれた小百合が今はどんなふうになっているのか。智香にも興味があって、六本木にできた新しい外資系ホテルのラウンジを待ちあわせ場所に指定した。

約束の十五分まえに、ラウンジに到着した。ゆったりと距離をおいてひとりがけのソファがおかれ、窓のむこうには都心の緑があざやかに広がっている。天井からはクリスタルの柱が何本もさがり、色とりどりの光を散らしていた。

智香が早めに足を運んだのは、リラックスできる気もちのいい空間で、ゆっくりと啓にメールを打ちたかったからだ。もちろんメールはどんな場所からでも打てるけれど、文章に周囲の雰囲気が影響するはずだ。智香は啓にはとにかく素敵なメールを打ちたかったのである。

窓際の席に案内されていくと、智香に気づいた女性がいきなり立ちあがった。グレイのパーカに、スリムジーンズ。長い髪はうしろでまとめ、銀のフレームのメガネをかけている。やせて小柄な姿は、ずいぶんと地味になっているけれど小百合だった。

「久しぶり、なんだかこういうところめったにこないから、緊張するな」

小百合はそういって、照れたように笑った。智香は小百合の足元に目をやった。白いキャンバス地のテニスシューズだ。デザインは悪くないけれど、質素なものだった。

「ほんとに久しぶりだね。挨拶なんていいから、座って、座って」

智香は奇妙な違和感を感じていた。小百合はなんだかすこし疲れているようだ。顔色があまりよくないし、肌の張りもない。

「やっぱり大手自動車会社の正社員は違うね」

小百合が智香の服装を見て、ぽつりといった。智香は新しいツイードのスーツを着ていた。オレンジにピンクにイエロー、今年らしいイタリアンカラーの華やかなツイードだった。

「小百合は大学を卒業してから、どうしているの」

智香の視線をそらして、小百合は窓の外を見た。かすかに笑ったようだが、もしかしたらため息かもしれない。

「うちの大学院にすすんで、博士号をとって修了したよ。卒論は『確率が消費行動に及ぼす影響について』」

「へえ、なんだかむずかしそう」

得意の話で小百合の表情がすこしだけ明るくなった。

「宝くじの購入や生命保険の加入については、ものすごく低い確率でしか利益は得られない。それなのになぜ人は天文学的に低い確率にかかわらず、当の消費や投資行動に走るのか。そういう研究なんだ」

　ホテルのラウンジの静かなざわめきが、ひどく贅沢な気分だった。小百合のいうことは半分もわからないが、まあ挨拶代わりの会話である。

「ふーん、なんでなの」

「実際には無視できるほどちいさな確率でも、その結果がはっきりとイメージできる場合、人は経済合理性よりも期待や恐怖に駆られて、結果的にはただしくない選択をしてしまう。わたしの博士論文ではそういう結論だった」

　話しかたがなんだか学校の先生のようだ。小百合は自分をあざ笑うかのように片方の唇の端をつりあげた。

「でも、論文はやっぱりただの論文だよね。わたしは自分の人生のリスクについて、もっと真剣に考えておけばよかった。甘かったなあ」

　嫌な予感がした。高価なツイードのスーツとノンブランドのグレイのパーカの対比が胸に刺さってくる。小百合のように優秀な学生が、どうしてしまったのだろう。

「大学院の成績は悪くなかったけれど、わたしは研究者として大学に残ることができなかったの。院卒の博士号もちは今すごくだぶついていて、研究職の口はほとんど空きがないのが実情なんだ」

　智香は恐るおそる質問した。

「あの、小百合は今どういう仕事をしているの」

「非正規の派遣社員で、事務補助をしてるんだ。日本橋にある繊維関係のちいさな商社」

今度ため息をつきそうになったのは、智香のほうだった。同世代でもっとも優秀に見えた小百合が、三十歳を目前に正社員にもなれずに、まだアルバイトと変わらない生活を送っている。厳しい格差社会というけれど、人の運命はわからないものだった。

「研究職は無理でも、一般企業になんとか潜りこめると思ったんだけど、いくつ受けても不採用ばかりだった。五十社まではなんとかがんばれたけど、そのあとは心が折れちゃった。ここ二、三年はずっと非正規の派遣社員のまま」

「……そうだったんだ」

人材派遣会社から送りこまれた事務補助の働き手は、智香の職場にも何人かいた。残業もなく、休日出勤もなく、出張もない。気楽といえば気楽な働きかただ。けれど同時に昇給もないし、業務内容は高度にならないし、ボーナスもなかった。専門の技能も身につかない。事務機器をリースで借りるのと同じだった。正社員として人を雇うのではなく、労働力として外部から手軽に人をリースしているだけなのだ。

智香は広告部にいる派遣社員の顔を何人か思い浮かべた。結婚相手を探しにきている若い女性もいれば、海外留学の資金をためるために働いている女性もいた。つなぎで派遣を続けていて、資格を取得して正社員を目指している女性もいた。みなまじめでよく働くのだが、仕事に対する責任感という点では、やはり正社員とはどこか違っていた。あたりまえである。誰だって確実な未来への約束がなければ、献身的になど働けるはずがなかった。

問題なのは、その手の女性たちと小百合はまったくタイプが異なっていることだった。

「わたしたちのクラスで一番頭がよかったのは、小百合だったよね。事務補助でその頭脳をつかうの、なんだかもったいないなあ」

小百合はうつむいて淋しげに笑った。

「わたしもそう思うけどね。でも、仕事がないのはしょうがないから」

「そうだよね。今年の新卒なんて、ひどい内定率らしいものね」

就職氷河期といわれた智香のころよりも、さらにシューカツは厳しくなっているらしい。考えてみれば目のまえにいる小百合は、その新卒の就職希望者と今も闘っているのだ。

「三十五歳になると正社員は厳しいから、あと四、五年が勝負かな。なんとかして、それまでにきちんとした職に就かないとね。できれば専門を生かした研究か教育の仕事がいいけど。一生このまま非正規で生きていくのかと思うと、悲鳴がでそうになる」

しばらく智香は黙ってしまった。なんとかエールを送りたい。

「がんばってね、小百合ならきっとだいじょうぶ」

それしか智香にはいえなかった。

智香は肉厚の革ソファの手ざわりが急に空しくなった。豪華な都心のホテルの内装がひどく遠くに感じられる。相手の厳しい事情を考えると、こんな場所を待ちあわせに指定したのは残酷なことだった。

「そういえば、小百合はまだひとり暮らしなの」

仕事の話題から早く離れたくて、智香は思いつきで質問した。

「うん。学生時代からもう十年くらい同じところに住んでる」

びっくりした。高田馬場のワンルームマンションの一階北側にあった日のあたらない部屋だ。顔がひきつりそうになる。

「智香も一度遊びにきたことがあったよね」

うなずいた。そのときは真冬で鍋パーティをしたあとで、みな泊まりこんだのである。智香は寒くてなかなか寝つけなかった。

そこで、おかしなことに気づいた。メールで小百合は話がしたいといっていた。その話とは近況報告だけなのだろうか。

「なにか話したいことがあるんだよね」

就職では役に立てそうになかった。それとも男性関係だろうか。合コンなら、いくらでもセッティング可能だったが、小百合は男たちが好みそうな頭の悪い女ではない。

「うん。話というのは、わたしの彼のことなんだ」

智香は安心した。それなら得意な方面だし、恋の相談なら受けつけ慣れている。

「へえ、どんな人なの」

「わたしと同じ社会科学系の院卒で、年はむこうのほうが三歳うえ。わたしとしては、近いうちに結婚したいと思っているんだ」

智香はノーガードできいた。

「その彼、どこで働いているの」

小百合はじっと智香の目を見つめてきた。

「智香のところの自動車会社」

そういうことか。きっと結婚相手の社内での評判でもききたかったのだろう。

「ふーん、やるなあ。その人、どこの部署にいるの。もしかして、青山の本社で働いているのかな」

小百合の顔に影がさした。わずかに左右に首を振る。

「ううん、本社じゃないの。埼玉の工場のほう」

文系の院卒の社員が生産現場にいるのはめずらしかった。

「そうなんだ。工場では、どんな仕事してるの」

おかしな間があいた。なんだか変だと智香が思っていると、小百合はあっさりといった。

「今は自動車の内装パネルの組みつけだって」

「それは……」

智香はなんとか口に急ブレーキをかけた。うっかり口からでそうになったのは、それは正社員の仕事ではないという言葉だ。小百合はちいさくうなずいた。

「彼もわたしと同じで正社員の仕事が見つからなくて、工場で派遣で働いているの」

ショックだった。智香が黙っていると、小百合が一気にいった。

「来月、工場に派遣されている人の半数が契約解除になるらしいの。彼もその対象になっているみたい。それで工場のなかではいろいろな噂が飛んでいて……」

小百合が口ごもった。智香は勇気づけるようにうなずきかけた。

「それで、誰かが本社にコネがある人は契約解除から逃れられるといっていたんだ。あの、彼が工場を首になるとわたしたちの結婚も遠くなってしまうし、つぎの仕事がいつ見つかるかわからない。誰か工場の人事に話ができる人を、智香はしらないかな。一生恩に着るから、なんとか彼を解除リストから、はずしてほしいの」

テーブルのうえの同窓生の手が細かに震えていた。はずかしさでいたたまれないのだろう。友人に恋人の契約解除をとめてくれるように頼む。それがどれほど切ないことか、そんなことをさせる会社も社会も、智香は憎らしくなった。だいたい契約解除という言葉はなんだろうか。相手は物ではなく人間なのだ。もうすこしまともな言葉をつかえないものか。

腹は立ったが、本社の広告部から埼玉の工場の人事などいじれるはずもなかった。同期の人事部の友人に話をきいてみることくらいしかできない。来月の人員削減なら、もうリストはできあがっていることだろう。それを動かすのは入社七年目の智香には手が届かない問題だ。

「ごめんね、わたしでは力になれそうにないや。人事部の友達にどういう事情があるのかきいてみるけど、あまり期待はしないでもらえないかな。うちの会社もひどいことするね、小百合、ごめん」

「ちょっと待ってよ。なにもできないなんてこと、ないでしょう」

静かな水面に石でも投げこんだように、ラウンジに小百合の怒りの声が広がっていく。周囲の席の洗練された客たちが智香と小百合に注目していた。トラブルが起きたらすぐに駆けつけようと、ホテルマンが身がまえているのがわかった。小百合は声を低くしていいつのっている。

「だいたい正社員の人たちの給料だって、非正規労働の賃金を低く抑えた分からでているんだよね。こんな形の働きかたを押しつけるなんて、世のなかおかしいよ。同じ仕事をしてるのに、給料は大違いだし、首だって切り放題。そんなの絶対におかしい」

小百合のいうことはもっともだった。いまや正規雇用と非正規雇用のあいだには、身分制に近いほどの格差がある。ただ正の字がつくだけで、江戸時代の武士のように一生の安泰が保障されるのだ。

智香は安全で恵まれた正社員だった。もうしわけない気もちでいっぱいになる。同時に社会のゆがみは智香に変えられるものではなかった。どうしようもない問題をもちこんできた小百合にもいらだちを抑えられない。それでも智香は小百合に冷たくあたることはできなかった。

「わたしもくやしいよ。小百合だって、彼だって、そんなあつかいを受けるような人じゃないのはわかってる。でも、ほんとうにどうにもできないの。うちはおおきな会社だし、人事を動かすなんて、取締役くらいにならなきゃどうしようもないよ」

智香は小百合の手に目をやった。先ほどまでの震えがとまっている。顔をあげると、小百合は紅潮した顔で、淋しそうに笑っていた。

「彼の契約解除をとめる可能性が一パーセントでもあればって、智香に連絡をとってみた。でも、やっぱりムダだったんだね」

「なにもできなくて、ごめんね」

小百合は乾いた手を振っていった。

「こちらこそ、ごめん。なんだかいいたいことといったら、ちょっとすっきりしたみたい」

それから話題は共通の友人の話に移っていった。同じ大学を同じ年に卒業した友人のうち、結婚したのはまだ三分の一ほどだ。なかには年子で三人の子どもを産んだ者もいたが、子どもがいる同世代は智香の友人では例外的だった。多くはまだ独身のまま正社員や非正規として働いている。

智香は大学を卒業してからの七年間という歳月の重さを感じないわけにはいかなかっ

た。同じ教室で学んでいた若者が、みなばらばらのコースに散っていった。うまく社会に居場所を見つけた者もいれば、いまだに自分の居場所を探して、果てしない椅子とりゲームを闘っている者もいる。

ラウンジでお茶代を割り勘にして、智香は小百合と別れた。ホテルからの帰り道、智香は切なかった。先輩のコンカツにつきあい、数々の男たちを見てきた。今は新しい恋に心をむけている。だが、そんな贅沢が許されない同世代も数多いことだろう。恋することや結婚が、そのまま財布の中身や経済事情と結びつく時代がうらめしかった。本来、男女の結びつきなど、もっとカンタンだったはずだ。それがこんなに複雑で夢のないものに変わってしまった。

智香はホテルのロビーの鏡に映った自分の姿に一瞥《いちべつ》もくれずにとおりすぎた。新品のスーツに引け目を感じるなんて、まったくつまらない時代である。

ホテルをでてから、智香は場所を替えることにした。

こんな気分のまま、部屋に帰ることなど考えられないし、まだ休日の午後が丸々残っている。そういえば銀座のデパートが新装開店したらしい。数百億円をかけた大改装だったようだ。とくにほしいものはないけれど、見物だけでもいい気分転換になりそうだ。最寄《もより》の東京メトロにむかって歩きだしたところで、携帯電話が鳴った。通話ではなく、誰かからメールが届いたようだ。日のあたる歩道をヒールの音も規則ただしくすすみながら、智香は受信ボックスを開いた。

差出人の名前を見て、胸が躍った。五十嵐啓からだ。今度の金曜の夜に、打ちあげをするという誘いのメールだった。メンバーは啓と女優のあずさ、早矢人とコピーライターの池本建都、沙都子、それに智香だ。沙都子にも参加してほしいと誘ったのは早矢人だった。

歩きながら、了解のメールを作成した。気分がいっぺんに明るくなった。智香は微笑みながら考えた。メールひとつで惨めなどん底から救われて、ハッピーな気分に満たされるのだ。人の心は単純だ。いつまでも不幸なことばかり抱えてはいられなかった。自分なりの幸せの形を探すのは、すべての人に与えられた大切な仕事だった。

小百合と彼に望みの仕事が見つかりますように。ふたりの結婚がうまくいきますように。智香は雲のうえにいる誰かに祈った。それでまだちょっと余裕があるようなら、始まったばかりのわたしの恋を成就させてください。智香はビルの谷間にのぞく長方形の空を見あげてそう心のなかでつぶやくと、メトロの階段を足早におりていった。

17

金曜の夜は花盛りだった。春になって、空気までやわらかく軽やかになったようだ。ハイヒールの足元が浮き立つようである。街にはシャーベットのような淡い春色の服を着た女性たちが満ちていた。やはり都会では雑誌や映画を見るように、女性を観察するのが素敵なおたのしみだ。きれいな子、センスのいい子が若葉のようにたくさん湧きだしている。

もっともその愉快さには、智香の精神状態がおおきく影響しているのかもしれない。智香はゆっくりと歩をすすめながら考えてみる。真剣な恋を考える相手など、どれほど恋多き人でも、二年に一度くらいのものではないだろうか。一年に五十人の新しい男性と出会ったとして、二年分で百人にひとり。それほど本物の出会いというのは得がたいものだ。その出会いが新車キャンペーンのCF撮影とともにやってきたのだから、智香にとってこの春は、仕事もプライベートもやはり特別な春だった。

普段の合コンなら絶対にしないのだが、智香はその金曜日は仕事を早めに切りあげ、美容院でセットとメイクをしてもらっている。芸能事務所でマネージャーとして働いている五十嵐啓の都合で、スタートが夜八時だったのだ。青山の会社をでて、恵比寿の家にもどり、シャワーと着替えをすませて、原宿の美容院にいき、最後は徒歩で再び青山のレストランにむかう。こういう面倒のすべてが心ときめく手順になるのだから、恋の力は素晴らしかった。

もちろん啓については、わかっていないことのほうが多い。バツイチで離婚してから五年たっている。今は仕事がメインで、あまり積極的に恋愛するような気分ではないらしい。年齢は智香の六歳うえの三十五歳である。あとは初対面の印象ばかりだった。それがことごとく智香の好みなのだから困ってしまう。ハスキーで実に色っぽい声をしている。長身である。やせてはいるが、身体には適度な筋肉がついているようだ。胸が厚いし、スーツの背中がきれいな逆三角形を描いている。顔立ちは清潔で涼しげで、濃い顔が苦手な智香のストライクゾーンのどまんなかだ。

青山通りを細い路地に折れて、最初の交差点にさしかかったところだった。街路樹のしたの暗がりから、いきなり声をかけられた。

「姫、やっときたな」

びっくりして、跳びあがりそうになった。若い男がふたり暗がりからでてくる。白馬の王子キャラの啓ではなく、大学時代の悪友の早矢人と後輩だというコピーライターの池本建都だ。早矢人はきちんとスーツ姿だが、池本はひざの抜けたジーンズにくたびれたカウチンのカーディガンだった。したに着ているTシャツも襟が伸びて、よれよれになっている。どうして、こいつまで今夜の会にのこのこやってきたのだろう。智香の声がとがった。

「どうしたの、そんなところで。さっさとお店にいってればいいのに」

池本はなぜかにやにやしていた。嫌いなタイプの男のにやけ顔ほど背筋が寒くなるものはない。

「いや、黒谷先輩がさっきレストランにはいっていく森さんを見かけたんです。それで岡部さんがくるまで、なかにはいりにくいといって、ここで待つようにって。ぼくは黒谷さんはもっと遊び人だと思っていたんだけど、意外でした」

早矢人が池本の肩をつついていった。

「うるさいんだよ、おまえは。ねえ、姫、今夜は沙都子さんにちゃんと再プッシュしてくれよ。こっちは久々の本気なんだから」

池本はそっぽをむいている。早矢人が耳元に口を寄せてきていった。

「その代わり、こっちも全力で五十嵐さんに姫のいいところをPRするから。おれ仕事柄、そういうの得意なんだよな」

智香は一瞬考えた。共同作戦も悪くないかもしれない。第一、ハウスメイトの沙都子も、啓も、どちらもバツイチだった。年齢も三十代で同じくらい。早矢人と自分のおかれている状況は男女逆転しているが、非常に似かよっている。これから年上のバツイチにアタックするのだ。どちらも美男美女である。

智香も早矢人の耳元で囁《ささや》いた。

「わかった。わたしも早矢人のいい話を沙都子先輩に吹きこむよ。五十嵐さんへのフォロー、よろしくね。それから、あそこのコピーライターをわたしには絶対に近づけないでね」

放っておかれてなにをしているのかと池本に目をやると、携帯電話でゲームをしていた。智香はぞっとしてしまった。もう二十代なかばのいい大人である。それが立ったまま薄く口を開いてゲームに夢中になっている。

「あんなの放っておいて、いこう。早矢人」

「おう、姫。今夜は決戦だな」

青山の路地をいさましく歩いていくふたりを、池本が携帯をポケットにしまいながら追いかけてきた。

「待ってくださいよ。ふたりでひそひそ話ばかりして。ぼくも交ぜてください」

智香は一度も振りむかずに、春の夜の空気をやわらかに切りすすんだ。

啓が予約したのは、一軒家のイタリアンだった。

ドアを開けてくれたのは金髪のウエイターで、やはりこういう店では外国人にサービスされるほうが気分は盛りあがるものだ。フロアは半分ほど埋まっている。ウエイターに案内されたのは、奥の個室だった。さすがに人気女優のマネージャーをしているだけあって、啓に手抜かりはなかった。中央に長い木製のテーブルがひとつ、左右の壁にはテーブルと同じくらいの長さの鏡が張ってある。テーブルには手づくりの太いキャンドルが三本灯《とも》っていた。沙都子がにこりと微笑んでいった。

「誰もこないから、心配しちゃった。遅かったね、智香ちゃん」

ペイズリー模様の薄手のワンピースで、胸元は深く切れこんでいる。沙都子も気合がはいっているのかもしれない。女優の西田ぁずさに負けないくらいきれいな人だから、啓に本気になられると困ってしまう。ここはやはり早矢人にがんばってもらわないと。

「沙都子先輩、ごめんね。一度うちに帰っていたから」

智香のセットされた髪と、会社に着ていくことのないドレス姿に気づいたようである。

「ああ、そういうことなんだ。ちょっといい？」

沙都子は座ったまま、智香を手招きした。

「今日の合コンは力がはいってるんだね。相手はそこの人？ ワイルドな感じで悪くないじゃない。角度によってはジョニー・デップに似てるかも」

そういう沙都子の視線の先には、くたくたのカーディガンの池本がぼんやりと立っていた。智香はあわてて手を振った。声を殺していう。

「違いますよ。あれはただ無精ひげが伸びてるだけでしょう。わたしのお目当てはまだきてません」

早矢人が朗らかに声をかけてきた。百パーセントの笑顔で、好青年を気どっている。だいぶ無理があるけれど、まあいいだろう。

「女性陣が奥側で、男はこっちでいいですよね。じゃあ、ぼくは美人の正面に座らせてもらおうかな。お久しぶりです、沙都子さん」

　智香は端の椅子に腰かけた。女性は三人だが、中央の席はあずさのために空けておかなければならない。同じように男性側の中央は啓の位置だから、嫌でも智香の正面は池本ということになる。智香はなるべく正面を見ないようにして、ひたすら新しい王子の到着を待っていた。


　五十嵐啓と西田あずさがやってきたのは、十五分後のことだった。

　あずさはスキニージーンズに黒いたっぷりとしたセーターで黒いニットキャップをかぶっていた。完全に芸能人の気配を消しているので、アイドル女優にはとても見えなかった。

「遅くなってすみません。秋のドラマの打ちあわせが延びてしまいました」

　あいかわらず啓はいい声をしていた。最初にこの声に惹かれたのだ。沙都子が納得の表情で、智香のほうに視線を送ってくる。男の趣味がいいとほめてもらった気がして、智香は微笑んでうなずき返した。

「きゃー、智香さん。久しぶり」

　あずさがテーブルをまわって駆けてきて、両腕を広げた。なんだか外国人のようなハグだった。智香は芸能界じみたオーバージェスチャーが苦手である。

「久しぶり、あずさちゃん。元気だった？」

あずさは質問にはこたえずに、じっと沙都子を見つめている。五十嵐の言葉を思いだした。若い女優ははまるといい演技をするのだが、精神的にはひどく臆病で不安定、その場に新顔がいるだけで異様に緊張するという。

「沙都子先輩は、わたしのハウスメイトで、すごくいい人だから、心配ないよ。男性が三人になったから、無理いってきてもらったの。ほら、合コンって男女の数があってないといけないでしょう」

あずさがぴょんとその場で跳びあがった。

「えー、今夜は合コンだったんですね。わたし、これが人生初合コンかもしれない。やったー」

顔や身体は大人びてひどくセクシーなのに、若い女優は無邪気な子どものようなことをいった。この落差にやられる男子は多いことだろう。幹事役の早矢人が、そつなくシャンパンのボトルを注文した。前菜が運ばれてくる。智香は池本を無視して、ななめ前方の啓と話すことが多かった。

「五十嵐さん、お仕事のほうはどうですか」

シャンパンのフルートグラスをおいて、啓がうなずいた。

「おかげさまで好調です。人気の波というのは不思議なものですね。最初は押しても引いても動く気配もないのに、一度火がつくと恐ろしい勢いで押し寄せてくる。あずさは今、その最初の波にのったところです」

芸能の世界にはあまり関心のない智香だが、啓の言葉をきいているのは心地よかった。横から邪魔者の池本が口をはさんだ。

「最初ということは、そのあと第二、第三の波もくるんですか」

啓は正面に座るあずさを、父親のような目で見た。あずさは沙都子と春もののファッションの話をしている。

「そうですね、大女優といわれるような人には二度目、三度目がきます。でも、普通は最初の波をつかむだけでも、すごくたいへんで、二度目がこない人のほうが多いんじゃないかな。今あずさにはだいぶ無理をしてもらっているけど、それもほんもののおおきな女優になってもらいたいからです」

マネージャーとしては育てがいのあるタレントだろう。ほとんどの若い女優志望者は誰にもしられず消えてしまう世界なのだ。智香は話題を変えた。だいたいあずさに興味はなかった。担当する女優ではなく、啓の話がききたいのだ。

「五十嵐さんは、どうして芸能事務所にはいろうと思ったんですか」

年上の男が急に顔を赤らめた。

「いや、おはずかしい話なんですが、ぼくは大学時代は演劇部にいたんです。役者として舞台を踏んでいました」

このルックスに、この声があるのだ。智香は素直に思ったままをいった。

「女性からは人気があったんじゃないですか」

啓は半分に減った自分のグラスを見つめたままいった。

「そうですね。おっかけらしき人も、いくらかいたかな。でも、しばらく芝居をしているうちにわかったんです。自分にはそれほどの才能はない。芝居の世界には化けものみたいな人がごろごろしていますから。ぼくは中途半端だったんです」

智香は引きこまれてきいていたが、それよりも身体をのりだしていたのは無精ひげのコピーライターだった。

「卒業のとき、シューカツはしなかったんですか」

啓は自嘲《じちょう》するようにため息をついた。

「そうですね。役者として、さして才能はないんだけど、かんたんに辞めることもできなくて、卒業後も二年くらい舞台にかかわっていました。そのころ、うちの事務所のうえの人間に声をかけられたんです。ちょっと人手が足りないから、手伝ってくれないかって。ぼくとしては役者は駄目でも、舞台には一生かかわっていきたかったから、幸運でした」

池本がいった。

「五十嵐さんはモデル並みの外見だし、俳優としてもいけたんじゃないですか」

首を横に振って、啓が正面をむいた。

「こたえはかんたんです。あずさを見てください」

若い女優は手をたたき、驚いた顔をして、顔を崩して笑っていた。自然に振る舞っているのに、どの表情にも目を離せないほどの魅力があった。

「人の目を惹きつける動物磁気みたいな力。一流の俳優にはみな、それがあります。でも、その力は努力とか演技の勉強では、どうにもならないものなんです。もっている人は、それがなんなのかしらずにただもっている。もっていない人は、どれほど努力しても手にいれられない。どんな仕事でも才能というのは残酷なものです」

智香はうっとりといい男のいい声をきいていた。飛び抜けた才能と、普通に暮らして幸福になる才能が、なかなか両立しないことは、数々の芸術家が証明している。仮に啓が売れっ子の俳優だったら、智香はこんなふうに近づきたいとは思わなかっただろう。

「なんだか、ぼくとよく似てるところがあるなあ」

そういったのは失礼な男、池本だった。こんな不潔でセンスのないやつと啓のどこが似ているのだ。皮肉のひとつもいってやろうと思ったが、先に啓が質問していた。

「池本さんも、なにかをあきらめた経験があるんですか」

池本は無精ひげの浮いたあごをなでていった。

「ぼくの場合は、小説です。大学も文学部だったし、作家になりたかったけど、そんな力はないし、それでも言葉をつかう仕事がしたくて、代理店に潜りこんでコピーライターになりました。五十嵐さんとはひとつ違うところがあるけど」

年下の男がいいにくそうにしていた。智香は冷たい声を投げた。

「もったいぶらないで、さっさといいなさいよ。池本くんには、ほかに夢があるの」

ちらりと池本が智香を見た。真剣な目で、気《け》おされるような力がある。この人はこんな表情をするのだ。智香はちょっとだけ池本を見直した。

「ぼくはまだあきらめていないんです。会社には秘密だけど、今も一年に一本新作を書いて、新人賞に応募しています」

啓がいった。

「へえ、それはすごいな。これまでの結果はどうなの」

「五回応募して、一次選考までが二回、二次選考が二回、去年のやつは最終選考まで残りました。千二百二十七本のうちのベストファイブです」

ちょっと啓のとなりで胸を張っているのが嫌味だったが、確かにそれならなかなかの戦績だった。啓がいった。

「それはほんとうにすごいね。じゃあ、いつか池本さんの本がベストセラーになったら、あずさを主演で映像化しましょう。約束ですよ。作家の先生になっても、今夜のことは忘れないでくださいね」

罪のないお世辞だったけれど、池本は心底うれしそうだった。啓には自分の果たせなかった夢をあずさといっしょに実現する目標があった。池本さえ、作家になって、自分の本を出版する夢がある。自分にはなにがあるのだろう。そう考えると、急に今の自分にもの足りなくなってきた。

都心の大手自動車メーカーで働いている。仕事は厳しいが、おしゃれをたのしむ余裕もあるし、親戚から借りた一軒家の住み心地は良好だ。週末には合コンの予定がぎっしり詰まっていて、この春は五十嵐啓という素敵な異性とも出会うことができた。でも、仕事をして、着飾って、いい男と恋をしているだけで、ほんとうに自分はいいのだろうか。今から五年後、自分は人に語れるような未来のプランをもっているだろうか。

そんなふうに思うと、急に目のまえのシャンパンのグラスが空しくなってきた。ぬるくなった薄い黄金色の液体のなかで、細かな泡がぷつぷつと途切れながら生まれては消えていく。人の一生だって、きっとこの泡と変わらないのだ。なにもせずにぼんやりしていたら、一瞬で弾けてしまうだろう。智香はいきなり肩をたたかれた。

「どうしたんですか、智香さん。なんだか今、たそがれてましたよ」

女優として抜群の素質をもつあずさのひと言だった。この若さと美貌と無邪気さ。人間というのは決して公平、平等につくられた生きものではない。

「ねえ、あずさちゃんには夢はあるの」

あずさが顔を赤らめた。

「ほんとのことをいっちゃっていいのかなあ。わたしは三十歳までに、芸能界ではなくて普通の世界の人と結婚して、幸せに暮らすのが夢なの」

マネージャーの啓がじっとあずさを見つめていた。

「お芝居の仕事はどうするの」

「きっぱり辞める。わたし、なんだかこういう世界にむいてないみたいな気がするんだ」

皮肉なことに自分には決してなれない誰かにあこがれるのが、人間なのかもしれなかった。あずさのようにスクリーンやテレビのなかで輝けるなら、命を引き換えにしてもいいという若い女性は無数にいることだろう。けれど、当人はまるで自分の生きかたに納得していないのだ。

啓が肩をすくめて、智香にいった。

「あずさもこれからだんだんとわかってくると思います。自分がいかに恵まれているかってことを。でも、力とか才能っていうのは、同時に呪いみたいなものだから」

あずさがちいさく叫んだ。

「五十嵐さんはいつもそういう怖いことというからダメ。呪いって、サダコみたいなやつでしょう。あずさ、怖い」

震えるあずさを見て、みんなが笑った。けれど、ある特殊な力を振るい続けるのは、呪いとまではいわなくても、やはり人の精神や運命を歪《ゆが》めるのではないか。智香はそんなことを思って、となりに座る若い女優を眺めた。この子が今から八年後、自分の年になったとき、どんな夢を語るのだろう。そのときも普通の会社員と結婚したがっているだろうか。智香は切ないような気分で、あずさから啓に視線を動かした。目があった瞬間にぱちりと音がして、年上の男と心がつながった気がした。

啓も智香と同じようにあずさのゆくすえを気にかけている。同時に得がたい才能を評価し、愛しく思ってもいる。少女のようなあずさを守ってやりたいし、どこまでも資質を伸ばしてあげたい。視線がつながっただけで、そこまではっきりとわかった。心は不思議なものだった。ちいさな瞳の奥から、ときに洪水のようにあふれだすことがある。

智香と反対側の席では、早矢人と沙都子の話が盛りあがっているようだった。早矢人は三本目のシャンパンボトルを注文して、智香にいった。

「姫、おれ、今度沙都子さんと映画観にいくことになったから」

智香は笑って手を振った。

「どうぞ、ご自由に。うちは門限ないから、遅くなっていいよ」

啓がテーブルで両手を組んでいた。じっと智香を見つめてくる。空や海のように深い男の瞳だった。

「今度、ぼくたちも芝居でも観にいきませんか」

身体のなかが熱くなりそうな誘いだった。智香が返事をするまえに、池本とあずさがいった。

「わたしもいく」

「だったら、ぼくも」

智香はテーブルをたたいて叫んだ。

「あなたたちはダメ。最初は五十嵐さんとわたしだけでいくんだからね」

啓に目をやると、また心がつながった気がした。男はうなずきながら、ほほえみかけてくれた。そのとき、智香はほんとうの意味で恋に落ちたのかもしれない。

18

打ちあげから二週間後、智香は初めてふたりきりのデートにこぎつけた。

相手は女優・西田あずさのマネージャー・五十嵐啓だ。啓とはあの夜以来、毎日朝と夜二度ずつメールを交換する間柄になっていた。多くは日々の出来事を報告するだけの内容だったけれど、仕事で落ちこんだときや体調が悪いときなど、啓のメールがどれだけ智香を勇気づけてくれたかわからなかった。智香は目のまわるようないそがしさでも、律儀に毎回メールを返してくれる啓に感謝していた。

初デートは日曜日の正午、啓が恵比寿の家まで迎えにきてくれるという。智香は二階にある自分の部屋の窓辺に立っていた。二十分前に外出の準備を終えたが、そわそわと気分が落ち着かない。メイクはしっかりと一時間かけて念いりにおこなった。服は春もののワンピースで、ちょっと高いと思ったけれど、このデートのために新調したものだ。かかとにクリスタルが張られたピンクのパンプスも、いっしょに買ったものだった。シャワーもすませているし、ついでにいえばブラとショーツもしっかりと勝負のための新作だ。

窓のしたに白い自動車がとまった。

ボディの中央には屋根を貫いて、二本濃紺のストライプが走っている。レーシングストライプだ。啓は自動車が好きなのだろう。十年以上昔のフォード・マスタングだった。啓がレザーのブルゾン姿で、自動車をおりてきた。智香が窓を開けて声をかけようとしたところで、となりの彩野の部屋の窓から歓声がきこえた。

「わー、このまえのよりいいじゃない」

彩野のまったく遠慮のない声が飛んだ。前回ここにきたといえば、若い保育士にさっさとつかまって婚約した高瀬紀之だろう。初デートのまえに、嫌なことを思いださせてくれる。妊娠中の結有も叫んでいた。

「ほんとだ。カッコいい。先輩はけっこう面くいですねー」

どうりで家のなかが静かなはずだった。ハウスシェアをしている悪友たちは、彩野の部屋に集合して、啓が到着するのを監視していたに違いない。

「五十嵐さん、久しぶり、うちの智香をよろしくお願いします」

普段なら落ち着いている沙都子まで、どこか声が華やいでいた。智香は窓を開けて、にらみつけた。となりの窓枠からこぼれそうに三人が顔をのぞかせている。みな、けっこう美人だ。智香は女性だが、自分よりきれいな人が好きだった。

「ちょっとみんな、なにその出迎えは。余計なことはいわなくていいんだからね。すみません、五十嵐さん、すぐにおります」

智香が窓を閉め、バッグを手にしたとき、彩野の声がきこえた。

「五十嵐さん、今夜はいくら遅くなってもいいですからね」

結有が続けた。

「朝帰りだっていいですよー」

みんななにをいってるのだろう。つぎからは家に迎えにきてもらうのは、絶対にやめよう。智香は新しいパンプスに足先をとおすとドアを開け、春の日曜日に飛びだした。


首都高速は快適に流れていた。自動車は海の見える高架線を横浜にむかっている。智香は初めてのるアメリカ製のクルマのなかを見まわしていた。自動車メーカーで働くだけあって、内装にもメカにも興味津々だ。

「このクルマのエンジン、V8ですよね」

どろどろと重いエンジン音が車内に響いていた。啓がちらりとこちらをむいていった。

「そうですよ。さすがに岡部さんは、自動車にくわしいな。このクルマにのった女性でエンジンの型式をあてた人は初めてです」

苗字を呼ばれて、智香はすこしがっかりした。思い切っていってみる。

「あの、もうしたの名前で呼んでくれませんか」

じっと啓の横顔を見ていた。かすかに頬を赤らめたようだ。

「じゃあ、智香さん」

さんづけの距離感が淋しい。

「呼び捨てでいいです」

「それじゃ、智香……さん。やっぱり急にしたの名前で呼ぶのは、はずかしいな」

それくらいにしておいてあげようと、智香は思った。つきあっている相手から、あまり大切にあつかわれるのは好みではない。ぐいぐいと多少荒っぽいくらいに引っ張ってくれる人が、智香は好きだった。話題を変えてみる。

「そういえば、あのキャンペーン大成功でした。あずさちゃんにも、啓さんにもお世話になりました」

ふたりが出会ったきっかけのCFは、毎日数十回はオンエアされている。テレビで見ない日はなかった。智香は若い女優の笑顔を見るたびに、啓のことを思いだした。うれしいことに新しい小型ハイブリッドカーは大ヒットして、新車販売のトップを快走している。

「いや、こちらこそありがとう。キャンペーンの第二弾の制作も、あずさで決まったんだよね。うちにとってもありがたい話だよ」

以前、啓にきいたことがあった。CFの契約料は、事務所とタレントで50対50の折半になるという。あずさの正確なCF出演料はしらないけれど、二日間の撮影で数千万円にはなる。芸能プロダクションとしては、確かにありがたいことだろう。

「わたしがうれしいのは、今回の仕事にかかわった人がみんなハッピーになってることかな」

ゆるやかな右カーブにさしかかった。このまま遠心力に身体をあずけて、啓の肩にもたれてしまいたかった。

「へえ、そうなんだ」

「このまえののみ会でいっしょだった早矢人と沙都子先輩が、つきあい始めたんです。代理店だからかな、さすがに手が早くて、もう二回デートしたっていってました」

「ふーん、あのふたりがね。そういえば、ずっとふたりだけで話していた気がするな」

「ええ、早矢人は以前から沙都子先輩のこと気にいっていたんですけど、わたしのほうで紹介するの断ってたんです」

自動車にのって、同じ方向をむいたまま話しているのが、智香は好きだった。新しい景色があらわれては、つぎつぎと後方へ流れていく。相対するのではなく、同じものを見ながら走る。なんだかいっしょに生きている感じがするのだ。

「どうして、黒谷さんは悪くないと思ったけど」

「学生時代から、けっこう手が早くて、有名だったんです。それで、すぐに別れる」

啓が笑い声をあげた。いい声だ。智香は質問した。

「啓さんは、そんなことなかったんですか。お芝居やっていたんですよね」

学生演劇で舞台を踏んでいた話はのみ会できいていた。啓は笑いながらいった。

「ぼくのまわりにも、ひどい男はたくさんいたよ。女の子をティッシュみたいにつかい捨てにするタイプ。芝居なんて、まともな神経ではできないからね。ぼくはそのせいもあって、劇団やめたのかもしれないなあ。むちゃくちゃをやり続ける勇気がなかったから」

それなら案外、安心かもしれない。啓のようなルックスで芸能関係の仕事をしていて、仕事のできるマネージャーなら、いくらでも女性は寄ってくることだろう。

「啓さんに勇気がなくてよかったかな。俳優さんだったら、こうして助手席にのってないと思う」

「そうなんだ。じゃあ、ぼくの臆病さに感謝しないといけないな」

このままどこまでも高速道路を走れたらいいのに。一日中走って、誰も自分たちのことをしらない遠くの街にいくのだ。智香は白いセンターラインの遥か先を見つめていた。横浜の市街地におりる出口が見えてきた。古いアメリカの自動車は、下り坂を重々しく駆けおりていった。


遅いランチは山下公園を見おろすイタリアンだった。

高層ビルの最上階にあるので、横浜港の遠くまで見晴らすことができた。春の空は白い絵の具を混ぜたようにあたたかく濁っている。好きな男と見る海辺の景色は素晴らしかった。料理の味はよくわからなかったけれど、店の雰囲気は最高だ。

なぜこれほど話をすることがあるのだろう。おたがいの過去を埋めるだけで、時間は飛ぶようにすぎていく。啓の話に笑ってあいづちを打ちながら、智香は恋愛の不思議を考えていた。これまでも何度か恋をしたことがある。そのたびに新鮮で、相手のことを無限に深くしりたくなるのはなぜだろうか。男という生きものは不思議だった。いくら話をしても、抱きあっても、最後のところは決してわからないのだ。

昼食を終えたあとは、山下公園から元町をゆっくりと散歩した。啓は学生時代に横浜で下宿していたらしく、ハイカラな港町に詳しかった。元町商店街の裏路地にある地元の人間しかいかないカフェや、おいしいパン屋を教えてくれる。

たのしい時間が流れるのは、またたく間だった。ゆるやかな坂道をのぼり、港の見える丘公園にやってくると、夕焼けが西の空で燃えていた。そのころには智香は啓と手をつないで歩いていた。男の手はおおきく、がっしりしていて、あたたかかった。

横浜の市街地を見おろすテラスの端に、ふたりはならんで立った。智香は啓の肩に頭をもたせかけていた。男が息を吐いて、吸う音が耳元できこえる。

「智香……」

名前を呼ばれたあとで、啓はなにかいったようだった。智香にはまったく聞こえなかった。同時にあごの先をつままれて、顔をうえにむけられたからである。啓の男らしい目鼻立ちが、アップになって近づいてきた。唇がふれる直前に、智香はうっとりと目を閉じた。

最初は乾いた唇同士がふれるだけの浅いキスだった。小鳥がついばむように二、三度それが続くと、啓が舌を伸ばして、智香の唇の輪郭をそっとなぞってきた。唇に電気が走ったようだ。思わず智香も舌をだして、啓の舌にふれた。また電気が流れる。舌でふれる舌は、驚くようななめらかさだ。

キスを終えると啓は、智香の肩を強く抱いた。

「これから、いいかな」

なにがいいのかわからないが、智香は黙ってうなずいた。胸が痛いほどはずんで、まだ唇がしびれている。

「山下町に友達が働いているホテルがあるんだ。そこなら、すぐに部屋がとれる」

智香も覚悟はしていた。もう二十代も最後の年だ。今さらはずかしがることも、惜しむこともなかった。

「うん、わかった」

啓は智香の手を放すと、数メートル離れて携帯電話を開いた。声を殺して、友人となにか話している。智香は眼下に広がる春のおだやかな港を眺めていた。この街を最初のデートの場所に決めたのも、そのホテルがあるせいなのだろう。誘いかたがあまりにストレートすぎて余韻に欠けるけれど、変にだらだらと迷っているよりはましだ。

ホテルは山下公園のむかいにある由緒ある建物だった。ロビーは広く、啓がフロントでチェックインをすませるあいだ、智香はフロントから見えない柱のかげのソファに座り、はやる心をあつかいかねていた。

自分の過去を思いだしてみる。高校でも何人かとつきあったけれど、最後の一線を越えることはなかった。今考えるとばからしい話だけれど、セックスをするとバカになるという噂が怖くて、大学受験を終えるまではヴァージンでいようと思っていたのだ。大学一年の秋に当時のボーイフレンドと初めてそういうことをして、智香は大人の世界はすごいものだと思った。誰もがこんなことをして、涼しい顔で日常生活を送っているのだ。そのころは電車にのりあわせた人や、テレビの出演者を見ては、この人も必ずセックスをしているのだと思った。自分も同じ大人の秘密を分けあえて、うれしかったことを覚えている。あれから十年とすこしで、いろいろな男性と身体を重ねてきた。人数にこだわることはないけれど、片手は超えるが両手には足りない数だ。

啓がその一連の男たちの最後のひとりになるのだろうか。智香はその日の朝、ていねいに塗った桜色のマニキュアを見つめながら、こたえようのない質問を頭のなかで繰り返していた。

部屋は飾り気のないごく普通のツインルームだった。ただし窓が二面についていて、カーテンを開けると、横浜の海とみなとみらいの遊園地を一枚の絵のように望むことができた。夕暮れが迫った遊園地のイルミネーションが妙に鮮やかだ。この部屋のエクストラチャージは、啓の友人のサービスだという。

窓辺に立つ智香を啓がうしろから抱き締めてきた。胸にはふれずに、腰にまわした手をお腹のまえで重ねている。智香は腹筋に力をいれて、お腹をへこませていた。二十九歳の女性なら、誰でもそこそこお腹はでるものだ。けれど、まだベッドをともにするまえに、太っていると思われるのは嫌だ。

「おたがいまだ相手のことをよくしらないのに、大人って怖いね」

智香が漏らしたのは本心である。この人を好きだという確信はあるけれど、久しぶりのセックスの吸引力には恐ろしいものがあった。

「うん、ほんと。これからゆっくりしりあっていけばいいんじゃないかな」

またあごをつままれて、顔をうしろにむかされた。苦しい体勢でキスをしていると、頭がしびれてくる。啓の手がワンピースの胸にかかった。ちょっと力が強すぎて、乳房が痛かった。唇を離していった。

「やさしくしてね」

男の手から力が抜けたが、まだすこしさわりかたが強い。

「どうする、智香、先にシャワーを浴びてくる?」

「うん」

智香は胸にふれる男の手を引きはがして、シャワールームにむかった。


ベッドのなかの啓は、普段とはまったく違う人だった。

抱き締める腕の力が強い。胸をほぐすてのひらの力が強い。乳首をつまむ指先の力も強い。つながったあとも、百メートルを全力疾走するような激しさで、腰を動かしていた。それなりに快感はあったけれど、余裕のなさと激しさばかりが身体に刻まれていくようだ。

仕事のときの細やかな気配りやなにげない会話で見せるセンスのよさ、繊細な感受性はベッドではまったく感じられなかった。自分本位に嵐のように動き続け、智香が満足するまえに、かなりおおきな声をあげて達してしまう。ここはラブホテルではなく、普通のホテルだ。そんな声をだしてだいじょうぶだろうか。智香のほうが心配になるくらいだった。

啓はクライマックスに達すると、さっと身体を離し、自分だけティッシュをつかった。はあはあと荒い息をして、天井を見あげている。智香はこれはどういうことだろうかと、信じられない気もちだった。

「わたしにもティッシュとってくれる」

「ああ、悪い」

自分の身体をぬぐいながら、奥に残ったままのちいさな炎を感じないわけにはいかなかった。啓は片方のひじをついて、満面の笑みでいった。

「すごく久しぶりで、緊張したよ。智香はだいじょうぶだった?」

なにがだいじょうぶなのだろうか。返事のしようがない。ティッシュを手のなかで丸めながらいった。

「うん、だいじょうぶ」

智香が考えていたのはまったく別なことである。初めての相手のときというのは、いつもこんなものだっただろうか。あたたかな手づくりのご馳走を期待して、冷めたファストフードでもだされたような気分だ。

「智香とは長く続くといいなあ。ぼくはいつもなぜか女の子とあまり続かないんだよね」

啓が無邪気に笑っていた。

「ちょっとシャワー浴びてくる」

まだことが終わって、二分とたっていなかった。驚いて智香はいった。

「いつもそんなにすぐにシャワー浴びるの」

「うん、だって汗もかくし、いろいろ濡れるし、気もち悪くないか。ぼくのあとできみもシャワー浴びたら」

きれいに逆三角形を描く裸の背中を見せつけながら、啓がバスルームにむかった。水音がきこえる。男が上機嫌で鼻歌をうたっている。あれは確か西田あずさのデビュー曲だろう。

「あーあ」

智香は自分でもびっくりするほど、おおきな嘆息を漏らしていた。短い駆け抜けるようなセックスのあとで、九十秒後にシャワーを浴びにいく男。毎回こんな調子で続くのだろうか。なんだか自分の身体が不潔だといわれている気分だった。

港の見える丘公園までの、ふわふわした砂糖菓子のような恋心はどこにいってしまったのだろうか。早くひとりになって、考えてみたかった。これからずっとつきあいを続けていけば、肉体の相性は改善されるものだろうか。智香は先ほどまでとはまったく別な気もちで、シャワーの音をきいていた。水音にさえ好き嫌いがある。なんだか泡だらけで全身を磨いている啓が見えた気がして、智香は目を閉じた。

恵比寿ガーデンプレイスが近づいていた。

休日なので、夜のタワーは半分も明かりがついていなかった。淋しい廃墟の塔のようだ。家のまえにマスタングをとめると啓がいった。

「今日はありがとう。ほんとうにたのしかった」

智香も礼儀ただしく返答した。

「こちらこそ、ありがとう」

啓は残念そうにいった。

「来週の日曜日も智香と会いたいけど、あずさのテレビ収録があって、九州にいかなくちゃならないんだ。ごめんね。埋めあわせはちゃんとするから」

「うん、だいじょうぶだよ。またメールするね」

智香は車のドアノブに手をかけた。

「ちょっと待って」

啓が手を伸ばして抱き寄せてくる。唇をふれるだけのキスになった。智香が口を開かなかったからだ。

「おやすみ、今夜はなんだかいい夢が見られそうだな」

「うん、おやすみ」

智香は玄関先に立って、遠ざかっていくテールライトを見送った。目のなかでうるうると揺れたライトが頰をすべり落ちていく。自分は今キスのとき、口を開くのが嫌だった。結ばれたばかりで、啓から来週会えないといわれて、逆に安心していた。いったいなにを間違えてしまったのだろうか。

智香は両目にたまった涙を指先でぬぐうと、自分の家に帰っていった。

19

五十嵐啓との初デートの翌日、智香は昼近くまで自分のベッドでごろごろしていた。三連休でよかった。目が覚めたときから、雨の音がきこえる。湿った暗い休日だ。智香はのども渇いたし、お腹もひどく空いていたが、部屋をでる気分になれなかった。女友達四人で一軒の家をシェアするのは、たのしいことも多かったけれど、気分が沈むとなにかと面倒でもある。

智香は啓と最初のデートで、あっさりと身体を重ねた。

もう二十九歳だし、ヴァージンではなかった。セックスをもったいぶるつもりなどないし、自分を安く売ったつもりもない。男と同じように女にだって、生物としての欲望がある。それが当然だと智香は考えていた。

経験上、何度か慎重にデートを重ねてからセックスするよりも、流れやフィーリングを重視して、あまり考えずに最初からセックスしたほうが、そのあとでうまくいくことが多かったのは事実である。

そこで予期せぬ問題が起きてしまった。

啓とのセックスの相性がまったくといっていいほど、よくなかったのだ。

智香は多くの若い女性と同じように、素敵な恋愛や結婚にあこがれている。啓は顔立ちも、声質も、胸の厚みや腕の太さといった身体のバランスも、智香の好みのどまんなかだった。仕事も優秀だし、たぶん収入ももうし分ないだろう。性格だって、話をしている分には素晴らしい。

けれど、セックスがぜんぜんよくないのだ。

なにより気になったのは、バツイチで智香より六歳も年上のくせに、ぜんぜんベッドでは智香のことを見てくれなかったことである。こちらの反応など気にもかけずに、自分の好きなように動く。そのどれもが強すぎるか、速すぎるか、深すぎるのだ。なぜ、あの人は普段あんなに素敵なのに、ベッドではあれほど雑になってしまうのだろう。

ほんとうに男というのは、わからないものだ。

「あー、もう……」

智香が叫んで寝返りを打ったときだった。

「ねえ、お茶いれたんだけど、のまない」

彩野の声だった。

さすがに大学時代から十年を超えるつきあいなので、智香のタイミングをわかっているようだ。寝室のドアのむこうから心配そうにいった。

「もうお昼すぎなのに、ぜんぜん起きてこないから、どうしたのかなと思って。顔だしたくないなら、ここにおいておく。いれたてのロイヤルミルクティだよ。あったかなうちにのんでね」

「彩野、待って」

智香はベッドから起きあがった。廊下でスリッパのとまる音がする。

「はいっていいよ。話があるんだ」

ドアが開くと、すっぴんの彩野がマグカップを手にやってきた。室内着はもこもこのタオル地のワンピースだ。背の高い彩野には淡いブルーのシンプルなデザインがよく似あっていた。

「はい、紅茶」

マグカップを手わたすと、彩野はベッドサイドに座りこんだ。興味津々のにやけた笑顔である。眉がまったくないので、ヤンキーみたいだ。

「どうしたの、智香？　昨日のデートで、起きられないくらいがんばりすぎたとか」

友達思いと同時に、学生時代から恋のゴシップが大好きな彩野である。智香はどこまで話すか迷って、ミルクティをひと口のんだ。甘くてまろやかだ。砂糖の代わりにハチミツがはいっていた。

「……そんなんじゃないよ」

智香の浮かない顔色を読んで、彩野の好奇心に火がついたようだ。

「五十嵐さんとの初デートは、どうだったの。智香、最後までいったんでしょう」

智香と彩野はこの十年間、相手が寝た男はゆきずりの人以外は、おたがいすべてしっている。智香は両手でカップをもって、しかたなくうなずいた。

「まあね」

彩野がベッドに身体をのりだしてくる。

「で、どうだったの。あの人、よかった？」

できることなら昨日のこの時間からやり直したいくらいだった。もう一度デートできるなら、きっと港の見えるコーナールームにはいかなかっただろう。そうすればこんなに複雑な気分になることもなかった。智香の寝室は雨の音でいっぱいだった。春の雨はやわらかなだけに、しつこい。すべてを濡らして、どんなに細かなすき間にも、染みとおってくる。

「ぜんぜんよくなかった」

声がすこしおおきくなってしまった。彩野が驚いて、身体を引いた。

「そういうことかあ」

「ねえ、彩野、きいてよ」

彩野が骨ばった手をあげて、智香を制した。

「ちょっと待った。そんなにおいしい話なら、わたしひとりじゃもったいないよ。今日はお天気も悪いし、みんなうちにいるんだよね。夕方から早めに家のみにしない」

前回は確か去年の十二月だった。女四人の家のみは、午後五時から始まって、終わったのが深夜の二時すぎだった。智香はつぎの日、二日酔いで頭が痛くて困った覚えがある。でも、今回は特別だ。啓との問題は、誰かに話さなければ収まりがつかなかった。

「わかった。じゃあ、みんなに招集かけて」

「うわー、たのしみだなあ。久しぶりに智香の悲惨な恋の話がきける」

これまでは智香よりも、彩野の不幸話が多かった。身長が百七十五センチあって、きつめの顔立ちの彩野はSに勘違いされることがほとんどだった。M男たちとのすれ違いにはおおいに笑わせてもらったものだ。その彩野も、あのチビのS男と婚約してしまった。なぜ結婚が決まると、友達を遠くに感じるのだろうか。

智香はベッドをでて、パジャマを脱ぎ、一昨日はいたジーンズに足をとおした。

家のみでは、ひとり一品の手料理が決まりである。アルコールは各自好きなものをもちよる。智香はその夕、肉を焼いた。近くのスーパーでオーストラリア産の牛ヒレ肉が安かったのだ。ステーキは智香の得意料理だった。中火のフライパンでニンニクといっしょにしっかりと焦げ目がつくほど焼き、残った肉汁にバターと醤油と日本酒を適当に加える。すこし煮詰めたら、立派なステーキソースの出来あがりだ。

彩野は春キャベツと桜エビのパスタで、結有は適当な洋野菜をちぎったサラダだった。アンチョビいりのドレッシングが、手でしっかりともみこんである。沙都子は蒸し魚をつくった。金目鯛に塩コショウして、香味野菜を見えなくなるくらいのせ、最後に老酒を振りかける。あとは鍋にふたをして、オーブンで二十分だ。

最初の乾杯が始まったのは、午後五時半近く。よっつのフルートグラスには、沙都子がおごってくれたシャンパンが泡を立てている。

「じゃあ、智香の初デートに乾杯。あと結有ちゃんに元気な赤ちゃんが生まれますように」

彩野の乾杯の言葉に、沙都子がつけたした。

「あら、彩野ちゃんの結婚もおめでとうでしょう」

人の幸福など見たくもない。智香はさばさばといった。

「はいはい、乾杯」

みんなでグラスをあわせた。あちこちでガラスの澄んだ音がして、のどをぷつぷつと弾けながらシャンパンが落ちていく。女だけののみ会は悪くないものだった。智香はいった。

「ねえ、結有ちゃん、妊娠中なのにアルコールなんて、だいじょうぶなの」

結有は平気な顔でシャンパンをのんでいた。

「うん、もう安定期だしすこしくらいならだいじょうぶ。まあ、ちょっとはのまなきゃシングルマザーなんてやってられないよ」

小柄でアイドルのようにとがったあごをした結有がこの四人のなかでは、一番の肉食である。くい散らした男は数しれない。酒も一番強かった。彩野が智香にウインクしていった。

「智香によるとね、昨日の五十嵐さん、セックスがぜんぜんあわなかったんだって」

結有があっさりいった。

「じゃあ、ダメだね」

沙都子が両手をあげていった。

「ちょっと待って。ちゃんと智香ちゃんの話をきいてから考えましょうよ」

三人の同居人の視線がいっせいに自分に集まってきた。このメンバーのあいだでは、かなりきわどい話も普通にしていた。だいたい男同士よりも女だけのほうが、下半身の話はハードでヘビーになるものだ。

「山下公園を見おろすホテルにはいったところまではよかったんだ。ホテルに彼の友達が勤めていて、角部屋をとってくれたの」

「きゃー、素敵」

彩野が悲鳴をあげた。智香はそれから啓のセックスについて、詳細に語った。もうアルコールもはいっているし、隠すこともない。それに話すことが無神経な男への復讐でもあるようで、どこか痛快だった。

強く荒っぽい愛撫。女性への感受性と想像力のなさ。自分だけ満足して、汚いものでも抱いていたかのように、終わるとさっと身体を離したこと。ものの九十秒でシャワーを浴びにいってしまったこと。時間はキスをしてから、男がシャワーをすませるまで十五分くらい。すべてを赤裸々に語った。

智香が話し終えると、三人は黙りこんでしまった。ため息をついて、沙都子がいった。

「五十嵐さんのバツイチも、それじゃあやむを得なかったのかもしれないなあ」

彩野が智香にシャンパンを注いでくれた。

「まあまあ、落ち着いて。でも、よかったんじゃないかな」

智香はシャンパンで頭を冷やした。昨日は悲しかったのに、今あらためて思いだしてみると、むらむらと腹が立ってきた。

「なにがよかったのよ」

彩野がグラスをおいて、バンザイをした。

「おー、怖い。だってさ、もっと何度もデートして、本気で好きになってから、そんなセックスされたら、絶望的じゃない。早く致命的な欠点がわかって、よかったよ」

結有はかわいい顔をして、きついことをいった。

「智香先輩、もうそんな男とは会うだけ時間の無駄だよ。そんなやつ、クズだよ、クズ」

若いというのは過激だった。智香は啓と同じバツイチの沙都子に助けを求めた。

「沙都子先輩、男と女の相性って、変わらないものなんでしょうか」

沙都子はほんのりと頬を赤く染めて、腕組みをした。

「うーん、そういうのはこたえがむずかしいなあ。わたしの経験では、最初にベッドの相性がよくない人とは、最後までダメだった」

彩野がうなずいていった。

「そうだよ。変わらないから相性っていうんでしょう」

結有も賛成のようだ。盛んにうなずいていった。

「わたしなら、二度としないな、そんなやつ」

「ちょっと待って」

沙都子が智香の焼いたステーキをとり分けながらいった。

「でもね、そうかんたんじゃないのよ。わたしのお友達で、最初はぜんぜんセックスがよくない夫婦がいたんだ。でもね、結婚して十年たって、今もラブラブなの」

結有が口をはさんだ。

「いますよね。セックスレスでも仲がいい友達夫婦」

ふふっと含み笑いをして、沙都子がいった。

「それが、そうじゃないの。ちゃんとHもしてるのよ。でね、結婚して五年目くらいから、ようやくセックスがよくなってきたんですって。それまで、ふたりで相性をよくするために、かなり努力したみたいなの。そういう話を実際にきくと、単純に一度きりのセックスで男と女の身体の相性なんてわかるのかなあって思ってしまう」

智香も考えてしまった。それほどの時間をかけて、おたがいに努力を重ねるというのは頭がさがる。彩野がいった。

「そういうカップルは相性自体がもともとそんなに悪くなかったんじゃないかな。だって、またつぎもセックスしたいって思ったわけでしょう」

沙都子も首を横にかしげている。

「そうね、そういう考えかたもできる」

結有がステーキを口に放りこんだ。厚い唇から血がこぼれた。

「わたしは絶対無理。だって、人生で五年間、イマイチのセックスでがまんしなくちゃいけないんでしょう。それなら最初から相性のいい別の相手としたほうが、断然いいもの」

智香には沙都子のいうことも、結有のいうこともよくわかった。肉食の後輩にいった。

「でもさ、愛情があるなら、その五年間地道に努力するのは、無駄な時間じゃなくたのしいことかもしれないよ。だって、だんだんと改善されていくんでしょう」

彩野がクッションを胸に抱いて、悲鳴をあげた。見当違いなことを口走る。

「なんだか、すごい話じゃない。夫婦ってものすごくやらしいよね。だってわたし、生まれてから二十九年間、五年も同じ相手とセックスしたことないもの。夫婦って、死ぬまでずっと同じ相手とHし続けるんでしょう。なんだか、あらためて考えると、びっくりしちゃう」

啓と自分のあいだで、相性の改善は可能なのだろうか。素敵な男性ではあるけれど、そもそも自分は啓に愛情を感じているのか。智香の悩みは深かった。

「ねえ、智香ちゃん、ちょっときいていい」

酔っ払った沙都子が赤い目で見つめてくる。妙に色っぽい先輩だった。

「あのね、五十嵐さんのって、問題はなかったの」

一瞬意味がわからなかった。沙都子が微笑んでいった。

「ほら、彼の男の人のもの」

さすがに元人妻だった。あっさりと男性器について質問してくる。あまりよく覚えていないけれど、手でにぎった感じでは別に問題はなさそうだった。

「うーん、そんなにちいさくも、おおきすぎもしなかったみたい。普通だったたと思う」

結有が大笑いしていった。

「わたしはいつもにぎりこぶしを重ねて、こっそりおおきさを測ってるよ。直径は口で」

彩野もだいぶ酔ったようで大笑いしている。沙都子が冷静にいった。

「じゃあ、彼のほうに肉体的なコンプレックスがあるわけじゃないのね。ほら、わきがとか、脂性とか」

智香は首を横に振った。啓の体臭は健康な大人の男性のもので、逆にいい匂いなくらいだった。体型にも欠点はない。沙都子がいった。

「自分の身体にコンプレックスがある男の人って、やたらと女に強くでたりするでしょう。そういうことは当人にしかわからないことだからね」

彩野が不思議そうにいった。

「五十嵐さんて、イケメンでしょう。仕事もできるし、天下の西田あずさのマネージャーじゃない。それなのに、なんで立ちぐいのファストフードみたいなHするのかなあ」

シャンパンがなくなって、赤ワインに切り替わった。ここからが長いのが、いつもの流れである。もう外は暗くなっているが、雨はしつこく降り続いていた。天井の高いリビングの空気も、湿ってよどんでいる。

結有が赤ワインをがぶりとのんでいった。

「わたし、思うんだけど、誰でもセックスってこういうものだっていう思いこみとかイメージがあるよね。そういうイメージが同じ人同士だと相性がいいってことになるんじゃないかな。五十嵐さんにとって、セックスってジャンクフードなんだよ」

意外な角度からの意見だった。さっと手早くすませる、腹をとりあえず満たすだけの栄養補給。確かに啓にとってセックスは短時間で、欲望を処理する手段なのかもしれない。彩野が冷めたステーキをソースに浸した。

「うーん、やっぱり智香が焼くステーキはおいしい。じゃあさ、智香はちゃんとどこかのレストランでコース料理をたべたかったんだね。ハンバーガーでなくて。そうなると、やっぱりむずかしいかもしれないなあ」

沙都子もかなり酔ってきたようだ。ワイングラスの横には、氷を浮かべたミネラルウォーターがある。

「わたしが一番気になるのは、五十嵐さんが女性に対して思いやりがないところかな。

セックスのあとですぐシャワーに駆けこむ人って、やっぱり無神経だと思う。だって汚いものみたいなあつかいじゃない。肉体的な相性は気もちとか愛情があれば、なんとか克服できるかもしれない。でも、想像力とか思いやりを男の人にもたせるっていうのは、まず絶対に無理な相談ね。女には男は変えられない。それは男にも絶対女は変えられないから、同じなんだけど」

いつもはやわらかな沙都子の目が厳しく光っていた。結有がいった。

「わー、なんだか今夜の沙都子さん、怖いなあ」

沙都子は目を光らせたまま、ゆっくりと笑った。さっきよりもっと怖い気がして、智香は目をそらしてしまった。

「わたしがまえの夫と別れたのは、それが原因だもの。自分がなんとかすれば、男が変わる。やさしくなったり、思慮深くなったり、賢くなる。そんなことは絶対ないのよ。男って牛みたいに頑固なんだから」

智香はワインをのんで、唇をすぼめた。灰でも混ぜたように重くて渋いワインだった。啓とのセックスのようだ。男を変えられない女と女を変えられない男。その対極が結びついて夫婦ができあがる。思わずひとり言がもれてしまった。

「いったいどうしたらいいのかなあ」

沙都子と結有が同時にこたえた。

「かんたんよ」

彩野が笑って、つっこんだ。

「なあに、ふたりで昔のアイドルみたいに」

沙都子が結有の頰をつついていった。

「だって、わたしたちアイドルだもんね。わたしがバツイチアイドルで、結有ちゃんが妊婦アイドル」

智香は笑いがとまらなくなった。なんだか、涙がでそうだ。腹を抱えたままいう。

「沙都子先輩、どうしたらいいんですか」

グラスをもちあげると、沙都子も赤ワインをのんで、赤い唇をすぼめた。

「うーん、これ渋すぎたかな。あのね、靴と男は最初からあったやつしか、買ったらダメなの。いい人はよくて、ダメな人は永遠にダメ。それが男の人を選ぶときの鉄則だと、わたしは思う」

結有が右手に高々とワイングラスをあげて叫んだ。グラスに天井のライトがあたり、まるで透明な松明《たいまつ》のようだ。

「大賛成。いい男はいい。それ以外は全部ダメ」

智香は彩野といっしょに腹を抱えて笑いながら、つぎの五十嵐啓とのデートをどうしようか、頭とお腹の一部で考えていた。

20

「久しぶりだったわねえ、智香、元気だった？」

テーブルのむかいに座る弓子の笑顔が信じられなかった。浩太郎との離婚話でもめたのが今年の初めだから、三カ月ほどにしかならない。それなのに、この変わりようはなんだろう。弓子は大柄のフラワープリントの華やかなワンピースを着て、髪をきれいに染め直していた。窓辺の光を浴びて、髪が明るい栗色に輝いている。

「ねえ、ママ、ちょっと髪の毛の量が増えたんじゃない？」

あのときと同じ恵比寿のカフェで、智香は別人のような弓子とむきあっていた。時間はどんな悲しみも変えてしまうのだろうか。離婚するくらいなら、死んでやるという顔をしていた母が笑っていった。

「ああ、これ、ウィッグのせてるの。殿方だけじゃなく、女も年をとると髪が薄くなるんだから。髪がぺしゃんこだと、老《ふ》けて見えるのよねえ」

還暦の母は、きちんと化粧していた。顔色もいいようだし、やつれてもいなかった。とりあえず智香は母の様子に安心した。

「離婚が本決まりになって心配していたんだよね。元気そうでよかった」

浩太郎と弓子の別居生活は続いていた。大船の一軒家は名義を弓子に書き換え、父は家をでていった。いくつか離れた駅の近くにちいさなアパートを借りたらしい。新しいパートナーの関口博美とは、いっしょに暮らしていないという。

抹茶のシフォンケーキをひと口たべて、弓子が悲しげに笑った。

「そうかしら、ひと月まえまではぼろぼろだったんだけど」

俄然、興味が湧いてきた。どういう心境の変化だろう。

「なにがあったの、ママ」

弓子がにんまりとした。じらすようにポットから紅茶をゆっくり注いだ。

「彼ができた」

「ママったら」

一月には、父・浩太郎から恋人ができたときかされ、春に母・弓子に彼ができたと告白される。いったい日本の六十代はどうなっているのだろうか。やはり高度成長とバブルを経験してきた中高年は、いくつになっても欲望を抑えることをしらないのか。智香は同世代の草食男子に爪のあかでものませたかった。弓子がカップのなかをのぞきこみながらいった。

「わたしねえ、別居してからサイトにはいったのよ」

うちのママが出会い系サイト？　智香は声をひそめてしまった。

「へんなところじゃないでしょうね。財産狙いの若いホストとか、結婚詐欺師《さぎし》とか」

智香は一生働いていこうと思っている。親の財産などあてにしていなかった。けれど、あの家は父が懸命に働いて建て、離婚にあたって母にプレゼントしたものだ。父はいっていた。いざとなれば、あの家を売れば母の残りの人生は心配ない。

弓子はのんきに手を振っていった。

「違う、違う。中高年のまじめなお見合いサイトよ。料金も安いし、そんなに怪しい人はいないから、安心なさい。だけど、日本の男って、どうしようもないのよね」

若い男のダメさ加減なら、智香もよくわかっていた。

「中高年の人って、どうなの」

「やっぱり困った人が多いわね。みんな自分勝手だし、年をとるとわがままで抑えがきかなくなるでしょう。どんどん個性が強くなっていく」

それはわかる気がした。智香の職場でもあつかいがむずかしいのは、若者よりも定年を控えた中高年だった。みなプライドが高いので、先に根まわしをしておかないとひどい目にあう。

「それにしても、やっぱりあれね」

弓子が意味不明のことをいった。電話で話していても、年のせいかあれとかそれがむやみに増えてきた気がする。

「もう、嫌だなあ。ママったら、全部あれですまさないでよ」

きれいになった弓子は余裕だった。

「ごめんね、わたしがいいたかったのは、男も女も年をとると人を選ぶ基準がすごくシンプルになるって話なの。まだ智香なんかは、顔だ、スタイルだ、センスだ、なんていってるんでしょう」

あやうく啓のことを話してしまいそうになった。そのみっつの条件がすべて満たされていても、うまくいかないことがある。

「そうだけど、みんな同じなんじゃないの」

「年をとると違うのよ。女は若いころより、ずっとお金に執着するようになる。相手の男の収入ね。まあ、定年すぎなら年収よりも資産かしら。新しくつきあうのはいいけれど、この年でお金の苦労はしたくないと、みんな思ってる」

数字だけがものをいう世のなかで、恋愛だけは別だと智香は思いたかった。けれど、事実はやはりすこし違うようだ。

「でも、ママだってお金があるだけじゃつきあわないでしょう」

弓子はにこりと笑った。我が親ながら、そんな表情をすると十歳は若く見える。

「もちろんよ。だって小金をもってる男って、鼻もちならない馬鹿が多いの。自分はこんな仕事をした、あれもこれも全部自分がやった。散々えばり散らして、ききたくもない自慢話を何時間もきかせたうえに、お茶代は割り勘とかね」

智香もコンカツで出会った何人かの男たちの顔が思い浮かんだ。なぜかもてない男ほど、自分のわずかな手柄を得々と語るものだ。

「最初は数字ばかり気にして、何人かに会ってみたけど、全部空振りだった。つぎはメールでちゃんと話があう人を探したの」

母親の見合いサイトの体験談など、めったにきけるものではなかった。智香は自分と同世代のコンカツ事情しかしらない。六十代でもそんなものがあるのがまず不思議だし、興味津々である。

「その人、メールをやりとりしてる限りでは素晴らしかった。気配りのある人だし、趣味も多彩で、文章もちゃんとしている。初めてのデートは表参道だったの」

智香はまえのめりになっていたが、弓子は深々とため息をついた。

「それで、どうしたの。いい人だった？」

「チェーン店のカフェにいったら、わたしより十センチも背の低い男が、カウンターから手を振ってきたのよ」

彩野と沼木のカップルを思いだした。あそこの身長差は十センチ以上あるだろう。

「すこしくらい背が低くてもいいじゃない」

弓子が女の顔でいじわるに笑ってみせた。

「智香だって絶対に無理よ。三十年も昔のアニメ……科学忍者隊とかいっていたかしら……のTシャツ着て、冬だっていうのにチェックのバミューダパンツはいて、首にタオルをかけてるの」

バミューダという言葉が古くさかったが、智香は大目に見た。確かにその男は厳しいかもしれない。

「それでコーヒーをのみながら、ちょっと話をしたんだけど、その人はなんのプランも立ててなかったの。表参道で会ってから、どうしようって真顔できいてくる。なにも考えずにただでてきただけなのよ」

思わず笑ってしまった。弓子は怖い顔で、娘をにらみつけた。

「それは笑い話に違いないけど、その人と話してた二十分は冷や汗ものだった。おかしなアニメTシャツのおじさんといっしょにいるところを、お友達にでも見られたらどうしよう。カフェをでてから、用事があるっていって、すぐに帰ってきたわよ。だって、その人かけらも清潔感がなかったんだから」

やはり男の魅力は総合力だった。豊かなだけでも、知識があるだけでも、センスがいいだけでもいけない。思いやりや共感する力、やさしさと忍耐力、人として望ましい数々の資質が思い浮かぶ。それはすべて掛け算で、どれかひとつが完璧に欠けてしまうと、こたえはゼロになってしまうのだ。その男には清潔感がゼロだった。よって採点は堂々の零点である。

「あとね、智香はまだわからないだろうけど、男ってどこまでもうぬぼれてるのよ。それも少々仕事で成功した人ほどね。会ったとたんにいわれたことがあるもの」

母親の怒りを見たのは、離婚話以来だった。今でも悔しいのだろう。弓子はハンカチをぎゅっとにぎり締めている。智香はそっとたずねた。

「なんて？」

「なんだ、ばばあじゃないかって」

うちのママにむかって、失礼してしまう。智香は憤慨していった。

「ひどいね、ママもちゃんと自分の年は教えていたんだよね」

弓子はしれっとした顔で、紅茶をのんでいった。

「ううん、そのときは年の話はふせていたの。まあ、そんなこといいじゃない。むこうだって七十歳近かったんだから。その人は腕にきんきらきんのゴールドの腕時計をしたおじいちゃんだった。スーツもいい仕立てだった。でも、わたしが若くないといって、猛然と怒りだしたのよ。なんでも自分より二十歳以上年下の女がよかったんだって」

理不尽だと思うけれど、智香にはその男自体がよくわからなかった。さすがに智香の年代では若いといっても限りがあり、同世代の男子で女子高生や中学生とつきあいたいという者はいなかった。年をとるとそういう好みもでてくるということか。

弓子がすまし顔でいった。

「まだあなたにはわからないでしょう。年をとると、女は金が、男は若さが、どうしても欠かせないと思うようになる。金と若さ。どう、おもしろくない？　わたしたちは人生の最後に、そんなわかりやすいものがほしくてたまらなくなる。自分にはないものだから。これは口でどんなに立派なことをいってる年寄りだって、みんな同じなのよ」

年をとっていきつく先が、そんな淋しい境地なら絶望的だった。

「だけど、しあわせなカップルだっているでしょう」

弓子は皮肉に笑ってみせた。

「そういう人は六十にもなって、見合いサイトになんか登録してないの。年をとるとみんな欲望がむきだしになるし、遠慮もしなくなるから、勝手し放題よ。男はみんな若い女がいいといって、同世代なんか見むきもしない。こっちだってしわくちゃのおじいちゃんの相手なんか、誰がするもんですか」

智香は話をきいていて、だんだんと不思議になってきた。日本の男たちには困ったものだと思う。けれど母は怒っているのに、どこか余裕があった。だいたい急におしゃれをしているのが怪しい。

「そういうダメ男ばかりだったわけじゃないんでしょう」

ふふふとふくみ笑いをして弓子がいった。

「それがねえ、意外なんだけど、そう悪くない人もいたの」

やっぱり。人間はいくつになっても、異性を求めたり、恋をしたいと願う生きものなのだ。まだ若い自分があれこれと悩むのはあたりまえだった。

「ママ、やるじゃん。その人、どういう人？」

弓子はさばさばといった。

「メールの感じがいい男と四、五人くらい会ってみたの。でも全部ダメで、もうあきらめようと思って、近くに住んでるというだけで、なんの条件もつけずに期待しないで会ってみたのよ。そうしたら、おおあたり。橋本《はしもと》さんは素晴らしい人だったのよ」

母がいう素晴らしい男性とは、どんな人物なのだろう。智香は自分の倍以上の人生経験を積んだ弓子の選択に興味が湧いてきた。でも、このママは天然な人でもある。だいじょうぶなのだろうか。同時に不安も芽生えてくる。

「あの人は奥さまを七年まえに亡くして、それからずっとひとり息子と暮らしていた。そのご長男が大学院を修了して、急にひとり暮らしになったの。定年退職後も嘱託で仕事は続けているし、もち家だし、家事はなんでもござれだし、よくこんな人が残っていたというくらいの出物だったのよ」

智香はつい冗談をいった。

「ふーん、アニメのTシャツは着てなかったんだ」

「あたりまえじゃないの。特別におしゃれじゃないけど、自分でアイロンをかけた白いシャツをいつも着てるわ。スタイルがいい人はシンプルなものが似あうのよね」

「そうなんだ。よかったね」

いい人でよかったというより、母親に生きる力がもどってきたのが智香はうれしかった。やはり恋の力は偉大なものだ。離婚問題で絶望していた女に、もう一度まえをむき、生き直す力を与えてくれる。それも外からくるのではなく、本人の内側にある力を目覚めさせてくれるのだ。そんな奇跡を起こせるのは、新しい恋だけだろう。

「その人と結婚するつもりなの」

弓子は顔のまえで手を振っていった。

「もう結婚は面倒だからたくさん。この年になって、新しい親戚が倍に増えるなんて、考えただけでもぞっとする。籍はいれない事実婚で十分じゃないかしら。まだ始まったばかりだから、なんともいえないけどね」

同じように出会いを探していても、その部分は智香の世代と弓子の世代では異なっているのだろう。智香の友人はほとんど結婚するためにコンカツしている。父と母はそれぞれ別の相手と交際を始めたけれど、結婚はもうしたくないという。口をそろえて一度試してもうたくさん、結婚はしたくないというのだ。智香は結婚というものがますますわからなくなった。

「わたしの結婚なんて、どうでもいいでしょう。智香のほうはどうなの」

うーんとうなったまま黙りこんでしまったのは、智香である。啓とはこれから続けていくべきか、別れるべきかで迷っている。まず結婚は絶対にないだろう。考えてみると、この一年ほどまったくいい恋愛をしていなかった。キスをしたことは何度かあるし、それはそれぞれ別な相手だったが、最後までセックスをしたのは啓との一度きりしかなかった。それも砂をかむような悲惨な経験だ。

「わたしは、新しい彼ができる感じがぜんぜんしないよ。もう絶望的かもしれない。このままあと十年仕事して四十歳になったら、どうしよう」

想像しただけで怖くてたまらなくなる。女性としての魅力がしだいに失われていくのに、自分の男性を見る目は逆にどんどん厳しくなっていくのだ。きっと掛け金が高くなりすぎて、勝負する手が固まってしまうだろう。そうなったら、一生ひとりぼっちだ。もうどんな男でもいいから、いっしょに暮らしてくれないかと思うこともあった。智香は弓子から視線をそらし、恵比寿の駅まえロータリーをいく人波を眺めた。若い男性ならここだけでも何百人となく歩いていた。それなのに誰ひとり縁がないし、誰ひとり自分のものにならない。自分の気づかないところで、女性としての魅力が決定的に欠けているのではないかと智香は感じてしまった。

「いっしょじゃないかしら」

弓子は別に智香を励ますつもりはないようだ。さらりとそう口にした。

「三十歳でも、四十歳でも、あんまり変わらないでしょう。ママが六十歳になって、新しい彼を見つけられたんだから、智香だってだいじょうぶよ」

弓子は抹茶のケーキをひと口たべた。

「あら、このシフォンケーキふわふわでおいしい。わたしも橋本さんに会うまえはほとんど絶望していた。だけど、いい出会いとか、新しい恋は絶望して、絶望して、その先にやってくるものなんじゃないの。あきらめちゃ、ダメよ、智香」

冬は母をはげましていたのに、春はこちらが勇気づけられる番だった。智香は半信半疑でうなずいた。

「うん。まだあきらめるには早いもんね」

「それにあなたはママの娘だから、きっとだいじょうぶ。明日にでも交通事故みたいに素敵な人に出会うわよ。ママはそんな予感がするなあ」

智香はつい笑ってしまった。

「また適当なことといって。ママはほんとに調子いいんだから」

理系のエンジニアの父と、なんの論理的な裏づけもなく楽天的な母は、いつも同じ理由で口げんかをしていた。弓子が口をとがらせていった。

「ほんとよ。ママはそんな予感がするの。意外とわたしの第六感はあたるんだから」

「はいはい」

「コンカツなんて面倒だから、ときどき休んでもいいけど、あきらめちゃダメよ。ひとりよりふたり。人間はふたりで支えあって生きるものなんだからね」

智香はおふざけのつもりでいった。

「たとえ離婚しても」

弓子は背筋を伸ばし急に真剣な顔になった。口元を引き締めていった。

「何度失敗しても、同じこたえにたどりつくの。それが男と女よ。あきらめるときは、死ぬときよ。あなたは若いんだから、がんばんなさい」

「はい、ママ。そろそろいこう」

智香は伝票をとって、立ちあがった。腕時計を見た弓子がいった。

「まあ、こんな時間だったのね。わたし、化粧を直してくる。このあとね……」

母は少女のようにうれしそうだった。

「わかってる。その橋本さんていう人とデートなんでしょう。支払いはわたしがすませておく。先にいくね。彩野が待ってるから」

智香はすこしだけうわむきになった気分で、レジにむかって大股で歩いていった。

彩野は六月に沼木との結婚式を控えていた。ブライダルエステに、披露宴の会場探し、引きでものの選択、案内状づくりと、結婚式までには山のような雑用をこなさなければならなかった。沼木は早くも亭主風を吹かせて、すべて彩野に丸投げしていた。彩野につきあうのは、いつも智香の仕事だ。

今日は昼すぎから表参道の裏にあるハウスレストランで、披露宴のメニューの打ちあわせだ。恵比寿駅の改札にあがる長いエスカレーターをのぼっているときだった。携帯電話がバッグのなかで震えだした。メールの着信をリズミカルに伝えてくる。

最初に考えたのは、啓のことだった。メールがくれば、いちおう返事はしなければならない。けれどあのデートから、返信に要する時間はどんどん長くなっていた。面倒だし、気をつかわなければいけないので、短いメールでも打つ気がしないのである。

智香はしかたなく受信ボックスを開いた。啓ではなく、あのおさわがせコピーライターの池本からだった。初メールだ。

>突然のメール、すみません。

＞アドレスは黒谷さんからききました。
＞明日にでもお時間をもらえないでしょうか？
＞時間はいつでもかまいません。相談があります。
＞ぼくではなく西田あずさちゃんのことです。
＞こんなことを話せるのは、岡部さんだけなんです。
＞助けると思って、よろしくお願いします。

意味不明のメールだった。あのぼさぼさ頭で、染みのついたジーンズの不潔男からの相談など願いさげだった。けれど、その内容が女優の西田あずさのことならば、会わないわけにもいかなかった。うんざりしながら、智香はしかたなく了解の返事を打ち始めた。

21

「いったい、どういうこと？」

智香は最初から詰問口調だった。週の始まりの月曜日、なんとか仕事を終えたあとで、会いたくもない男としかたなく夕食をとるはめになったのだ。相手は大学の後輩なので、この店はもしかしたら、自分のほうでおごらなければならないかもしれない。

コピーライターの池本建都は、めずらしく清潔感のあるファッションだった。白いボタンダウンのシャツに、紺のスーツ。ネクタイはしていない。ボタンをひとつしかはずしていないのも好印象だった。最近の若いお兄系の男たちは、とにかくシャツのボタンをはずしすぎる。胸にはネクタイの代わりに、白いチーフが無造作にさしてあった。今日は智香の自動車会社とは別のクライアントで、企画会議があったという。

「すみません。どうもこうもなくて、ぼくだって困ってるんです」

同僚に目撃されたら嫌なので、会社近くの青山ではなく、代官山に場所を移していた。ここからなら恵比寿の家まで歩いて帰れる。レストランはさまざまなショップが入居した複合ビルの地下一階で、ガラス越しに広々としたテラスが望めた。最近の代官山はベビーグッズをおく店が増えていた。そのビルも二階はすべて赤ん坊と子ども用品のテナントで埋まっている。この街だけは少子化なんて嘘みたいだ。

テーブルのうえには、ちいさなアルコールランプが灯っていた。青竹が囁くように葉を揺らしている。こんなところに好きな男とくることができたら文句なしだけれど。

智香はあらためて、池本を観察した。ややしもぶくれ気味の顔、あごはしっかりして男らしいといえなくもない。ひげはハリウッドスターのような計算された不精ひげだった。いつ会っても、四日五日伸ばしたような濃さである。メガネはいくつかもっているようで、その夜は若手の研究者のように見える流行のウェリントン型だった。

「はいはい、なんに困ってるの」

無関心に智香はそういうと、冷えたグラスから生ビールをひと口のんだ。仕事あがりのこればかりは、正面の相手が圏外の男でも実にうまかった。

「だから、メールに書いたでしょう。あずさちゃんですよ」

西田あずさはブレイク中の若手女優である。長身でスタイルは完璧、顔の造りもほぼ完璧、問題なのは若干精神的に不安定なところだけだった。智香の会社の小型ハイブリッドカーが大ヒットを記録したのも、あずさのCFの影響がおおきかった。契約は今も継続中で、近々CF第二弾を制作予定だった。そのプロジェクトには池本も企画で加わっている。うえから目線で、智香はいった。

「あなた、なにかあずさちゃんにひどいことしてないよね」

智香の心配は目のまえの後輩ではなく、あずさのことだけだった。

「……ひどいことはしてないと思うけど」

コピーライターはひどく歯切れが悪かった。男の嘘に智香は敏感である。

「ちょっと、池本くん、なにかしたでしょう？　仕事仲間に手をだしたりしてないでしょうね。うちはあなたの代理店のクライアントなんだからね」

年間にすれば十億円単位の大口スポンサーだった。しくじれば、池本の首はかんたんに飛ぶだろう。

「わかってますよ……だけど、それなら……」

池本の声が急にちいさくなった。うわ目づかいで、智香を見ていった。

「だけど、それなら岡部さんだって、あずさちゃんのマネージャーと……」

頭のなかで火がつきそうだった。智香は気もちを落ち着かせるために、ひと口ビールをのんだ。今度はぜんぜんおいしくない。せめて、五十嵐啓との恋がうまくいっていたら、よかったのに。智香はじっと後輩の目をにらんだままいった。

「その話、誰にきいたの」

池本は目を伏せたままだった。ぽつりという。

「あずさちゃんから」

「ということは、池本くん、あずさちゃんとふたりきりで会ったのね」

無精ひげの若いコピーライターが顔をあげた。

「だから、それは同じですよ。岡部さんだって、五十嵐さんとデートしたんでしょう」

気がつくと右手で鋭くテーブルをたたいていた。池本は座ったままの格好で、数センチ跳びあがった。

「あのね、わたしは一般人なの。あずさちゃんは今が大切な時期でしょう」

池本はうなだれた。

「わかってます」

智香は不思議に思っていた。池本のこの落ちこみようはなんだろう。だいたい若い男なら、アイドル女優とデートできたら誇らしくてたまらないはずだ。それなのに相談があると、智香に話をもちかけてくるのがまずおかしい。怒っていても始まらなかった。智香は冷静さをとりもどしていった。

「なにが起きてるの、いっしょに考えるから、事情を話して」

池本はジャケットの内ポケットから、携帯電話をとりだした。かんたんな操作をいくつかおこなうと、こちらにわたしてくれる。この男、意外にきれいな指をしている。智香は液晶画面に目をやった。着信記録は西田あずさの名前で埋めつくされていた。

「ちょっとスクロールしてもいいかな」

池本は青い顔でうなずいた。昨日の夕方から日づけの変わる真夜中までに二十二件、真夜中からこの店に着くまでに三十七件。数分ごとにあずさからの着信が記録されていた。

「うわー、これは相当ね」

そういって、智香は携帯電話を池本にもどした。受けとったとたんに、ちいさな小箱はうなりをあげて震えだし、池本はシーザーサラダのうえに落としてしまう。明るい液晶画面にドレッシングとクルトンがべたりとついて、智香は思わず笑ってしまった。池本はあきらめたように生ビールに手を伸ばした。

「ぜんぜんおかしくないですよ」

「そんなに電話かけるなんて、あずさちゃんの仕事に穴が開かないか、そっちのほうが心配ね」

サラダのなかで、何度かうなると携帯は静かになった。

「彼女は今、ドラマの撮影の谷間で時間があるんだそうです」

「最初に誘ったのは、どっちなの」

拾った携帯をナプキンでふきながら、池本がいった。

「ぼくのほうです。あずさちゃんは、芸術家タイプが好きなんです」

また笑ってしまった。この人が芸術家ねえ。池本は不機嫌な顔でいう。

「ぼくが小説の新人賞に応募してるのを覚えていたみたいで、まえから興味があったそうです。今、あの子は彼がいないし、芸能界の人は好きじゃないんだっていってました」

「ふーん」

一方的な証言なので話半分としてきいても、意外な展開だった。あれほどの美人でコマーシャルのたびに数千万円のギャラをとる若手有数の女優が、さえない池本に心を許す。案外、庶民的でいい子なのかもしれない。

「最初のデートは吉祥寺《きちじょうじ》でした。井の頭公園を散歩して、アーケードの古本屋を見て、南口でラーメンたべて。ぼくは学生時代下宿していたので、あの街にはくわしいんです」

余計な情報だった。けれど、あずさのデートについては興味がある。

「芸能人だから、特別なところとかなかったの」

池本は腕組みをして、首をひねった。

「なかった気がするなあ。特別なことが嫌いな子なんですよ、彼女は。あれこれ最近読んだ本の話をして、つぎに会うときに読ませてほしいって」

「なにを」

池本は顔を赤くした。そんな顔をすると、年下の男はかわいかった。

「ぼくが書いた小説ですよ。最終選考の候補作です」

この人はいつもいい加減な身だしなみで清潔感もないのに、五年間欠かさずに新人賞に応募を続けているという。長篇小説だといっていたから、毎年のように何百枚も原稿用紙を埋めなければならないのだろう。

「それを読んで、あずさちゃんが感動したんだ」

「ええ、まあ。ぼくは自分の書いたものを人に見せたことがなくて、すごくほめられて舞いあがったんです。中野の居酒屋の個室でした。酒もはいっていたし、あんな美人の顔が近くにあったし、つい……」

　智香の声が一段高くなった。

「やっちゃったの、あずさちゃんと」

　池本が周囲を見て、あわてだした。気がつくとあたりのテーブルは半分ほど、カップルで埋まっている。さすがに代官山だ。

「やっちゃったとかいわないでくださいよ。キスしかしてないんだから」

　智香のなかでいじわるな心が動いた。池本にはどこかいじめたくなるような幼さがある。

「キスは、どんなふうだったの。浅く？　それとも深く？」

　男に白状させるのは、こたえられない快感だ。池本はしぶしぶいった。

「最初は浅くだったけど」

「けど、なによ」

「二回目は舌を、その……岡部さん、ぼくになにいわせるんですか」

　このところ恋をしていないと、あずさはいっていた。久しぶりに出会った恋人候補なのだろう。智香の追及の手はゆるまない。

「キスだけだよね。一線は越えてないよね」

　池本はぶんぶんと首を縦に振った。

「最後までいっていたら、着信が何十回きてもあきらめがつきますよ。でも、キスだけじゃなかったかもしれない。酔っててよく覚えてないんですけど、ちょっとやわらかなものにふれたかも」

舌をいれる深いキスをして、服のうえから胸をさわっているのだ。女優とはいえ、あまり男性経験のないあずさである。池本はまったく白とはいえなかった。

「だったら、半分有罪ね。ストーカーになってもしかたないんじゃない。それだけいい目にあったんだから」

両手をあわせて、池本が頭をさげた。

「本気で困ってるんです。うちの会社も、五十嵐さんの事務所も、彼女のスキャンダルは望んでません。ぼくだって、あの子とは二重の意味で怖くてつきあえないですよ」

「二重って、どういうこと」

「だから、精神的に不安定すぎるし、普通の会社員が女優とつきあうってことは、私生活まで全部マスコミにさらされる危険があるんですよ。わかるでしょう」

智香は揚げたての白身魚のフライを口に放りこんで、ビールをのんだ。人の不幸な恋愛をさかなにのむ酒は抜群だった。自分自身がひどい空振りをしたあとなので、なおさら痛快である。

「岡部さんは彼女の友達だし、マネージャーの五十嵐さんとも親しい。なんとか彼女をとめてください。ぼくは彼女がインタビューなんかで、おかしなことを口走るんじゃないかって、気が気じゃないんです」

確かに池本も気の毒だった。智香だって相手がいくらいい男でも、ストーカーになられたらうんざりだ。事務所だけでなく智香の会社にとっても、あずさのスキャンダルはマイナスだった。

「わかった。協力する。池本くん、あずさちゃんとつきあう気はないんだよね」

今度はぶんぶんと音を立て、年下の男が首を横に振った。かわいい。さて、どうしたらいいのだろうか。組んだ両手にあごをのせて、智香が考え始めたときだった。ガラスのむこうのテラス席に座る女性が目にはいった。テーブルにひとりきり。もう春なのに分厚いニットキャップをかぶり、顔の半分を隠すサングラスをかけている。

「池本くん、あれ見て」

ふたりでじっと目をやると、女が立ちあがった。池本がつぶやいた。

「……あずさちゃん」

ロングブーツの音をかつかつと鳴らし、西田あずさが決闘にむかう女ガンマンのようにこちらにやってきた。キャップとサングラスをとると、怒りのせいで目が光っていた。美人は怒るときさらにきれいになる。おかしなところに、智香は感心した。店にはいってくると、とめようとしたウエイターに鋭くなにかをいって、智香たちのテーブルに直進してくる。あずさが震える声でいった。

「何度電話してもでてもくれないのに、岡部さんとは会うの、建都」

池本を呼び捨てだった。ウエイターがやってきて、椅子を引いた。

「ありがと、わたしも生ビール」

なぜか智香をにらみながら、あずさがどしんと腰を落として注文した。池本がいった。

「会社からつけてきたのか」

ふっと笑って、あずさがいった。

「そんなこと、どうでもいいでしょう。それより建都は岡部さんとどういう関係？」

池本が両手をあげて、あずさを抑えようとした。智香は池本が口を開くまえに、テーブルのしたで男の足を蹴った。この恋は痛みや跡が残らないように、瞬間的に削除する必要がある。智香は低い声でいった。

「大人の関係よ」

あずさの白い肌が色を失っていく。

「池本くんが働いているのは、遊び人が多い広告代理店よ。彼もけっこうやり手なんだ。わたしとも何度か、そういうことがあった。大人なんだから、本人同士が了解してれば、別にいいでしょう」

「そんな……」

唇をかんで、あずさが池本をすがるように見つめた。こんな目で見られたら、足元がぐらりときそうだったが、池本はすぐに智香の考えに気づいたようだ。

「ほんとだよ。智香さんは大人で、すごいHをするんだ。あずさちゃんとはくらべものにならない」

池本がにやりと笑って、こちらを横目で見た。智香はまた足を蹴ろうとしたが、避けられて空振りになった。しかたない、悪役作戦の続行だ。

「今きいたんだけど、あずさちゃんは池本くんとキスしただけだよね。それで、あんなに電話をかけ続けたり、職場のまえで張ったりするのは、よくないんじゃない。西田あずさっていう看板もあるんだし、気をつけなくちゃダメよ。わかってるでしょう」

あずさと智香がにらみあった。ウエイターがビールのグラスをおくと、逃げるようにいってしまう。池本がとりなすようにいった。

「まあまあ、落ち着いて。とりあえずここは乾杯でもしよう。あの……めずらしい三人に乾杯」

智香もグラスをもち、あずさと乾杯した。少々あたりが強く、グラスが割れるのではないかと心配になった。あずさは半分中身をのみほしていう。

「わたしは仕事より、自分のことのほうが大切です。女優をいつまでもやろうなんて思ってません。人気なんてなくなってもいいんです」

「でも、そうやって激しく追いかけるばかりの恋をしてると、しあわせになれないよ。自分も相手も傷つけるようになる。それこそ、もっと自分を大切にしようよ」

あずさはきれいにとがった鼻先を、ぷいと横にむけてしまった。智香を無視して、池本にいった。

「建都、その人とあなたが大人の関係なら、わたしもそういう関係になる。これから、渋谷のホテルにいこう」

テーブルのうえにだしていた池本の手をとって、自分のふとももにおこうとした。池本はあわてて振り切った。

「あずさちゃん、誰が見てるかわからないんだぞ」

どうやら口まかせのショック療法は裏目にでたようだ。どうしたら、この場を収拾できるかと、智香が考え始めたときだった。地下のテラスに続くコンクリート打ち放しの階段を、長身の男がおりてきた。モデルのような身のこなしで、高価そうな仕立てのいいスーツを着ている。素敵と智香は思ったが、つぎの瞬間気づいていた。あれはあずさのマネージャー五十嵐啓だ。ぐるりとテラス席を一周すると、店内にはいってきた。ウエイターを突き飛ばす勢いであたりを見てまわり、窓際の智香のテーブルに気づいた。どうして、このタイミングでこの人がでてくるんだろうか。

啓は軽く智香にうなずくと、残りひとつ空いている椅子に腰をおろした。こんなときでも動きはスマートだ。囁くような声でいった。

「あずさ、なにをしているんだ。この一週間きみはおかしかったぞ。芸能記者のあいだで噂になってるんだ。懇意にしてるやつから話はきいた。きみがつけまわしてるのは池本くんなのか?」

あずさは心を閉ざしてしまったようだった。顔から表情がなくなっている。

「どうして、ここがわかったの」

「そんなことは別にいい」

会社からわたされた携帯電話のGPSが生きているのだろう。智香はそう思ったが、黙っていた。ここはなるべく早く帰りたかった。あずさは啓になんとかしてもらえばいいし、池本とは別になんの関係もない。今日はなんて長い月曜日だろう。

そのとき、あずさがいじわるな目で智香を見てから口を開いた。

「五十嵐さんが何度メールしても返事がないのがなぜか、わかりました。岡部さんって、冷たいですよね。でも、大人はそういうのがあたりまえなんですって。岡部さんは建都とも大人の関係だったんです。ほかにも何人か、大人のお友達がいるんでしょうね」

あっと思ったときには遅かった。啓の顔色が瞬間的に変わった。別れようと決めた男が相手でも、この言葉はショックだった。あずさは勝ち誇ったように笑い、ひと言だけ吐きだした。

「大人って、気もち悪い」

目のまえが真っ暗になる。智香はもう啓からの電話にでなかったし、メールも四、五回に一度しか返信していなかった。

「ちょっと待って」

池本がなにかをいおうとした。智香はちいさく男の足を蹴った。誤解されたのなら、それでもよかった。どう思われようと、どちらでもいい。好きではなくなった男と別れるだけなのに、涙がこぼれそうなのはなぜだろうか。黙りこんだ池本の代わりに、啓がいった。

「今はそんな話をしてもしかたない。あずさ、いくぞ。このビルの正面には写真週刊誌が張ってる。裏口にクルマを待たせてあるから、今夜は帰ろう」

啓は財布を抜くと、しわのない一万円札を一枚おいた。

「あずさのビール代だ。池本さん、あずさとはこれきりにしてもらえないか。この子は今、大切な時期だ」

あずさがニットキャップをかぶりながら抗議した。

「そんなこと、勝手に決めないでよ」

池本がうなずいて、啓を見あげた。なぜか二枚目風にしているのが腹が立つ。

「わかりました。もうあずさちゃんとは会いません」

「そんな、ひどーい」

文句をいうあずさの手を引いて、啓がテーブルを離れようとした。智香は啓になんと別れの挨拶をしていいのか迷っていた。さよならは突然すぎるし、またねは守れないかもしれない。智香が口を開いたときだった。小石でも投げつけるように、啓がいった。

「見そこなったよ、智香」

胸にざくりと穴が開いたようだった。智香はぼうぜんとしたまま、啓とあずさが非常階段に消えるのを見送った。

22

春が深まっていく。

失恋をしても、トラブルが起きても、日ざしは強くなり、風はやわらかになり、木々の緑は元気に色づいていく。どうして、自分だけこの春色とは無縁なのだろうと、智香は悔しく思った。

恵比寿の一軒家で共同生活を送る三人は、それぞれ幸福の形を見つけたようだ。

親友の彩野は、信じられないことに結婚式場と披露宴のレストランも決定して、あとは六月を待つだけだった。去年はコンカツのために、いっしょに合コンを荒らしていたのに、早々に裏切ってひとりだけジューンブライドになる。

先輩の沙都子は智香の大学の同窓生・黒谷早矢人とつきあい始めた。早矢人がいちいちデートを報告してくるのが、幸福そうで腹が立った。バツイチの沙都子は三十五歳までに第一子を欲しがっていたから、こちらも案外ゴールインは早いかもしれない。

肉食系ロリータの結有はお腹が目立つようになってきた。未婚のシングルマザーとして、働きながら赤ん坊を育てるという。デザイン事務所の社長からは、しっかり養育費をもらう約束をしたそうだ。

ハウスシェアする四人のうち、智香をのぞく三人が具体的に幸福の形を手にいれていた。それに対して、自分は……そう考えると、つい愚痴と酒量が増えてしまった。合コンも、お見合いパーティも、まじめな出会い系サイトも、ずいぶんのぞいてみた。智香の結論はシンプルである。確信をもっていおう。あの手の方法では、結婚はおろか、新しい恋さえ始めるのは困難だ。

五十嵐啓とは、代官山の夜以来、連絡が完全に途絶えてしまった。西田あずさは例の小型ハイブリッドカーのキャンペーンガールを続けている。啓は、第二弾のCFの打ちあわせで、たまに顔を見かけることがあったが、慇懃《いんぎん》無礼《ぶれい》な笑顔を仮面のように張りつけて、ひと言も声をかけてくることはなかった。

初めてベッドをともにしてがっかりしてから、この人は自分の運命の男ではないようだと思っていた智香だが、それでも面とむかって冷たい態度をとられると、表面は平静を装いながら、内心は傷ついていた。だから、仕事の関係者との恋愛は禁止なのだ。相手の外見があまりにも好みだったとはいえ、自分で決めたルールを破ったのは、やはり自分である。智香は反省して、仕事に打ちこんだ。

あずさのスキャンダルは、なんとか未然に流出を防ぐことができた。池本建都は啓との約束を守り、あずさの電話には二度とでなかったし、メールも送らなかった。さすがにあずさからの着信が百回を超えたあたりで、怖くなって携帯電話を新型のスマートフォンに替えてしまったという。

問題はその建都からの誘いが妙にしつこいことだった。

大学の後輩のコピーライターは、今回のトラブル解消を恩に着ているようだ。お礼をしたいので、ぜひ食事をおごらせてくれといってきかなかった。智香は年下とつきあった経験はないので、建都を男性としては見られなかった。それでも毎日のようにメールは届く。そのメールがなかなか曲者《くせもの》だった。

作家志望だからか、建都のメールは読んで素直におもしろいのだ。仕事や日々のなにげない暮らしの報告に、最近観た映画や読んだ小説の批評、さりげなく智香をほめる言葉。どれも嫌味がなく、軽いユーモアが心地よく、くすりと笑いを誘う。

智香は恋愛を始めたつもりはまったくなかった。だが、気がつけば建都とメル友になっていた。もっとも年上のうえに、クライアントである智香のほうがずっと強気なのは確かだった。二、三通に一回返事をするだけで、気がむかないと数日放置することもある。それでも毎日ランチタイムと夜に、建都は必ずメールを送ってきた。

そのメールを読まないと、なんとなく一日が終わった気がしないようになっている。智香はこれまでたいていは第一印象で恋に落ちてきた。啓のときのような失敗も多かったが、後悔はしていない。自分は違うと友人に指摘されるたびに反対したが、断然面くいだったのである。

智香はまだ気づいていなかった。底なしの穴に落ちるように始まるのではなく、あてもなく散策するように始まる恋もあるのだ。

建都が予約したのは、六本木けやき坂にある鉄板焼きの名店だった。

智香は食事につきあう条件に、難題をだしたのだ。今までたべたことがないくらい最高においしいステーキがたべたい。かまなくても、口のなかでとろけてしまう肉がいい。そのくらいはストーカーになった若い女優から、建都を救ったのだからまあ当然の報酬だ。

待ちあわせはけやき坂下の交差点だった。壁にはデジタルの明るい数字が刻々と浮かんで変化している。モダンアートの一種で、数字にはまったく意味がないと、智香はきいた覚えがある。歩道のあちこちに椅子やベンチがおいてあった。こちらも名前のあるアーティストの作品らしいが、普段は幼い子どもたちが歓声をあげてよじのぼっている。

約束の七時半に智香はグレイのパンツスーツで交差点の角に立った。化粧もファッションもとくに気合をいれたわけではなかった。仕事帰りそのままである。建都のために化粧直しをするような気にはとてもなれない。

夜になったばかりの六本木はたくさんのカップルであふれていた。すべての女に男がいるように思えて腹立たしくなる。十分たっても建都はあらわれなかった。まったくいい加減なやつだ。怒りのメールを打とうと携帯電話を開いたところで、坂のうえから声が響いた。

「お待たせしました。すみません、岡部さん」

顔をあげると、かすかに光沢のあるグレイのスーツを着た建都が、笑顔でやってくるところだった。ウールとシルク混紡の高価そうなものだ。きっと一張羅《いっちょうら》に違いない。シャツは淡いブルーで、青と黄のチェックのタイはやわらかそうに結ばれている。いつもは無精ひげがはえている頬は、つるりとむき卵のようだ。さすがに若いだけあって、啓よりも肌が滑らかだった。智香は年下の男にすこしどきりとした。動揺を隠すように怒った振りをしていった。

「もう帰ろうかと思った。最初のデートから遅刻って、どういうこと」

「いや、ほんとにすみません。会社を出るときに、クライアントから急にファックスが届いて。今夜はシャンパンもおごりますから、勘弁してください」

おいしいシャンパンは智香にとって、危険な酒だった。自分でも気づかぬうちに、気もちよく酔ってしまうからだ。智香は頬をふくらませていった。

「わたしを酔わせても、あずさちゃんと違って、ひとつもいいことないからね」

「わかってますよ。いきましょう、先輩」

けやき坂の緑は五月の終わりを迎えて、ますますみずみずしさを増していた。濡れたように光って、夜風になびいている。個室の中央には三日月型の鉄板がおいてあり、そのむこうで、煙突のように高い帽子をかぶった初老のシェフが黙々と流れるような手つきで、調理をすすめていく。コースの最初はホワイトアスパラガスのソテーと牛肉の刺身だった。

「うわっ、おいしっ」

好きでもない相手なら、正直に感想をいうことができた。啓と横浜で食事をしたときには、なにをたべたのかよくわからなかった。今回は舌のうえで溶けていく牛の脂のうまみが最高だ。すこし脂っぽくなった口のなかを、ヴィンテージのシャンパンがきれいに押し流してくれる。となりに座る男はともかく、料理は最高だった。つぎつぎと新しい皿が目のまえに流れてくる。今度はアワビのバターソテーだ。磯の香りとバターがとてもいい。心配になって智香は建都に耳打ちした。

「すごくおいしいけど、だいじょうぶなの、お財布のほう？」

同窓生の早矢人からきいて、建都が働く広告代理店のだいたいの給料はわかっていた。かつては高給とりの代表格だったけれど、ここ数年賃金アップは完全に停止しているらしい。それどころか、ボーナスをふくめた年収では明らかにさがっているという話だ。

「心配しなくていいです。うちの会社、恐ろしく残業が長いから、お金をつかう時間がぜんぜんないんですよね。なんなら、もう一本シャンパン開けますから。それに……」

アルコールでほのかに頰を赤く染めて、建都が口ごもった。シェフはつぎのメインのステーキに移るまえに個室を離れていた。水槽のように若葉が窓にそよぐ部屋で、智香と建都はふたりきりだった。

智香はテーブルのしたで、軽く建都の革靴をつついた。今夜のために磨いたのだろう。ダウンライトを浴びて、つま先に光の輪が見える。

「いいからいいなさいよ。別にはずかしいことなんてないでしょう」

智香は笑ってそういうと、豪快にフルートグラスを空けた。建都が真剣な顔つきで、春の窓を見つめたままいった。

「あのとき、岡部さんはすごかったですよね」

なんのことだろう。智香は前歯でかむとやさしく千切れるアワビに集中していた。

「なあに、それ」

じれたように建都が叫んだ。

「だから、岡部さん、いったじゃないですか。ぼくたちは大人の関係だって」

「うわー、ちょっと待って」

こんなに静かな高級店で、いきなり「大人の関係」は厳しかった。思わず建都の口を押さえてしまう。年下の男が相手だと、こんなことも自然にできてしまうのか。智香の手をはずして、建都がいった。

「ぼくもわかっていたんです。あのとき岡部さんがそういったのは、ぼくじゃなくあずさちゃんを守るためだったんですよね。あの子にぼくをあきらめさせて、女優としてのキャリアを守ってあげたい。そのために自分を汚してもかまわないって。その勇気に感動したんです。岡部さんって、男だなあって思って」

これではほめられてるのか、けなされているのか、よくわからなかった。智香はとりあえずいった。

「……ありがと」

建都が智香のほうにむき直った。この人はどうしたのだろう。目がきらきらしている。

「ぼくは五十嵐さんとのことはよくわかりませんけど、岡部さんは自分が不利になっても気にしなかった。自分をさげて、あずさちゃんをあげた。恋なんて投げ捨てたんですよね。そういう献身的なところ、すごく素敵だと思いました。女の鑑《かがみ》です」

年上の男にはないストレートな言葉だった。なぜ気にもとめない相手に限って、こちらに好意を示してくれるのだろう。後輩の素直さに気おされて、智香はまた礼をいった。

「……ありがと」

「やっぱりカッコいいなあ。恋愛はもちろん大切だけど、ずっと長くつきあっていくには、男も女も人間性が一番ですよね」

「そうだね」

余計なことをいいそうになって、口のなかに最後のアワビの切れ端を押しこんだ。啓とはベッドの相性があわなくて、どうせ別れる予定だったのだ。そんなことは口が裂けてもいえなかった。建都のいうとおり、恋愛においては人間性が重要だ。けれど、幻想もまた重要なのだった。要するにいい勘違いの連続が恋愛である。

シェフが影のようにするりと個室にもどってきて、笑顔も見せずにいった。

「ステーキの焼き加減はいかがいたしますか」

智香と建都はそれぞれ好みの肉の焼きかたを選んだ。智香は建都より生に近いほうが好きである。

ステーキハウスをでると、五月の夜風が待っていた。にぎやかなゴールデンウィークを抜けたあとの、梅雨にはいるまでのわずかな数週間。日本の四季でもっとも素晴らしい季節かもしれない。湿り気も重さもないやわらかな風に吹かれて、イルミネーションの灯るけやき坂をゆっくりとおりていく。相手が建都でも、やはりこんな時間は素晴らしかった。

「もう一軒いこうか」

先に誘ったのは智香だった。あれだけのステーキにシャンパンがついたら、建都の給料の一週間分の支払いにはなったことだろう。つぎのバーは智香のおごりでいい。建都のネクタイの先が風に巻きあがった。年下の男は微笑んで、首を横に振る。

「いいえ、今日はあまりよくばらないでおきます」

いい男にでもなったつもりだろうか。下り坂の先をいく智香を、立ちどまって見おろしてくる。

「どうして、まだ十時にもならないよ」

明日も仕事があるのはおたがいさまだった。始業時間はメーカーの智香のほうが、広告代理店の建都よりも早いはずだ。

「今すごく気分がいいんです。だから、あまりスピードアップしたくない」

なにをいってるのだろう。大学の後輩が、すこし背伸びしているようだ。

「つぎのチャンスなんて、ないかもよ」

智香はゆっくりと坂をくだっていく。吹き寄せる風に若い緑が香った。このまま家に帰らず、明日は会社にもいかずに、どこか遠いところにいけるなら、相手が建都でも別にいいかもしれない。酔った頭でそんなことを想像してみる。

「なにかが始まるときって、いきなりの偶然が多いですよね」

智香は自分の過去の恋愛を考えた。確かに何カ月も、何年もかけてゆっくりと恋を育てたことはない。自分はせっかちで欲望が強いのかもしれない。

「始まりは一回しかできない。もう一度やり直すことも、別なやりかたに変えることもできない。だから、なるべくゆっくりといきたいんです」

おや、これは告白なのだろうか。智香の持論に、出会いは双子だというものがあった。なぜか素敵な人とはふたりずつ出会うのだ。モテ期は誰でもそんなものかもしれない。浮かれていても、結局はどちらか片方を切ることになる。コンスタントにひとりずついい男と出会えれば、ずっと効率的なのだが、これればかりは自分の意思でどうにかなるものではなかった。

久々の恋の予感は、五十嵐啓と池本建都というふたりの男の形をしていた。圧倒的にルックスが好みだったのは啓のほうだが、今夜の建都は悪くなかった。ネクタイにスーツというのが、普段の五割増しでよく見えるのかもしれない。

「ふーん、わかった。なるべくゆっくりねえ。でも、そんなことといってると、わたしはすぐに三十歳になるよ」

建都がにこりと笑った。

「三十歳って素敵な年齢じゃないですか。みんな魅力的だし、悩んでばかりの二十代よりずっといいですよ。ぼくも早く三十になりたいな」

この男はなかなか女心のツボを心得ているようだ。智香は皮肉にそう考えたが、建都が本気でそういっているのはわかっていた。確かに昔よりも智香自身生きるのが、すこしだけ楽になってきた気がする。できないことはできない。好きなものは好き。それがはっきりしてくるのが三十代だろう。

すこし距離をおいて、ゆっくりと歩いてきたけれど、都心の遊歩道は短かった。すぐに坂下の交差点に着いてしまう。目をあげるとこの時間でも、六本木ヒルズはほとんどのフロアで照明が灯り、光の塔のように空にそびえている。

智香は右手を差しだした。

「つぎのバーにいかないなら、ここで解散しよう。わたしはタクシーにのるね」

建都と初めて握手した。男の手は厚みがあって、あたたかで、ごつごつしている。智香は男の手が好きだった。緊張している年下男がかわいくなって、つい額にキスをしたくなる。衝動を抑えて、クルマをとめようと手をあげたときだった。建都が叫ぶようにいった。

「智香さん」

建都に初めてしたの名前を呼ばれて、智香は心臓が縮んだ。甘い痛みというのは、こんな感じかもしれない。ついあらたまった返事をしてしまう。

「はい」

ひどく真剣な表情で、建都がまっすぐに目を見つめてくる。手を離さずに早口でいった。

「先週、小説誌から通知がありました。今年もぼくの作品が、最終選考に残ったという知らせです。選考会は来月になります」

「そうだったんだ。おめでとう」

風を巻いて、空車のタクシーが駆け抜けていく。ゆっくりと智香と建都の手が離れた。苦しそうに建都がいった。

「もし、ぼくが新人賞をもらえたら、そのときは二次会のバーだけでなく、朝までお祝いにつきあってください。お願いします」

バーやクラブのはしごだろうか。それともどこかのホテルにでもいくのか。なにをお願いされたのかよくわからないまま、智香は返事をした。

「わかった。朝までつきあってあげる。新人賞獲《と》れるといいね」

勢いよくうなずいて、建都がいった。

「はいっ。つらいけど、今日はきれいに別れます。ぼくはメトロで帰るので、ここで失礼します」

地下鉄の駅のほうへ、夜の歩道をさっさといってしまった。智香は男の背中をずっと見送っていた。建都は一度だけ振り返ると、ぺこりと頭をさげ、地下へつうじる階段を駆けおりていく。

智香はいい気分だった。最近のドタバタがすべて片づいた気になる。仕事でもプライベートでも、また明日から別なトラブルがやってくるのだろう。それが大人の女の人生というものだ。けれど、今はこのままでいい。智香は十分満足だった。夜風の心地よさにタクシーにのるのがもったいなくなり、歩いて帰ることにした。六本木から恵比寿までなら、一時間とはかからないだろう。

新しくできた病院の塀沿いに広尾のあたりを歩いていると、携帯電話が鳴った。沙都子からだ。

「智香ちゃん、ちょっと今だいじょうぶかな」

耳にやさしい声だった。女の智香でもうっとりするような響きで、つぎから電話にこたえるときは自分も気をつけてみようと思う。

「今のみ会の帰り道です。なにかあったんですか」

「ふふふ……報告することがあるの」

笑い声が耳の奥をくすぐるようだ。この声を暗いベッドできける早矢人はしあわせ者である。報告ってなんだろう。黙っていると、沙都子がいった。

「今ね、早矢人さんといっしょなんだけど、ついさっきプロポーズされたんだ。ほら、智香ちゃんが彼をわたしに引きあわせてくれたでしょう。帰ってからでもいいけど、真っ先に恩人に報告しておかなくちゃと思って」

智香は歩道で跳びあがりそうになった。早矢人から結婚の話はきいていない。あのお調子者もやるときはやるものだ。

「うわー、おめでとうございます。わたしもうれしいです」

ゆるやかにカーブした道に沿って、街灯がリズミカルにならんでいた。木々は夜も新緑で、アスファルトに落ちる影さえ涼しげだ。この光景を自分は一生忘れないだろう。電話のむこうで声が変わった。早矢人だ。

「ということなので、結婚式のときはよろしく。これで、ぼくは一生、姫に頭があがらなくなったたな」

早矢人ごときが当然である。ふざけて冗談をいおうとしたが、口からでたのはひどく真剣な声だった。

「早矢人、沙都子先輩をよろしくお願いします。しあわせにしてあげてね」

学生時代からの悪友が、智香の変わり身に驚いたようだ。

「あっ、はい、全力でしあわせにします」

「今度お祝いののみ会やろうね、じゃあ」

智香は通話を切った。両手で祈るように携帯電話をにぎり、周囲に誰も人がいないのを確認してから、その場で思い切りジャンプした。身体が異様に軽い。足に翼が生えているようだ。このままみんなが待つ恵比寿の家まで、世界記録のペースで走っていけそうだった。

23

結婚式はいつでも、誰のものでも感動的だった。

新婦が十年来の親友なら、なおさらである。時候は梅雨の晴れ間で、ジューンブライドにぴったりだ。彩野は飾り気のない純白のAラインドレスに、腰まであるレースのウエディングベールをかぶっていた。目を伏せると、ほんものお嬢さまに見えるから不思議だ。彩野は身長が百七十五センチあるので、ごてごてと装飾が多いものより、シンプルなデザインがよく似あっていた。腰からしたの流れるような広がりが美しい。

(でも、相手はこの男じゃないんだよね)

聖書を広げた神父の言葉をききながら、智香はそう思っていた。新郎の沼木はヒールの高いエナメルの革靴をはいているが、それでもにぎりこぶしひとつ分は彩野より背が低かった。彩野の相手としては、こんなチビでサディストの商社マンはふさわしくなかったはずなのだ。智香は彩野とともに数十回の合コンを戦い抜いてきたベテランだ。沼木よりいい男なら、この一年間でも両手であまるほど見てきた。それが結局はこうして、予定外の男とくっつくことになる。恋愛も結婚もよくわからないものだった。

智香はちいさなチャペルのなかを見まわしていた。ここは智香と彩野が卒業したミッション系の大学の敷地内である。本館のわきにひっそりと建つ赤レンガ造りの教会で、いつか結婚式をあげる、この大学を卒業した女子学生の半分が夢見ることだった。当然、智香も彩野も学生時代からそう願っていた。その彩野に先を越されるとは……うれしいのか、うらやましいのか、くやしいのか、智香は自分でもよくわからない気分だった。

「その健やかなるときも、病めるときも、喜びのときも、悲しみのときも、富めるときも、貧しいときも、この人を愛し、この人を敬い、この人を慰め、この人を助け、命がある限り、真心を尽くすことを誓いますか」

頭の薄い神父の声が薄暗い教会に響いた。感動的だけれど、恐ろしい言葉だった。結婚の誓いを立てることは、合コンでちょっとよさげな男とふたりで抜けだすのとわけが違う。自分にそこまでの覚悟はあるのだろうか。すくなくとも智香には、この誓いの言葉に登場するような「この人」とは、三十年足らずの人生で出会った経験はない。

「誓います」

沼木がかすれた声でそういった。いつも皮肉か下ネタばかりの男がやけに真剣な表情をしている。

「新婦も誓いますか」

智香は彩野をじっと見つめていた。なんだか妹の結婚式にでも出席している気分になる。嫌ならやめてもいいんだよ、彩野。胸のなかでそう呼びかけたとき、新婦がこたえていた。

「はい、誓います」

神父がうなずいていった。

「では、指輪の交換をなさってください」

智香はどこかで読んだことがあった。指輪はそのまま女性器のシンボルで、新郎の薬指にそれをはめるのは、専属のセックス相手になることの証明なのだ。

新郎と新婦が指輪の交換をすませると、神父がいった。

「誓いの口づけを、どうぞ」

彩野がすこし猫背になり、沼木が軽くつま先立ちした。ふれるだけのキスだが、思っていたより時間は長かった。出席客のあいだで拍手がまき起こった。智香のとなりに立つ沙都子がうっとりとしていった。

「彩野ちゃん、きれいねえ」

ついさっきまでその男は違うと思っていた智香も、なぜか涙ぐんでしまった。

「うん、くやしいけど、きれい」

沙都子のとなりで、結有がつぶやいた。

「なんだか、わたしも結婚したくなっちゃった」

そういう結有のお腹はうっすらと丸くふくらんでいる。この身体がはいる黒いミニのワンピースを探すために、結有はあちこち駆けまわったという。結有の相手は妻も子もいるデザイン事務所の社長なので、結婚は困難だろう。それでも智香は結有に賛成だった。結婚式に出席していると、相手がどんな男でもいいから、自分も結婚してみたくなるものだ。いや、正確には結婚したいのではなく、ただみんなのまえで結婚式をあげたくなる。きっと結婚式には女性だけが感染する恐ろしいロマンチックウイルスが蔓延《まんえん》していているのだろう。

智香は両手でメガホンをつくり声をかけた。

「彩野、おめでとう。今日は最高に、きれいだよ」

彩野が目を真っ赤にして、智香にうなずきかけてきた。奥の壁には古い十字架がかかり、ステンドグラスが午後の光を色鮮やかに通している。智香は泣けてきてしかたなかったが、心のなかでは別な決心を固めていた。いつかそう遠くない将来、自分も絶対にこのチャペルで結婚式をあげよう。絶対に結婚する。絶対に。

沙都子と結有と三人でならんで、ハウスシェアの仲間にちいさく手を振りながら、智香は繰り返しそう思っていた。

大学のチャペルから、披露宴が開かれる表参道のハウスレストランまでは、各自自由に移動することになっていた。智香が沙都子と結有と三人で教会をでたところで、彩野が白いドレスをつまんで駆けてきた。

「はい、智香、これあげる」

こぶりな白バラでつくられたブーケだった。白いリボンが風に吹かれている。

「ありがとう」

受けとろうと、手をさしだした。彩野がその手をつかんで、ぐいっと智香の身体を引っ張った。おおきな彩野に抱き締められる。彩野は力も強かった。男みたいだ。新婦が耳元でいった。

「ブーケ投げるの嫌だったんだ。どうしても智香にもらってほしくて」

智香も彩野の身体をぎゅっと抱いた。

「これ以上、泣かせるようなことといわないで。ブーケもらっておくね。わたしも絶対、つぎに結婚するから」

「おめでとう」

沙都子と結有が手をたたいていた。女友達というのはいいものだ。

「沙都子、そのブーケもらっておかなくていいの」

男の声だった。智香は声のほうに顔をむけた。タキシード姿の早矢人がやってくるところだった。そういえば、大学で智香の手下だったこの男は、生意気にも沙都子先輩にプロポーズしたのだ。

「早矢人、もう先輩を呼び捨てにしてるの。あんた、調子にのりすぎじゃない」

広告代理店の営業マンが手をあわせていった。

「やめてくれよ。ぼくだって、ほんとは沙都子さんって呼びたいんだけど、許してくれないんだ」

バツイチで、早矢人より三歳年上の沙都子がはずかしそうにいった。

「わたし、さんづけとか、ちゃんづけだと他人行儀で嫌なの。つきあってる人には呼び捨てにしてもらいたいんだ」

早矢人が胸を張っていった。

「わかっただろ、姫。彼女のリクエストなんだよ。それよりさ、まだ相手も決まってない姫より、ぼくたちがそのブーケもらっておいたほうがいいんじゃない？　だってつぎに結婚するのは、絶対に沙都子とぼくだろう」

智香はかちんときた。とくに相手もまだ決まっていないという、早矢人の台詞は事実なだけに許せない。

「あんた、なにさまのつもり。沙都子先輩を紹介したのは、わたしでしょう。恩を仇《あだ》で返すなら、この十年あんたが女にした悪事、全部先輩に話すからね」

早矢人はぱっと一歩さがると、にこりと笑っていった。

「やっぱ、ブーケはいいや。別になくても、結婚できるし。タクシーとめてくるわ」

手が早いだけでなく、腰も軽い男だった。もう駆けだしている。

「じゃあ、あとでね」

彩野が着替えにいってしまうと、三人は早矢人が押さえたタクシーにのりこむために、大学の正門にむかった。

披露宴の出席者は、両家の親戚もふくめて六十人ほどだった。

レストランのメインダイニングには、丸テーブルが十二ほど水玉のようにならべられている。智香と沙都子と結有が座るのは、新婦側のちょうどなかほどの位置にあるテーブルだった。職場の上司、同僚、学生時代の友人と挨拶が続いた。挨拶の合間は甘いバラードが埋めてくれる。智香は披露宴のあいだ何度か、席を離れている。化粧直しと建都に電話をかけるためだった。

鉄板焼きデートの夜から、智香は建都となんとなくつきあい始めていた。最初は好みではなかったルックスも慣れるとなかなか味があるし、初めての年下のボーイフレンドというのが新鮮だった。こちらへの敬意をもった接しかたと男性としての背伸びのバランスが絶妙なのだ。そんなことに気づくようになったのも、智香がもうすぐ三十歳になるせいなのかもしれない。

智香にとって六月のその日は特別な一日だった。親友・彩野の結婚式がとりおこなわれるだけでなく、建都が応募した新人賞の選考会が夕方から開かれる予定だったのである。最終選考の候補作には、建都のものをふくめて五本の長篇作品が残されているという。建都が受賞して、初めての本が世にでる確率は五分の一だった。

建都は前回も最終選考まで残ったというが、そのときは落選している。だが、千本以上の応募作のなかから最後の五本に残るだけでもたいしたものだった。智香は腕時計を確かめた。午後五時半、ステージでは沼木の親戚のおじさんが得意だというカードのマジックを演じている。智香はひざのナプキンをたたむと、静かに席を立った。

廊下の隅の椅子に座って、携帯電話を開いた。建都からメールがきている。

>いよいよ選考会が始まった。
>ひとり部屋でじっとしてるのに
>耐えられないから、
>街をぶらついてくるよ。
>彩野さんの結婚式はどんな調子？

メールが届いた時刻はちょうど午後五時だった。智香は建都の電話番号を選んだ。すぐに男の声が街角のざわめきを背景にきこえてきた。

「建都、だいじょうぶ？　今、どこにいるの」

韓流アイドルのダンスナンバーが、電話越しに鳴っている。建都の声には元気がなかった。

「渋谷のセンター街をぶらついてる。気もちが悪くて、吐きそうだよ」

建都は仕事場で見せる顔とは違って、意外なほど繊細だった。そうでなければ小説など書けないのかもしれない。

「待つのもたいへんだね」

作家としてデビューすれば、人生が百八十度変わってしまう可能性もある。もちろん落選すれば、何カ月も苦労して書きあげた作品は誰の目にふれることもなく消えていくのだ。智香は意識して明るい声でいった。

「結婚式、最高だったよ。彩野すごくきれいだった。わたしね、ブーケもらっちゃった」

「へえ、そうなんだ。じゃあつぎは智ちゃんが結婚する番だね」

「ふふ、順番だと、そういうことになるのかな。選考会ってだいたい何時くらいに結果がでるの」

しばらく間が空いた。BGMは別の韓流ガールグループの曲になった。

「うーん、普通は二時間くらい。でも、長いときには三時間も四時間もかかることがあるらしい」

そうなると一時間半後には賞のゆくえもはっきりするだろう。

「じゃあ、七時ごろは電話かけないほうがいいね」

「そうだね。出版社からの電話をとれなくなる可能性があるし、何度もかけられたら、ぼくの心臓がとまるかもしれない」

やっと建都が冗談をいった。智香は元気づけるようにいった。

「ちょうど披露宴が終わるころ、建都のほうも結果がでるんだ」

うわの空で建都がいった。

「もうどうなってもいいから、早くこの状況から抜けだしたいよ。あーまた吐きそう」

智香は建都とキスまでしか試していなかった。今夜はいい機会かもしれない。髪も美容院でセットしているし、新しいドレスもおろしている。建都にとっては、天国になるか地獄になるか予想もつかないけれど、忘れられない一日であるのは確かだ。

「ねえ、建都。あなたが賞を獲れるかどうか、わたしにはわからないけど、どちらにしても今夜はひと晩つきあうね。ふたりでホテルにいってもいいし、お祝いか残念のお酒をのんでもいい。ずっと朝までいっしょにいるよ」

ぱっと建都の声が明るくなった。

「ありがとう。なんだか賞がダメでも、そのあといいことがありそうだから、元気でてきたよ。結果がわかったら電話する。絶対に朝までつきあって」

智香はレストランの廊下を見まわした。店のスタッフがいそがしげにいききしているけれど、友人の顔は見えない。声をひそめていった。

「うん。建都がしたいこと、どんなことでもしてあげる。じゃあ、あとで」

携帯電話を閉じて、祈るように両手で包み、ドレスの胸に押しつけた。建都にとって素晴らしい結果がでますように、最後にそう祈って、智香は披露宴にもどった。

午後四時から始まった披露宴は三時間後に、無事終了した。

智香もおしまいからふたつまえに、沙都子と結有の三人で挨拶に立った。彩野の部屋での様子や、家のみの場面を編集したビデオは場内でおお受けだった。酔っ払ってすっぴんで倒れている眉のない新婦の寝顔が見られたのだ。最後は型どおりに、両家の親の挨拶と新婦からの感謝の手紙、それに花束贈呈で締めくくられた。明かりを落とした会場のあちこちで、洟《はな》をすする音がして、智香もその日何度目かの涙をこぼした。

別れの挨拶のためにロビーでならんでいると、結有がお腹をさすりながらいった。

「彩野さんの手紙、感動的だったなあ。わたしもうちのお父さんのこと、思いだしちゃった。ちょっと親不孝だったかなあって」

沙都子がいった。

「だいじょうぶ、元気な赤ちゃんを産んだら、そんなことは全部帳消しになるわ。つぎにみんなにおめでとうっていわれるのは、結有ちゃんの番でしょう」

その割には結有は何杯かシャンパンをお代わりしていた。智香たちの番がやってきた。彩野のお母さんとお父さんが赤い顔で頭をさげている。智香もお辞儀を返した。彩野が引きでものの手さげをさしだしていった。

「智香、今日はありがとね。建都くんの賞のほうは、どうなったの」

智香は左右に首を振った。携帯電話は宴のあいだずっとにぎっていたけれど、建都からの連絡はない。選考会が白熱して、結果がまだでないのかもしれない。

「まだわからない。緊張で吐きそうだって。彩野、末永くおしあわせに」

新婦のとなりに立つ沼木にも頭をさげた。

「沼木さん、彩野のこと、よろしくお願いします」

背の低い新郎が胸をたたいていった。

「うん、わかってる。この人を愛し、この人を敬いだろ」

まったく調子のいい男だ。ほんとうにわかっているのだろうか。智香はうしろからくる客に押されるように、レストランの建物を離れ、夜のなかにでていった。六月だが夜風は夏のようだった。乾いて、軽く、全身をなでるように吹きすぎていく。表参道の裏通りは閑散として、見あげると暗い空を灰色の雲が音もなく動いていた。

「あっ、建都」

路地の先にある街灯の明るい輪のなかに、長袖Tシャツにジーンズ姿の建都が立っていた。智香は思わず駆け寄った。

「結果はでたの？　新人賞は獲れた？」

建都はにこにこ笑っている。きっといいこたえが返ってくるに違いない。智香はそう直感した。

「いいや、新人賞は獲れなかった」

男の一歩手まえで、足がとまってしまった。

「そうだったんだ。残念だったね」

建都はそれでも笑っていた。がっかりしすぎて、おかしくなってしまったのだろうか。

「うん、残念は残念だけど、選考委員のひとりが強力にぼくの作品を推してくれたんだ。新人賞は無理だったけど、奨励賞をもらえたよ。賞金はなしでも、本にはしてもらえるんだ。印税もちゃんとはいる。智ちゃん、ぼくのデビューが決まったんだ。祝杯をあげにいこう」

自分で話しているうちに、建都はだんだんと興奮してきたようだった。智香に飛びつくと、引きでものごと抱きあげて、街灯のしたでぐるぐると回転を始めた。表参道の街なみがまわっている。手と足が遠心力で、勝手な方向に飛んでいきそうだ。

「やったー、これでぼくも作家だー」

建都が叫んでいた。智香もうれしかった。振りまわされて、酔いが一段と深まってくる。すごくすごくいい気分だ。

「おめでとう、建都。よくがんばったね」

今日は生まれてから一番たくさん、人におめでとうという日だった。自分ではなにをしたわけでもないけれど、たくさん祝福できるだけで幸福でたまらない。これ以上しあわせになるには、それこそ結婚でもしなければ無理かもしれない。

沙都子と結有が遅れてやってきた。沙都子がいった。

「池本さん、おめでとう。賞獲れたんだね」

建都は智香をおろして、ふたりに笑いかけた。

「ありがとうございます。次点だけど、作家デビューできることになりました」

妊婦の結有は赤い顔でいう。

「やったね、じゃあ、ベストセラーになったら、この子にベビーベッド、プレゼントして」

「はいはい、わかりました」

結有が引きでものの紙袋をぶんぶん振りまわして叫んだ。

「じゃあさ、祝杯あげにいこうよ。わたし、まだのみ足りない気分なんだよね」

沙都子が結有の手を引いた。表通りへ引きずっていく。

「ふたりの邪魔したらダメよ。いきましょう、結有ちゃん」

沙都子先輩、ナイスアシスト。智香は心のなかで叫んだが、黙って手を振りハウスシェアの仲間を見送った。街灯の明かりのなか、建都とふたりだけ残される。

「晩ごはんはたべたの」

「渋谷でカレーライスたべた。のどがからからなんだ。一杯のみたい気分だ」

そういえば、この長袖Tシャツは初めてCF撮影のスタジオで会ったときに建都が着ていたものだ。あのときはまったく冴えない仕事相手にしか見えなかった建都と、今夜結ばれるかもしれないのだ。智香にはもう彩野のことを笑えなかった。誰を好きになり、誰と人生をともにすごすか。それはあの誓いの言葉にこたえるまで、予想はつかないのだった。

「わたしももうちょっとのみたいな」

智香は建都の腕をとり、表参道のケヤキ並木にむかって歩きだした。この風の気もちよさと男の腕の硬さを、ちゃんと覚えておこう。建都がはずかしそうにいった。

「智ちゃん、電話でいったこと、覚えてる？　朝までいっしょってやつ」

「もちろん」

ケヤキ並木にぶつかると、長い坂道をふたりはゆっくりとおりていった。明日は日曜日だ。朝までどころか、つぎの夜がくるまでずっといっしょでもかまわない。智香は年下のボーイフレンドの腕にぶらさがるように、つぎの一杯を求めて夜の街を歩いていった。

解説　二つの「婚活」

山田昌弘

「婚活」、二〇〇七年にこの言葉を作った時は、まさか石田衣良さんの小説のタイトルになるとは想像できなかった。一九六〇年生まれの石田さんと私（一九五七年生まれ）はほぼ同世代（失礼！）、二〇代を過ごした一九八〇年代は、ほぼバブル時代と重なる。就職も結婚もしようと思えば簡単にできると思えた時代だった。将来自分が結婚できないと考える若い人など、誰もいなかった。だから、独身時代、結婚抜きの「ロマンス」に浸ることができた。当時、トレンディー・ドラマの全盛期で、「ふぞろいの林檎たち」「男女7人夏物語」「東京ラブストーリー」など、おしゃれな恋愛スタイルが描かれる。研究者の卵でお金がなかった私でさえ、ディスコやスキー、ドライブなど、どこかにロマンスの相手はいないかと探し回ったものである。結婚ははるか先のこと、とにかく、恋人をみつけてロマンスを楽しまなければ、という雰囲気が充満していた。

そして、ロマンスを楽しんだ、もしくは、ロマンスに憧れた当時の若者は、なんやかんや言って、相手をみつけて結婚していった。女性の三〇歳未婚率は一九九〇年で二〇％（国勢調査より）、石田さんと同い年の女性の五人に四人が三〇歳までに結婚していたことになる。当時は、若い男性は望めば誰でも正社員になれた時代、収入格差も小さかった。まだまだ総合職で働く女性はほんの一握り。結婚し子どもが生まれれば、正社員の男性が家計を支え、女性の多くは仕事を辞めて主婦になるという昔ながらの結婚をしていったのである。

誰しも豊かな生活を一生送りたいと思う。そして、誰しも好きになった人とずーっと一緒にいたいと思う。前者を「経済的安定」の願い、後者を「ロマンス」の欲求と呼んでおこう。一九九〇年頃までは、多くの人は、結婚によってこの二つの願いが叶えられた。男性はみな正社員で給料はどんどん上がるので、結婚後の経済生活など心配する必要がなかった。今から思えば、結婚するのにふさわしい独身男性が、身近にごろごろ転がっていたのである。そして、当時の男性も、ロマンスを求め恋愛に積極的だった。結婚はロマンスの先にあるものであり、はなから「婚活」、つまり、結婚を目指した活動など誰もしていなかった。

しかし、一九九〇年代、バブルがはじけ、就職氷河期が訪れ、そして、アジア金融危機、リーマンショックと続く経済停滞の時代が到来する。不況は若者を直撃し、フリーターなど非正規雇用者、正社員になれなくて収入が不安定な若者が増える。つまり、女性側から見れば、結婚後、豊かな生活を送ることが期待できる結婚相手候補の男性の数がどんどん少なくなる。それに加えて、草食化と呼ばれるように、自信を喪失した若い男性たちは、恋愛に消極的になっていく。お金をもっていて誘ってくるのは中年既婚のおじさまばかりなりという状況ができてしまった。経済の面でも、ロマンスの面でも、だまっていても結婚相手が自動的に現れる時代ではなくなったのである。三〇代前半女性の未婚率は、二〇一〇年の時点で三四・五％、三人に一人が未婚となってしまった。自然な出会いがなくなったと気づく人が多くなった、二〇〇〇年ごろから、積極的に出会いを求めるなど、結婚を目指して活動する人が登場し、「婚活」とネーミングすることになるのである。

と、背景説明はこの位にしておこう。石田さんは、複雑な社会状況の中で、さまざまな選択肢の中から自分の人生にとって何が大切なのかを模索する人々を「リアル」に描く。『シューカツ！』もそうだった。そして、本書で展開されるのは、未婚化の波にさらされているアラサー女子の「コンカツ」である。

この小説を読んでいるうちに、どうも、婚活には二種類あるのではないかと考えるようになった。それは、結婚の二つの要素、「経済的安定」と「ロマンス」、どちらを優先するかに対応している。

「経済的安定」を重視するのが、世間で言われるところの「コンカツ」である。データ婚活と言ってもよいだろう。男女とも自分と相手のデータを計算し、自分を選んでくれそうな相手の中から最もよいデータをもつものを選び、結婚を前提とした交際を申し込む。この小説では、主人公の一人、岡部智香が「義理」でつきあわされる合コンや婚活パーティで、その様子が描かれている。智香は初めて行った婚活パーティで、週末の遊び感覚の合コンと違った「真剣に結婚相手を探している」その雰囲気に驚く（六五ページ）。真剣なのは、人間に対してではない。データに対してなのだ。自分も相手もすべてデータに換算される。そして、男性のデータで最も重要なのは「収入」、女性の方は「年齢」である。しかし、このような婚活には問題がある。本書で繰り返し語られるように、データがいい男性は結婚しているか、ロマンスの相手としては失格。でも、データ婚活をする人は、ロマンスなどなくても結婚後の「経済的安定」があればいいと思うようになっていく。そんな中、智香も「データ」としては申し分ない男性に出会ってしまうのだが、ロマンスを感じることができないうちに、彼はデータ婚活派の若い女性に捕まってしまう。

そして、もう一つの婚活とは、自分の生涯のパートナー、つまりは、二人の関係を生涯楽しむ事ができる相手を探すという「婚活」である。石田さんは、智香に「恋愛とコンカツは決定的に違う。それは鳥と魚くらい違うのだ」と言わせている（一八六ページ）。普通、恋愛相手を探すことは、婚活とは意識されない。実は、私と白河桃子さんが二〇〇八年に『「婚活」時代』を書いた時には、「経済的に男性に依存するのはやめましょう、女性は経済的に多少でも自立していれば、一緒に楽しく暮らせる男性がきっとみつかりますよ」という意味をこめて、婚活と言う言葉を広めようとした。こちらをロマンス婚活と呼ぼう。

日本では、と限定がつくのが悲しいのだが、今のところデータ婚活の方が優勢である。

経済的に自立できる職についている若い女性の数は少ないし、子育てしながら仕事を続ける社会的環境が整っていないのだ。このような状況に置かれれば、データ婚活に走るのも無理はない。ただ、データ婚活には限界がある。高収入どころか、定職についている未婚男性の絶対数が不足している。未婚男性（二〇歳―三九歳）のうち、年収四〇〇万円以上稼いでいる男性は、四人に一人しかいない（明治安田生活福祉研究所、二〇一〇年調査より）。全員がデータ婚活をしても、かなりの数が不成功に終わるという状況だ。

イギリス、マンチェスターで婚活の講演をした時、イギリス人男性教授から、「なぜ、確率的に低いと分かっていながら、日本の女性は高収入の男性を求めるのだ」という質問を受けた。その答えもこの小説に書いてある。大学院博士を出ながら非正規の派遣社員として働かざるを得ない智香の元同級生である小百合が「実際には無視できるほどちいさな確率でも、その結果がはっきりとイメージできる場合、人は経済合理性よりも期待や恐怖に駆られて、結果的にはただしくない選択をしてしまう」と語る所がある（二二五ページ）。これは、まさに、データ婚活に走る女性の心理を述べているのだ。高収入の男性と結婚できたら、こんなセレブな生活ができる、そしてそのチャンスはゼロではないと思い、結果的にそれは実現できない確率が高い。なにげない会話の中にも、石田さんはいろいろな仕掛けを忍ばせている。

石田衣良さんが小説で伝えたいこと、そして、私が研究の中で見えてきたことが、実は同じ事ではないかと思えてきた。それは、「ロマンスは経済を超えられるだろうか？」という問いへの答えである。この問いは、尾崎紅葉の『金色夜叉』（お金持ちと結婚するために学生の主人公を振る）を出すまでもなく、恋愛結婚が普及して以降、小説の中で繰り返し語られてきたテーマである。

本書の主人公四人は、それぞれの仕方でロマンスの相手を見つけ出す。それは、四人とも形が違い、データ婚活の視点から言えば、変則的な組み合わせである。一人は三歳の年下婚、一人は不倫の末の未婚の母の選択、一人はルックス的に不釣り合いの男性を選ぶ。そして、智香はこれまた年下で自分より収入が低い小説家志望の男性とのロマンスが始まろうとしている。ロマンスによる幸福の追求、その先にある結婚、これこそ、私が言いたかった本当の婚活の形ではないか。驚くことに、本小説では、一世代上の智香の両親は、それぞれ、経済を超えたロマンスにいとも簡単に移行する様が描かれている。

そして、石田さんは男性へのメッセージも残していることに気づいた。「どうにもならない世界より、自分の生活を充実させることのほうが、ずっと重要ではないか。（…）自分の幸福は違う。心がけしだいで、どうにでもなるものだ。男たちがそれに気づいて、世界や社会より自分の幸福の追求に目覚めてくれたなら、きっとこの国の多くの女性がもっと幸せになることだろう」（二二二ページ）とある。今の時代、自分の収入を増やしたいと思ってもなかなかできない。しかし、収入は不十分でも、心がけ次第で、女性にとって生涯楽しく生活するパートナーになることができるのだと。ロマンスが経済を超える時代の到来を願って、解説を閉じたい。

（中央大学教授）

初出　「CREA」二〇〇九年十一月号～二〇一一年九月号
単行本　二〇一二年四月　文藝春秋刊

文春文庫

コンカツ？

定価はカバーに
表示してあります

2015年2月10日　第1刷

著　者　石《いし》田《だ》衣《い》良《ら》
発行者　羽鳥好之
発行所　株式会社 文藝春秋

東京都千代田区紀尾井町3-23　〒102-8008
TEL　03・3265・1211
文藝春秋ホームページ　http://www.bunshun.co.jp

落丁、乱丁本は、お手数ですが小社製作部宛お送り下さい。送料小社負担でお取替致します。

印刷・凸版印刷　製本・加藤製本

Printed in Japan
ISBN978-4-16-790296-4

石田衣良
Gボーイズ冬戦争
池袋ウエストゲートパークⅦ
鉄の結束を誇るGボーイズに生じた異変。ナンバー2・ヒロトがキング・タカシに叛旗を翻したのだ。窮地に陥るタカシをマコトは救えるのか？　表題作はじめ四篇を収録。（大矢博子）
い-47-11

石田衣良
非正規レジスタンス
池袋ウエストゲートパークⅧ
フリーターズユニオンのメンバーが次々と襲われる。メイド服姿のリーダーと共に、格差社会に巣食う悪徳人材派遣会社に挑むマコト。意外な犯人とは？　シリーズ第八弾。（新津保建秀）
い-47-14

石田衣良
ドラゴン・ティアーズ――龍涙《りゅうるい》
池袋ウエストゲートパークⅨ
大人気「池袋ウエストゲートパーク」シリーズ第九弾。時給300円弱。茨城の〝奴隷工場〟から中国人少女が脱走。捜索を頼まれたマコトはチャイナタウンの裏組織に近づく。（青木千恵）
い-47-17

石田衣良
PRIDE――プライド
池袋ウエストゲートパークⅩ
四人組の暴行魔を探してほしい――ちぎれたネックレスを下げた美女の依頼で、マコトはあるホームレス自立支援組織を調べ始める。IWGPシリーズ第1期完結10巻目！（杉江松恋）
い-47-18

石田衣良
IWGPコンプリートガイド
創作秘話から、全エピソード解題、キャラクター紹介まで、IWGPの世界を堪能出来るガイドブック決定版。短篇『北口アンダードッグス』を所収。文庫オリジナル特典付き！
い-47-19

石田衣良
うつくしい子ども
九歳の少女が殺された。犯人は僕の弟！　なぜ、殺したんだろう。十三歳の弟の心の深部と真実を求め、兄は調査を始める。少年の孤独な闘いと成長を描く感動のミステリー。（村上貴史）
い-47-2

石田衣良
波のうえの魔術師
謎の老投資家とプータロー青年のコンビが、預金量第三位の大都市銀行を相手に知力の限りを尽くし復讐に挑む。連続TVドラマ化された新世代の経済クライムサスペンス。（西上心太）
い-47-4

（　）内は解説者。品切の節はご容赦下さい。

石田衣良
アキハバラ@DEEP
五人のおたく青年とコスプレ喫茶のアイドルが裏秋葉原で出会ったとき、ネットに革命を起こすeビジネスが始まる！　ドラマ化、映画化され話題沸騰の長篇青春電脳小説。（森川嘉一郎）
い-47-8

石田衣良 編
危険なマッチ箱
心に残る物語——日本文学秀作選
小説のもつ「おもしろさ」を何よりも大切にしてきた石田氏が選び抜いた十四篇。石川淳、星新一、山川方夫、山本周五郎——。刺激的な読書体験を求めているすべての方々に捧げます。
い-47-12

石田衣良
目覚めよと彼の呼ぶ声がする
都市、音楽、家族、文学——。あらゆるテーマに軽やかに、かつ鋭く切り込む刺激に満ちたエッセイ集。石田衣良を形作ったのは何かを知る、ファン必読の一冊。インタビューを新たに収録。
い-47-13

石田衣良
シューカツ！
一人の女子大生がマスコミ志望の男女七人の仲間たちで「シューカツプロジェクト」を発動した。目標は難関、マスコミ就職！　若者たちの葛藤、恋愛、苦闘を描く正統青春小説。（森　健）
い-47-15

石田衣良
ブルータワー
悪性脳腫瘍で死を宣告された男が二百年後の世界に意識だけスリップ。そこは殺人ウイルスが蔓延し、人々はタワーに閉じ込められた世界。明日をつかむため男の闘いが始まる。（香山二三郎）
い-47-16

石田衣良
夜を守る
ひとり息子を通り魔に殺された老人と出会い、アメ横の平和を守るため、四人の若者がガーディアンとして立ち上がった！　IWGPファンに贈る大興奮のストリート小説。（永江　朗）
い-47-30

阿川佐和子・石田衣良・角田光代ほか
あなたに、大切な香りの記憶はありますか？
「あなたには決して忘れない香りの記憶がありますか？」人間の記憶の中で〝香り〟は一番忘れ難いもの。遠いあの日を想い出す八人の作家が描く〝香り〟を題材にした短篇小説集。
編-20-3

ガールズ・ブルー
あさのあつこ

十七歳の誕生日を目前に失恋した理穂。病弱だけど気の強い美咲。天才野球選手の弟、如月。落ちこぼれ高校生たちの夏が始まった。切ないほどに透明な青春群像小説。（金原瑞人）

あ-43-1

えりなの青い空
あさのあつこ　文・こみねゆら　絵

寝ころんで空を見上げるのが好きな小学五年生のえりな。皆に変だと言われてもマイペース。そんなえりなに学級委員が興味を持った。可愛いイラストと共に広がるほんのりとした友情。

あ-43-2

ありふれた風景画
あさのあつこ

ウリをやっていると噂される琉璃。美貌と特異な能力を備える周子。少女たちは傷つきもがきながらも懸命に生きる。十代の出会いと別れを瑞々しく描いた傑作青春小説。（吉田伸子）

あ-43-3

ガールズ・ブルーⅡ
あさのあつこ

理穂・美咲・如月も、高校最後の夏を迎えた。周囲は進路を定めていくが、彼女達はなかなか決められない。タイムリミットが迫る中、前向きに答えを探していく。シリーズ第二弾。（白石公子）

あ-43-4

燦《さん》 1 風の刃《やいば》
あさのあつこ

疾風のように現れ、藩主を襲った異能の刺客・燦。彼と剣を交えた家老の嫡男・伊月。別世界で生きていた二人には隠された宿命があった。少年の葛藤と成長を描く文庫オリジナルシリーズ。

あ-43-5

燦 2 光の刃
あさのあつこ

江戸での生活がはじまった。伊月は藩の世継ぎ・圭寿と大名屋敷住まい。長屋暮らしの燦と、伊月が出会った矢先に不吉な知らせが。少年が江戸を奔走する文庫オリジナルシリーズ第二弾！

あ-43-6

あした吹く風
あさのあつこ

17歳の少年と34歳の女性歯科医。心を焦がし、求めてやまない相手に出会ってしまった——。閉ざしていた心を解き放つ二人の恋を描いた、著者待望の本格恋愛小説。（青木千恵）

あ-43-7